SV

In der Nacht vom 31. August auf den 1. September 2008 nehmen sich in einer kleinen Stadt im verarmten und weitgehend isolierten Osten Grönlands elf Menschen das Leben. Wie eine Epidemie breitet sich der Freitod in allen gesellschaftlichen Schichten und Altersgruppen des Ortes aus, dessen Bewohner sich »durch eine Berührung oder einen Blick infiziert« zu haben scheinen. Oberflächlich betrachtet, stehen diese Selbstmorde in keinerlei Zusammenhang, nur einige der Toten kannten sich flüchtig. Und doch fragt sich der außenstehende Beobachter: »Ist es nicht ein Trugschluss zu glauben, das Leben eines Einzelnen habe Bedeutung nur für sich betrachtet? Genauso wenig wie der Tod eines Einzelnen Sinn macht, isoliert vom Leben der anderen.«

Anna Kim erzählt in ihrem Roman die letzten Stunden von elf Menschen, und sie erzählt von Grönland, diesem Land der Extreme, über dem so viel Kälte und Einsamkeit und tröstlicher Zauber zugleich liegt. Behutsam und in eindringlichen Bildern folgt die Autorin den lebensgeschichtlichen Verzweigungen ihrer Figuren und gibt Antwort darauf, warum diese eine Nacht nur so ablaufen konnte, wie sie ablief.

Anna Kim wurde 1977 in Südkorea geboren. 1979 zog die Familie nach Deutschland und schließlich weiter nach Wien, wo die Autorin seit 1984 lebt. Von ihr sind bisher die Erzählung *Die Bilderspur* (2004), der Roman *Die gefrorene Zeit* (2008) sowie der Essay *Invasionen des Privaten* (2011) erschienen. *Anatomie einer Nacht* ist ihr erstes Buch im Suhrkamp Verlag.

Anna Kim

ANATOMIE EINER NACHT

Roman

Suhrkamp

Erste Auflage 2012
© Suhrkamp Verlag Berlin 2012
Alle Rechte vorbehalten, insbesondere das
der Übersetzung, des öffentlichen Vortrags sowie der
Übertragung durch Rundfunk und Fernsehen,
auch einzelner Teile.
Kein Teil des Werkes darf in irgendeiner Form
(durch Fotografie, Mikrofilm oder andere Verfahren)
ohne schriftliche Genehmigung des Verlages reproduziert
oder unter Verwendung elektronischer Systeme
verarbeitet, vervielfältigt oder verbreitet werden.
Einbandgestaltung: Judith Schalansky, Berlin
Druck und Bindung: Pustet, Regensburg
Printed in Germany
ISBN 978-3-518-42323-3

ANATOMIE EINER NACHT

The nights now are full of wind and destruction.
Virginia Woolf, *To the Lighthouse*

Hauptpersonen
(in der Reihenfolge ihres Auftretens)

Sivke Carlsen, 22, Aushilfe im Museum
Jens Petersen, 29, Polizist
Julie Hansen, 14, Schülerin
Mikkel Poulsen, 41, Lehrer
Inger Poulsen, 21, Verkäuferin im Buchgeschäft
Keyi, 59, obdachlos
Per Kunnak, 21, arbeitslos
Ole Ertaq, 17, Schüler
Magnus Uuttuaq, 17, Schüler
Mikileraq (Miki) Bak, 34, Lehrerin
Niels Miteq, 28, Traumdeuter
Lars Kilimi, 25, Betreuer im Kinderheim
Sara Lund, 20, Studentin
Anders Tukula, 24, arbeitslos
Idisitsok (Idi) Tukula, 8, Schülerin
Malin Olsen, 29, Touristin

Amarâq, Ittuk, Qertsiak und Aputiq sind fiktive Orte in Ostgrönland.

PROLOG

Die Epidemie fand ihren Höhepunkt im Spätsommer, an der Schwelle zum Herbst. Die elf Selbstmorde geschahen innerhalb von fünf Stunden, in der Nacht von Freitag auf Samstag, ohne Vorwarnung, ohne Ankündigung, ohne Abmachung. Das Sterben breitete sich seuchenartig aus, die Opfer schienen sich nur durch eine Berührung oder durch einen Blick infiziert zu haben –

im Nachhinein sprach man von einer Krankheit.

22:00

23:00

1 Gerade ist Sivke Carlsen einem Fremden begegnet, der seine Schuhe in die Luft wirft, sie bleiben in der Dunkelheit kleben, als befände sich dort eine Loipe, ein unsichtbarer Pfad. Der Fremde, dessen Gesicht sie nicht erkennen kann, ist in eine Uniform gehüllt, er scheint groß zu sein, wenn auch sehr schmal, die Kleidung liegt nirgends an, sondern steht vom Körper ab, wie ein Brett. Er verirrt sich öfter auf die Erde, weil dem Himmel in Wahrheit keine Grenzen gesetzt sind, im Flug ist die Eindeutigkeit der Ebene aufgehoben und macht einer Mehrdeutigkeit Platz, die die Verbindung zwischen den Augen und dem Gehirn kurzschließt, plötzlich ist es möglich, Schlitten in die Höhe zu werfen, so dass sie am Firmament kleben bleiben und man eine Fahrt über den Himmel antreten kann, die sich anfühlt wie eine Fahrt im Schnee: Etwas leiser ist es hier, es dominieren vereinzelte Vogelstimmen, das Rauschen des Windes ersetzt das Rauschen des Meeres, und die Kufen gleiten wie auf frischem Schnee, genauso geräuschlos.

Ich heiße Jens, sagt der Polizist und schlüpft in seine Stiefel, ich bin für ein halbes Jahr hier, hört sie und schiebt ihre Konkurrenz beiseite. Fragt ihn, ob er mit ihr tanzen wolle, wartet seine Antwort nicht ab, sondern gräbt sich Kopf voran in seine Arme, während sie sich erzählen lässt, dass er seit einem Monat in Amarâq sei, er komme von einem Einsatz im Sudan und sei mit seinen Kollegen die Westküste Grönlands entlanggesegelt, über die Südspitze in den Osten, und sie rückt mit ihren Lippen etwas näher an seine heran, bis sie bloß einen Fingerbreit von ihm getrennt ist, so spricht sie weiter, vielleicht sagt sie, er gefalle ihr, vielleicht antwortet er, sie sei sehr hübsch, aber im Grunde geht es nicht um das, was gesagt wird, sondern darum, die sanft geflüsterten Nebentöne herauszufiltern, so dass nur eine Botschaft übrigbleibt: *Nimm mich mit.*

Sogar im Schlaf tanzten, zuckten sie, während manche über sie hinwegstiegen, -hüpften oder -stolperten oder an der *Grauen Bar* lehnten, deren Sortiment ausschließlich aus Tuborg und Coca-Cola bestand, die Rundung an Rundung im Regal wachten, unförmig, kleine Bomben aus Aluminium. Andere tranken an den runden Tischen, die in hoher und tiefer Ausführung in einem Halbkreis um die Tanzfläche angeordnet waren, auf das Ende des Tages, auf das Ende der Woche, bis zum Ende des Geldes. In dieser Säulenhalle werden Affären begonnen und beendet, in diesem Säulenzimmer, das sich *Pakhuset* nennt, Lagerhaus. Man findet es in der dunkelsten Ecke des Hafens, am Hafenmund, dort, wo die Glühbirnen in den Straßenlaternen nicht ausgewechselt werden, wenn sie ausfallen.

Doch das *Pakhuset* ist mehr als eine Diskothek, ein Nachtclub, eine Bar, es ist ein Angriff auf die Stille Amarâqs, ein Angriff auf die Isolation und als solcher ein Ort der Gegenwart: Alles, was hier passiert, passiert jetzt. Indem er die Einsamkeit aussperrt und das Leben einsperrt, hat er sich in den Köpfen der Bewohner festgesetzt als die einzige Möglichkeit, der Vergangenheit und der Zukunft zu entkommen, in diesen fünf Stunden, zwischen zehn Uhr nachts und drei Uhr morgens.

Julie Hansen ließ sich von Jens auf die Tanzfläche ziehen, obwohl sich ihr Körper der Musik verschloss, nicht einmal die Ränder des Liedes traf, er musste sie steuern, Kurven lenken, Linien und Kreise, damit sie halbwegs den Rhythmus erkannte, sie bemerkte nicht, dass es ihm einzig darum ging, den Abstand zu verringern, näher zu rücken, mit jedem Schritt, bis er so dicht vor ihr stand, dass seine Augen jede Aussicht versperrten. Sie blieb stehen, wurde angerempelt, takteweise mitgezerrt, man stieg auf ihre Zehen, Schuhe, trotzdem stand sie still, atmete so flach wie möglich, vielleicht glaubte sie, den Blick nur halten zu können, wenn sie sich nicht bewegte. In diesem Moment war ihre ganze Existenz auf einen Blickkontakt geschrumpft und sie nicht mehr als die Summe ihrer Augen. Sie versuchte diesen Augenblick fest zu stehen, fest zu atmen, und es gelang ihr, die Geschwindigkeit der Zeit zu drosseln –

bis er sich ihrem Mund näherte und sie mit seinen Lippen festhielt.

In seinem Dienstauto verlassen sie den Hafen auf der schmalen gewundenen Straße, in einer Schleuse, in der es auch tagsüber, im Sonnenlicht, dämmrig ist. Sie fahren durch eine vermummte Stadt, die selbst im Sommer eine Stadt des Winters ist: Sogar wenn die letzten Anzeichen von Eis verschwunden sind und man glauben könnte, es habe ihn nie gegeben, beschwören die blinden Flecken vor den Häusern, kleinste Landstriche, die für Schlitten, Schlittenhunde und Schneemobile freigehalten werden, im Grunde Schablonen, das Bild frischgefallenen Schnees, nur derjenige im Sommer ist braun, teilweise begrünt und schlammig bei Regen.

Sie folgen dem Straßenverlauf in Richtung Heliport, bergauf, immer bergauf, bis sie nach drei Kurven stehen bleiben, schräg gegenüber vom *Kleinen Kaufmann*, einem Greißler, in dem auf drei gerade noch roten Regalböden vier Kekssorten, zwei Nudelsorten, altes abgepacktes Brot, abgelaufener Sugo im Glas, chinesische Instant-Nudelsuppen, Mehl, Zwieback, Haltbarmilch und Anhänger für heimatlose Schlüssel erhältlich sind. Diese Gegend ist nachts dunkler als der dunkelste Platz Amarâqs, da es bloß eine Straßenlaterne gibt, die sie beleuchtet, und trotz der Überfülle an Wasser, trotz des Regens, der die benachbarten Seen speist und den Fluss, haben die Häuser in diesem Stadtteil kein fließendes Wasser, keine Kanalisation, sie sind kleiner, hüttenhafter und werden von den Ärmeren und Ärmsten bewohnt. Einmal in der Woche fährt der Jauchewagen durch dieses Viertel, um die gefüllten Kotsäcke aus den Plumpsklos abzuholen, das Wasser muss aus einem der grüngestrichenen Miniaturblockhäuser gezapft werden, der Hahn ist für die Kinder meistens außer Reichweite, sie müssen auf einen Stein steigen, um ihre Eimer zu füllen; Wasserholen ist die Aufgabe der zehnjährigen Buben.

Das Viertel der einstöckigen Häuser, die mit fließendem Wasser und Elektrizität ausgestattet sind, ist in der Nähe des Hafens –

aber Armut in Amarâq ist relativ, solange der Einzelne keine Freiheit fordert und in der Gemeinschaft glücklich ist, dann wird alles geteilt, und alle besitzen ausschließlich das eine, nämlich sich selbst. Und dieser Besitz, der akkurat durch die Grenzen der Haut abgesteckt ist, wird lediglich im Schlaf in Frage gestellt, wenn die Seele des Schlafes den Körper verlässt und einen Zustand verursacht, der jenem der Einsamkeit ähnelt: Betäubung.

Wir sind da, sagt Jens und steigt aus, das ist Johannas Haus, antwortet Sivke und bleibt stehen, um ihr Kleid glattzustreichen.

Er zog sie mit sich durch den Notausgang auf die andere Seite des *Pakhuset*, wo auf der schmalen Straßenausbuchtung im schwachen Schein des Notlichts geraucht wurde: Die Nacht war an dieser Stelle mit rötlich glimmenden Tupfen übersät, die sich zu Schritten bewegten, zum Atem. Er stellte Julie in die lichtfreie Ecke, schlüpfte neben sie und drückte sie gegen die Mauer, während er ihren Hals, die Halsbeuge, ihren Nacken und ihr Gesicht küsste, sanft den Träger von ihrer Schulter zog und die andere Hand unter dem Stoff über den Bauchnabel und die Rippen in Richtung Büstenhalter robben, vorsichtig das eine, dann das andere Körbchen herunterklappen und die Brüste streicheln ließ, und Julie erwiderte seinen Kuss, seine Berührungen, steckte ihre Hand in seine Hose, strich über seinen Bauch, die Oberschenkel –

als sie unterbrochen wurden, angesprochen und angeschubst. Hej, lallte es aus der Dunkelheit, habt ihr Bier für mich? Per ließ sich nicht ignorieren, Jens holte seine Hände ein, packte Per am Kragen, zerrte ihn ins Innere und stieß ihn auf die Tanzfläche.

Fahren wir zu dir?

Julie drückte Jens' Hand, er nickte, und sie kletterten über den einzigen Zaun in Amarâq, er war wackelig und sollte doch Zechpreller abhalten, und schlenderten zum parkenden Auto. Im Wagen duftete es nach künstlichen Tannen, ein Duft, der Julie exotisch erschienen war, als sie ihn das erste Mal gerochen hatte, vor genau einer Woche. Sie nahmen die Straße zum Hafen, zur einzigen Tankstelle der Stadt, fuhren am Fjord entlang, vorbei am Krankenhaus, an der Schule, am großen *Pilersuisoq*, dem Allesmarkt, und an der Polizeistation, Julie kurbelte das Fenster hinunter und steckte ihren Kopf in den Fahrtwind, sie lachte nicht, aber sie lächelte, breit, auch die geschlossenen Augen lächelten mit und die Augenbrauen, und Jens, der sie von der Seite her musterte, fühlte sich an seinen Hund erinnert: Könnte sie ihre Ohren aus dem Fenster hängen, im Wind flattern lassen, sie würde es tun.

Wir sind da, sagte er und ging voraus, wie gefällt es dir in unserem alten Haus?, fragte Julie und blieb stehen, um ihr Kleid glattzustreichen.

Amarâq liegt am Ende der Welt, es ist ein Ortschlucker: ein Ort, der einen ebenso verschluckt wie den Ort, an dem man sich befindet; der vorgibt, weniger ein Ort zu sein als vielmehr ein Eingang zu einem Ort, den man nicht wieder verlassen kann, sobald man ihn betreten hat, denn der Eingang ist kein Ausgang.

Einerseits liegt das daran, dass mit dem Betreten Amarâqs die Erinnerung auszutrocknen beginnt und man allmählich vergisst, wie man an diesen Ort gelangte und dass man einmal ankam, ja, man beginnt zu vergessen, wie es war, als man ankam, und man glaubt sich an keinen anderen Ort mehr zu erinnern als an Amarâq, denn die Grenzen, die diese Stadt einschließen, legen sich um den Hals wie ein schwerer Schal, der das Wenden des Kopfes unmöglich macht, den Blick zurück. So setzt ein Vergessen ein, das maßgeblich das Ende der Welt zu dem macht, was es ist: zum Ende.

Andererseits ist am Ende der Welt das Ende all dessen, was zur Welt gehört. Amarâq ist nicht nur ein Ort mit eigenen, unverwechselbaren Koordinaten, Amarâq besitzt auch eine Aufgabe, nämlich die, zu beenden. Das bedeutet, dass es an dieser Stelle zu einer Unterbrechung von Welt kommt, es bedeutet auch, dass es hier keine Fortsetzung von Welt gibt, dass es nach Amarâq nichts mehr gibt. Am Ende der Welt wartet demzufolge das Nichts, bis es an der Reihe ist, aber vielleicht ist es gar nicht das Nichts, das wartet, sondern das Etwas, das jedoch dermaßen ungeformt und ungeordnet ist, dass es dem Nichts ähnelt, wo es doch in Wahrheit alles ist. Amarâq wäre dann ein Ort, der alle Möglichkeiten bereithält, weil er in Wirklichkeit keine bereithält, da aber alles offen ist und sich diese Möglichkeiten im Chaos verbergen, weiß man nicht von ihrer Existenz.

Weil an dieser Stelle die Welt aufhört, befinden sich hier lediglich ihre Reste, vereinzelte, zaghaft bunte Häuser, die Ausläufer vereinzelter, zaghaft bunter Häuser, und auch die Vegetation geht zu Ende, es gibt sie ausschließlich in Miniaturversionen: winzig kleine Pflanzenausläufer.

Amarâq ist eine auslaufende Welt, weswegen das, was von ihr übrig ist, das Elementare, das Unverzierte, Unverstellte, geometrische Grundformen sind: Kegel und Quader. Die Stille, die von dieser Kargheit ausgeht, wird vom Kalben des Eises unterbrochen, den Meereswellen, dem Plätschern des Regens, dem Rieseln des Schnees; dieser Ort ist lediglich Kulisse für die Spielformen des Wassers.

Aber vielleicht muss die Landschaft Amarâqs eine verhaltene sein, damit sie zeigen kann, dass die Erde in Wahrheit nicht das Gegenteil des Himmels, sondern seine Ergänzung ist: dass am Ende der Welt die Unterscheidung zwischen Himmel und Erde aufgehoben und der Himmel ein ebenso gewaltiges Meer ist wie das Meer ein gewaltiger Himmel und die Berge Wolken mit grauen Säumen und dass es im Bereich des Möglichen liegt, diese Spiegelung zu besteigen, und nicht bloß sie, sondern auch das echte

Gewölbe, indem man auf die letzten Regentropfen wartet, den ersten Sonnenstrahl und den Regenbogen, auf den untersten Himmel, um anschließend langsam von Bogen zu Bogen, von Farbe zu Farbe zu klettern, im Winter, wenn alles gefroren ist, und mit jedem Schritt würde sich bestätigen, dass sich das Ende der Welt in der Höhe fortsetzt, dass es sich demnach nur um ein scheinbares Ende handelt.

Natürlich hängt es von der Art des Blicks ab, wie und was gesehen und was übersehen wird: Der erzogene Blick wird sich an Gewohntem festhalten, der verzogene wird auch Dinge wahrnehmen, die er nicht hätte sehen sollen. Vielleicht liegt das Besondere an Amarâq daran, dass es eines besonderen Blicks bedarf, um es zu sehen, um gegen das Nichts anzusehen und das Etwas zu entdecken, das, wenn auch in Miniatur oder spärlich, trotzdem existiert. Gerade weil das, was in Amarâq übrig ist, Ausläufer sind, erzählen sie ausschließlich dem richtigen Blick ihre Geschichte, der falsche bleibt blind. Es ist, als würde die Natur, als würde die Stadt eine andere Sprache sprechen und sich über Bilder mitteilen, für die man besondere Augen benötigt. Allerdings ist es eine fragile Sprache, eine Scheibe, von deren Rändern man leicht abstürzt, und dies würde unvermittelt geschehen, es würde keine Warnung geben, das Nichts wäre mit einem Mal da, denn es ist getarnt –

als Einsamkeit: Sie hat den Inhalt Amarâqs verdrängt, ihn weggeschoben und sich ausgebreitet, unübersehbar, unaustauschbar. Sie ist es auch, die sich in jedes Gespräch drängt und darauf achtet, dass ihr genug Raum gegeben wird. Das Gesagte selbst interessiert sie nicht, ausschließlich die Zeitspanne, die es braucht, um es auszusprechen, so zensiert sie nach Dauer und Satzlänge –

und die Stille legt sich über Amarâq, ein dichter Nebel, der den eigenen Atem zum Verbündeten hat.

Mikkel Poulsen greift nach dem Anorak und dem Hausschlüssel, zögert aber und hängt beides zurück. Er schlüpft aus den Schuhen und späht in die Küche. Inger hat begonnen, die Kaffeekanne zu waschen, sie lässt das Spülmittel ins Kanneninnere tropfen, schrubbt das Gefäß langsam, rhythmisch, schwenkt es im Wasser, schwenkt es in Bögen und Zacken, taucht es unter, bis Blasen an die Oberfläche steigen, danach erst holt sie es aus der Plastikwanne und trocknet es ab. Entnimmt der Kaffeemaschine den Papierfilter, leert ihn aus, klopft auf die Naht, den Filterrücken, die Reste fallen in den Abfalleimer, Kaffeehagel, und stülpt ihn zum Trocknen auf den Pfefferstreuer. Bettet das Besteck in die Holzkiste, schlichtet Gabel auf Gabel, Messer auf Messer, Löffel auf Löffel, schiebt die Gläser im Regal gerade.

Die Küche ist klein, sie enthält einen Herd, einen Kühlschrank, einen weißgestrichenen Tisch und zwei Stühle. Schmale hölzerne Gestelle sind an der Wand befestigt, Schöpfkelle, Kochlöffel, Pfannenwender baumeln über dem Herd, je drei Eimer Nutz- und Trinkwasser stehen unter dem Tisch. Inger hebt sich kaum von der Einrichtung ab, Mikkel würde sagen, sie sei gut getarnt, nicht nur ihre Kleidung, auch sie selbst sei ausgeblichen, als hätte man versucht, sie wegzuradieren, und übrig geblieben sei ein widerspenstiger Rest, der sich im eigenen Haus wie ein Gast bewege, stets über die Einrichtung stolpere, vollkommen fehl am Platz; mit der Zeit werde sie vollständig verblassen.

Mikkel denkt kurz darüber nach, ob es möglich ist, mit einem Menschen zu sprechen, der chronisch abwesend ist, weil er im Grunde nicht an dem Ort ist, an den er gehört, mit einer unbeirrbar Verirrten, und noch während ihn diese Frage beschäftigt, wandern seine Augen von einem Ende des Raumes zum anderen, halten sich an den Gegenständen fest, am Fernseher, am Radio, am Fernglas, am Tisch, an den beiden Stühlen und an der Couch, Dinge, die er einst liebte und die ihm nun widerwärtig sind, und er erinnert sich an das gestrige Gespräch, das er belauschte, als Inger zu Sofie sagte, und ihre Stimme klang dabei so fremd, dass er meinte, er höre sie zum ersten Mal: Ungeteilte Liebe sei unfähig zu überleben, und doch sei sie in Amarâq oft einseitig.

Als Inger seinen Blick auf sich spürt, hebt sie die Augen und beginnt, mit ihm zu sprechen, wortlos. Er greift nicht ein, versucht nicht, Wörter einzuflicken, Sätze, die das Mehrdeutige in Eindeutiges verwandeln würden. Sie antwortet, indem sie ihre Augen seinen entgegenhält und den Kontakt nicht abreißen lässt.

Er wendet sich ab.

Im ersten Moment ist sich Keyi nicht sicher, wo er ist.

Er liegt unter einem Tisch, über ihm klebt Kaugummi, die Tischbeine sind zerkratzt, angeritzt, es riecht nach feuchtem Holz, Keyi rutscht in die Mitte des Raumes, setzt sich auf den Gulli, ein Lichtstrahl fällt auf seine Hand, und plötzlich bemerkt er den Geruch nach Waschpulver und erinnert sich, dass er in der Waschküche eingeschlafen ist, als Kissen diente ein Bündel zusammengerollter Kleidung, Hose und Pullover, als Decke sein Mantel, als Bett der Linoleumboden, und er wurde nicht weggedrängt wie gestern von Ulrika und Lone, die sagten, rück mal Keyi, rück ein wenig zur Seite, und die Maschine befüllten, den Seifenbehälter und den Geldschlucker und ein Gespräch mit ihm begannen, eines, das bloß die Zeit vertreiben sollte, das er daher mit Recht ignorierte, bis sie ihn in die Rippen stießen.

Mach, dass du wegkommst, was bist du noch hier?

Er geht in die Küche, lässt Wasser in den Wasserkocher laufen und drückt auf die Start-Taste. Nimmt einen Beutel Schwarztee aus der Dose, sucht in den Regalen nach etwas Essbarem, oft werden Lebensmittel zurückgelassen. Kein Brot, kein Kuchen, dafür findet er einen Beutel Zwieback, eine Packung alter Butterkekse und einen Becher Orangenmarmelade. Er bestreicht die Kekse mit Marmelade, wartet, bis der Tee abgekühlt ist –

während er am Gebäck knabbert, weht durch eines der gekippten Fenster, auf deren Sims sich ein Grüppchen mumifizierter Fliegen versammelt hat, nachdem diese mit Sommerende zu Tode gefallen waren, einfach so, die Stille vom Tal der Blumen herein, jene Stille, die die Kehrseite der Einsamkeit ist und die Fähigkeit besitzt, die Welt, und sei es für ein paar Sekunden, auszuschalten. Sie lebt vor allem in den Nächten Amarâqs, und wenn Keyi sie fühlt, scheint es ihm, als sei er endlich heimgekehrt.

2 Nachts wird Amarâq von einer Schwärze übermalt, so dickflüssig wie unvermischte Farbe, dann existieren weder der Fjord noch die Berge, Täler, Seen oder der Fluss, es gibt bloß eine schwarze Masse, ein Nichts, das sich fleckenweise über der Landschaft verteilt, den Rest bedrängt, aber Lücken zulässt, die es mit abstrakten Elementen, Lichtspielen, Lichtwellen, einem Meer aus Licht, füllt.

Nachts verwandelt sich Amarâq in eine weite Ebene, die zweite Dimension verschmilzt mit der dritten, die Erde mit dem Himmel, und alles ist mit einem Mal Himmel. An klaren Nächten funkeln die Sterne wie erleuchtete Fenster eines fernen Ortes, an wolkendichten Tagen gesellt sich zur Finsternis ein Nebel, so undurchlässig, dass man glaubt, jemand habe ein weißes Leintuch über die Stadt gebreitet, das zwar die Dunkelheit verdünnt, Amarâq dafür stark verkleinert: jene Teile, die unter dem Laken liegen, scheinen nicht mehr zu existieren –

bis zum nächsten Wind. In mondarmen Nächten dehnt sich diese Finsternis weiter aus, dann wird die Erde von silbrig schimmernden Eisbergen markiert, die wie Bilder aus einer Vergangenheit durch die Ebenen schweben, undeutlich, unnahbar, und beobachtet man sie, wird man sich im Wunsch verlieren, sie zu fassen, ihre Konturen nachzuzeichnen, ihre Formen, so bizarr sie auch sein mögen, so außerirdisch. Schließlich wird man sich an eine Sehnsucht erinnern, von der man nicht wusste, dass man sie besaß.

Sivke trinkt aus dem Glas, das ihr Jens gegeben hat. Sie steht vor dem Fenster bei den drei Veilchen, die hartnäckig in ihren Töpfen wachen, so überaus fremd am Ende der Welt, so vollkommen fehl am Platz. Sie sind genauso übernächtigt wie das Gespräch, das Jens anstrengt, das aber nach jedem Satz abstirbt, in dieser nüchternen, weißen Wohnung, die, indem sie ausschließlich das Nötigste bereitstellt, jede Stimmung sterilisiert, dabei will Sivke die Worte nicht welken lassen, sie mag Jens, sie glaubt Jens zu mögen, doch die Taubheit des Raumes treibt sie dazu, sich an die Aussicht zu klammern: Es ist wärmer hier, voll Leben, im Licht der Straßenlaterne geht ein Mensch vor dem Haus auf und ab, ein Mädchen.

Julie stand an einem der Fenster, so breit und hoch wie die Wand, mit Blick auf den Fjord. Tatsächlich war sie versucht zu glauben, sie stünde vor einem Aquarium, ohne Fische oder Meeressäuger, dafür gefüllt mit braungrauen Bergen, lichtblauem Wasser, bei Sonnenschein glatt, bei Bewölkung gelockt, und Pyramiden aus Eis, deren Gipfel im Sommer vereinzelt durch die Bucht schwimmen, stark geschrumpft: Eishaie. Abgesehen von einer Sitzgruppe, einem Tisch und vier Stühlen aus hellem Holz, gab es in diesem Raum noch eine Küchenzeile mit Kühlschrank, Mikrowelle und Kaffeemaschine sowie ein braunes Sofa, das durch seine durchdringende Farbe und die Aufstellung in der Raummitte herausstach, als wäre es ein Ausstellungsstück: auf ihm zu sitzen fühlte sich an, wie im Zimmer zu stehen.

Es war der Morgen danach. Während Jens Kaffee kochte, beobachtete er Julie aus den Augenwinkeln. Wie groß sie ist, sie ist ein langes Wesen, dachte er, langgezogen,

Tentakel kamen ihm in den Sinn, im Gegensatz dazu sind
ihr Mund, die Nase und die Augen sehr klein, sie scheinen
sich vom Rand wegbewegt und in der Gesichtsmitte versammelt zu haben, keine friedliche Versammlung, sondern eine Demonstration, ein Protest. Auf den zweiten
Blick aber ist Julie die menschliche Entsprechung zur
Landschaft Amarâqs: Ihr Körper ist das Gebirge, das Meer,
die Weite und Leere, ihr Gesicht dagegen die in der Natur
verstreute Flora, Miniaturblumen und -büsche, Moose
und Beeren, und man kann sich geradezu in ihrem Blick
verirren, dachte er, denn er fordert es heraus, ihn zu studieren, aber die Abzweigung zu vergessen und den falschen Weg einzuschlagen. Er ist klein, dachte Julie, er
reicht mir gerade bis ans Kinn, ich muss mich zusammen-
kauern, wenn ich neben ihm stehe, in die Knie gehen,
mich reduzieren um einen Kopf, doch er kommt aus der
Ferne, dachte sie und sah, wenn sie ihn ansah, eine Tür,
einen Ausgang.

Sein Schlagzeug liegt auf der Straße, die Trommeln, die
Lautsprecherbox und der Drahtsitz. Per Kunnak zündet
sich eine Zigarette an, Malin hat es draußen liegen gelassen, in der Pfütze, in der sich ihr Haus spiegelt, so hart ist
das Wasser, so glatt, ein deutliches Zeichen, dass er nicht
mehr willkommen ist.

Dies ist ihre dritte Trennung, und er weiß nicht, ob sie
ihn dieses Mal wieder aufnehmen wird, wenn sie sich beruhigt hat, vor allem ist er nicht sicher, ob er wieder aufgenommen werden will. Er schnippt die Asche auf die Erde
und setzt sich neben die große Trommel, deren Haut einge-
rissen ist. Um seinen Hals trägt er die Walflossen-Amulet-
te, die er tagsüber nicht verkaufen konnte, in der rechten

Tasche klappern kleine Figuren aus Robbenknochen, Eisbären und Tupilaks, die ebenfalls zum Verkauf stehen, heute jedoch nahm ihm niemand etwas ab, er greift in die linke Jackentasche und wiegt die letzte Dose Bier in der Hand. Während er sie öffnet, überlegt er, wo er die nächste herbekommen wird, vor der Disko in einer halben Stunde, denkt er, dann warten alle auf den Einlass, und die Ungeduldigen werden schon begonnen haben zu feiern, von ihnen Bier zu schnorren ist einfach. Vorher, denkt er, wird er nachsehen, ob Malin Geld im Haus hat, er drückt die Zigarette aus, sie hat immer ein paar Kronen in der Schublade.

Malins Haus ist blau, die Farbe hat sich in all den Jahren vom Holz gelöst, es sieht nun gewaschen aus, geschrubbt, abgeschminkt wie die Nachbarhäuser, deren Dächer mit Planen aus Plastik abgedeckt und deren Fundamente schwarz vor Nässe sind, das Holz morsch; das Geländer ist mit Seilen notdürftig repariert. Auf dem Dach steckt noch die Holzkonstruktion, die Stangen, die er befestigt hat, damit Malin Fische trocknen, einen Vorrat für den Winter anlegen kann. Er geht die Stufen hinauf zur Eingangstür und klopft. Wenn sie öffnet, wird er sich entschuldigen, denkt er, er braucht einen Vorwand, um in die Küche zu gehen und die Schublade neben dem Kühlschrank zu durchsuchen, dort bewahrt sie ihr Erspartes auf.

Niemand antwortet. Es bleibt dunkel. Malin ist ausgegangen. Wahrscheinlich ist sie bei ihrer Mutter und heult sich aus, denkt Per, was kümmert es ihn, er drückt die Klinke hinunter, einen Dreck, er rüttelt an der Tür, abgeschlossen, er wird das Fenster benutzen müssen wie das letzte Mal, er grinst, als sie ihn hinausgeworfen hat wegen

Ulrika, sie dachte, er hätte sie betrogen, nicht zum Zeitvertreib lieben, schrieb er sich damals hinter die Ohren, warum denn nicht, denkt er heute Nacht, springt auf die Erde und bückt sich nach einem Stein.

Der Schatten löst sich widerwillig von der Dunkelheit, geht auf Jens' Haus zu, verschwindet aus Sivkes Sichtfeld, und Sivke drückt ihr Ohr an das Fensterglas. Die Nacht saugt Laute aus der Luft, sie muss sich ihnen nähern, versuchen, sie mit der Ohrmuschel einzufangen –
als sie Jens rufen hört.
Was ist denn? Wo bleibst du?
Sie schüttelt den Kopf, legt den Zeigefinger auf ihre Lippen.
Schsch...
Julie tritt unter dem Hausdach hervor, unter die Straßenlaterne, schlaksig, dünn, die Haare schulterlang, strähnig, das T-Shirt schmuddelig, und Sivke wundert sich, dass sie um diese Uhrzeit in einem dünnen Leibchen herumläuft, die Jacke um die Hüfte gebunden, dann fällt ihr ein, dass sie sie noch nie etwas anderes hat tragen sehen. Wieder hält sie ihr Ohr an die Scheibe, sie möchte hören, was als Nächstes geschieht: Nichts, noch immer vertreibt das Dickicht der Stille die Geräusche der Nacht.
Sivke umfasst die Klinke, sie ist kalt, eisig, drückt sie im Uhrzeigersinn hinunter, das Fenster öffnet sich mit einem Seufzen, in diesem Moment dreht sich Julie um die eigene Achse, eine schnelle Drehung, die eine Spur in der Luft zu hinterlassen scheint, eine Spirale, und sieht Sivke entschlossen an, und die Wortlosigkeit, die diesen Blick umgibt, scheint ihn zu schützen, zu retten, als gehörte er gerettet.

Erst als Jens zum dritten Mal fragt, was denn los sei, warum sie nicht antworte, winkt Sivke ihn zu sich ans Fenster.

Vielleicht möchte sie zu dir?

Er ignoriert ihre Frage, schnappt ihre Hand und führt sie ins Schlafzimmer, die erste Tür im Gang rechts, ein kleiner quadratischer Raum, der durch das Bett und den Kleiderschrank so gut gefüllt ist, dass er kaum Platz zum Umkleiden lässt.

Eine Leine mit dazugehörigem Spielzeughund hing aus Pias Hosentasche, während Caroline, der falsche Zwilling, sie hatte sich Pias Gesicht nur geborgt, Jens bewachte und ihre Klauen in seine Hosenbeine grub. Martin griff nach dem nächsten Umzugskarton, Johanna half ihm, die Schachteln in den Jeep zu schlichten, der Wagen war von Gunnar, dem Taximann, geliehen. Die Mädchen bellten, knurrten, scharrten mit den Füßen, manchmal wedelten sie mit unsichtbaren Schwänzen, diese Woche waren sie Hunde, letzte Woche Vögel, hatten mit ihrem Geflatter die bewegliche Landschaft der Küche versehrt –

Martin griff seinen Töchtern in die Haare, dirigierte sie heimwärts, sie versuchten, ihn zu beißen, schnappten nach seinen Händen, Fingern, er sagte, bye, und zog sie nach draußen, sie bockten, rodelten auf der Erde, er musste sie ein paar Schritte weit mit sich ziehen, sein Abschiedsgruß an Johanna wurde von ihrem Jaulen untermalt.

Jens, endlich frei, nahm seine Taschen und trug sie ins Wohnzimmer. Johanna führte den Mieter durch das Haus, zeigte ihm, wo sich die Sicherungen befanden, wo die Waschmaschine, der Staubsauger, die Töpfe, Pfannen, Teller und Tassen, wo das Bettzeug gestapelt war, wo die

Badetücher, Handtücher, Geschirrtücher, und jedes Mal nickte Jens, brummte kurz, und Julie rückte näher an den Türspalt, rückte, so nahe es ging, ohne den Spalt zu verstellen, linste durch die lecke Wand. Er war aus ihrem Sichtfeld verschwunden, sie hörte noch den Umriss seiner Stimme, die fragte, wie es ihnen im neuen Haus gefalle und als Antwort erhielt, sehr gut.

Aber es ist noch nicht alles am richtigen Platz.

Johanna machte einen letzten Rundgang, sie vergewisserte sich, dass sie nichts vergessen hatte, öffnete stichprobenartig Schubladen und Schränke. Wir leben gleich um die Ecke, sagte sie, falls etwas ist, nahm ihren Rucksack und verließ das Haus. Vergaß, dass sie mit einer Tochter mehr angekommen war. Jens begann auszupacken, von Raum zu Raum zu gehen, einzuräumen, aufzuhängen, abzustellen, als er eine ihm unbekannte Tür entdeckte, etwas kleiner als die anderen, kleiner und schmaler, man könnte auch sagen: geheimer. Er öffnete sie, vorsichtig, ungeölte Scharniere meldeten sich, Licht blinzelte durch den Spalt, schon stand er im Halbdunkel und starrte in ein graues Gesicht.

Lass mich in Ruhe –

Jens tritt gegen die Haustür,

geh weg –

er schlägt mit der Handfläche gegen das Holz, einmal, zweimal, dreimal,

du hast hier nichts mehr zu suchen!

Ein lautes Hämmern an der Tür, kleine harte Schläge in schneller Abfolge, mehr ein Rattern als ein Schlagen, manche hohl und flach, manche dumpf, manche mit klaren Konturen, man hätte sie nachzeichnen können, jagten, scheuchten Jens aus dem Schlafzimmer, er stellte sich vor das Pochen, schrie dagegen an, dann schlug er zurück, als kämen die Laute von der Tür selbst und nicht von außerhalb, schließlich brüllte und schlug er gleichzeitig, bis nur noch seine Stimme und Fäuste zu hören waren. Die Stille, die folgte, war die wiederhergestellte Norm, das sanfte Rollen der Wellen nach dem Ende des Sturms.

Jens rührt sich nicht mehr, er bleibt über die Fußmatte gebeugt stehen, seine Stirn scheint an der Haustür festzukleben. Einsamkeit ist über ihn hereingebrochen, so plötzlich und mit einer solchen Wucht, dass er versteinert ist. Sivke, die auf Zehenspitzen angeschlichen kommt, bleibt in sicherer Entfernung stehen, sie wagt sich nicht näher, erst als er sich nicht mehr rührt, tippt sie an seine Schulter, zaghaft, aber er reagiert nicht, auch nicht, als sie ihn sanft am Arm rüttelt.

Sie beugt sich vornüber in sein Gesicht, seine Augen sind erstickt, nicht erloschen, nein, erstickt. Als sie ihn anspricht, als sie seinen Namen ruft, wieder und wieder, rührt er sich. Er nimmt sie bei der Hand und führt sie zurück.

Julie kroch widerwillig aus der Abstellkammer, sie zog es vor, zu sehen, gesehen zu werden war ihr unheimlich, Jens musste sie mehrmals ansprechen, ehe sie den Kopf hob, andererseits suchte sie seinen Blick, jedes Mal, wenn er die Augen senkte.

Er begann sie zu befragen, wie sie heiße, wo sie wohne, was sie hier zu suchen habe, doch sie beantwortete keine seiner Fragen, sie streifte ihn aus den Augenwinkeln, so dass er meinte, sie wolle ihn nicht verstehen oder sie sei taub und stumm, so tänzelten sie umeinander. Das einsei-

tige Gespräch jedoch steckte an: Je weiter der Zeiger der
Uhr vorrückte, desto mehr Wörter fanden Julies Mund.
Erst ein Klopfen beendete die Inquisition, es war die ver-
gessliche Mutter –

und das sei nicht das erste Mal, sagte diese, außer
Atem, schon als Säugling sei sie verlorengegangen, verloren, unterbrach Julie. Ich dachte, ich wurde entführt.

Aber ja, sagte Johanna, von der Alten am See.

Der erste Stein traf Laerke an der Schulter, hielt sie aber
nicht davon ab, nach Jesper Sørensens Rucksack zu greifen
und zu versuchen, ihn festzuhalten, der zweite traf sie an
der Brust, sie schrie auf, blieb etwas zurück, holte dennoch
gleich wieder auf, als er stolperte. Sie schnappte nach seinem Arm, bekam ihn am Ellbogen zu fassen, sie rangen
kurz, er stieß sie von sich und schlug ihr mit der Taschenlampe ins Gesicht, Laerke wimmerte, rutschte auf dem Ge-
röll aus und fiel zu Boden. Sørensen horchte. Es war kein
Laut zu hören. Er näherte sich ihr vorsichtig, sie war ein
Schatten auf der Erde, nichts weiter als ein Fleck. Er kniete
nieder, tastete nach dem Handgelenk, nach ihrem Puls.
Schwach. Er fasste sie an den Schultern und rollte sie hinter einen Fels, vergewisserte sich, dass man sie nicht sofort
finden würde. Wickelte den Säugling enger in den Pullover, drückte ihn an sich und lief in der Dunkelheit davon.
Kletterte das Geröllfeld hinab, durchquerte den von hohen
Steinen durchsetzten Abhang, bis er die stillgelegte Fisch-
fabrik und das verlassene Pförtnerhaus erreichte, stolperte
die letzten Meter zum hellerleuchteten Haus. Er holte tief
Luft, wischte sich das Blut von der rechten Hand und
klopfte. Johanna öffnete, überglücklich, Age umarmte ihn,
bloß Kirsten, Johannas Nichte, versteckte sich hinter der
Tür; sie wich Sørensen aus, der sich trotz Julies Gebrüll
und Laerkes Rufen nicht hatte stören lassen –

Sie saßen bei Kaffee und Keksen, Mutter, Kind und Mieter, die Persipanplätzchen waren abgelaufen, Jens hatte das Haltbarkeitsdatum auf der Rückseite der Packung übersehen, am nächsten Tag sollte er entdecken, dass die meisten abgepackten Lebensmittel im Geschäft abgelaufen waren, dass abgelaufene Waren eine Spezialität Amarâqs sind, da Nahrung hier keiner Frist unterworfen ist, und Johanna meinte, Julie sei nicht aufgewacht, sosehr sie es auch versucht hatten, selbst der Arzt, Dr. Sørensen, habe ihnen nicht helfen können, so hätten sie schließlich Katrine geholt, ihre Mutter.

Die Großmutter hatte einen Blick auf den Säugling geworfen und gesagt: Ihre Seelen sind nicht vollzählig.

Im Grunde erstreckt sich Amarâq über zwei Berghänge, eine einzelne Straße verbindet ihre Enden, windet sich durch das Gebirge, ein asphaltierter Fluss, und mündet im Nirgendwo. Von ihr und ihren vier Nebenarmen abgesehen, deren Verlauf und Ende schon an der Abzweigung erkennbar sind, den bunten Blockhütten, die einem Bilderbuch entsprungen scheinen und manierlich die Landschaft bewohnen, als seien sie breite Bäume, und den Eisbergen, die im Fjord schaukeln oder an Land dösen, selbstvergessen, einfältig, als seien sie Amphibien, sind alle Flächen zwischen den Häusern Gehsteige: Ungebeten in privaten Gärten zu wandeln kann nicht passieren, denn es gibt keine Gärten, nur gezähmte Wildnis zwischen den Häusern und ungezähmte außerhalb, an den Grenzen der Stadt. Die Zellophanverpackung der Instant-Nudelsuppen flattert zwischen den Steinen und Gräsern und hat sich in ewiges Laub verwandelt, Herbstlaub.

Ein Stadtzentrum gibt es nicht, aber auf dem Platz vor

dem Rathaus versammeln sich um die Mittagszeit Kindergartenkinder und junge Mütter mit ihren Kinderwagen vor einem runden Podium, von dem das Denkmal entflohen ist. Inzwischen studieren Väter die Anschlagtafel gegenüber, notieren sich Telefonnummern für Bootsteile, gebrauchte Kühlschränke oder Fahrräder, wenn sie es sich nicht auf dem kleinen Hang gegenüber dem Amtshaus gemütlich machen, picknicken, rauchen und vorüberschlendernde Bekannte, Verwandte oder Freunde begrüßen. Der kleine Teil der Bevölkerung, der Arbeit hat, huscht geschäftig vorbei.

Allerdings ist Amarâq nicht so übersichtlich, wie es den Anschein hat. In seinen Winkeln, Falten, verbirgt es geheime Welten, die man lediglich durch Zufall entdeckt, wie den alten Friedhof zwischen dem Polizeirevier und Emilias Buchgeschäft, der bloß an zwei Kreuzen als solcher zu erkennen ist und sich immer wieder aus dem Blickfeld zu ducken scheint, so dass man sich fragt, ob es ihn jemals gegeben hat, oder das Sommerquartier der Schlittenhunde, das aus unterirdischen Höhlen besteht, die sich am Ufer des Flusses entlangschlängeln.

Zwischen dem Armenviertel beim Heliport und dem modernen Viertel liegen die Administration mit dem weißgestrichenen, würfeligen Verwaltungsgebäude, die Polizei im gelben Hochblockhaus, die Post alias Bank mit einer von insgesamt zwei öffentlichen Telefonzellen, die alte Kirche, nunmehr das neue Museum, das Gemeinschaftshaus, in dem jeden Donnerstag und Freitag musiziert wird, die Touristeninformation sowie die neue Kirche, die auf dem höchsten Punkt der Stadt mit Blick auf den Hafen errichtet wurde.

Durch den tiefsten Punkt Amarâqs sprudelt ein Fluss,

der in den Seen im Tal der Blumen seine Quelle hat. Am südlichen Talrand liegen das Waschhaus, in dem sich die öffentlichen Duschen und Waschmaschinen befinden, die Billard-Bar, die nur freitags geöffnet hat, sowie der neue Friedhof, den eine hartnäckige Düne in zwei Hälften gebissen hat und der sich bis zum Horizont mit unzähligen weißen Holzkreuzen und Blumen erstreckt, die nie vertrocknen oder ertrinken und erst dann ausgetauscht werden, wenn sie die Farbe des Schlammes angenommen haben. Mit ihrer Hilfe können die Gräber unterschieden werden, da die Kreuze keine Namen tragen, bis auf eines, in das eine Inschrift geritzt ist: *Rasmus Petersen, 1995 – 2006, assuaki, ich liebe dich.*

Im Winter, wenn der Himmel in Flocken zerfällt und die Erde in sein Spiegelbild verwandelt, wird der Friedhof unsichtbar, die Plastikblumen blühen unterirdisch weiter, und das Weiß der Kreuze wird vom Weiß des Schnees verdeckt. Ein Mal im Jahr verschwindet der Tod spurlos, und dies ist der Beweis dafür, dass er nicht endgültig ist, so sehen es die Bewohner Amarâqs, sondern durch die den Gräbern vorenthaltenen Namen überwunden wird, denn der Name ist nicht nur ein Zeichen der Zuordnung, ein Identifikationsmerkmal, ein Ordnungsstifter, er enthält auch die Seele seines Trägers, und solange es den Namen gibt, solange er weitergegeben wird, ist der Mensch unsterblich.

3 Ein leerer blauer Plastikbeutel mit der Aufschrift *Pilersuisoq* liegt auf dem Teppich, Ole Ertaq zieht ein Jagdmesser aus dem Rucksack, lässt es in die Tüte fallen.

Jetzt du.

Magnus Uuttuaq schiebt eine Fotografie dazu.

Sonst nichts?

Magnus schüttelt den Kopf.

Gut.

Ole nickt, verschließt den Sack und stellt ihn in die hinterste Ecke des Kleiderschranks, hinter die Schachteln voll Zeichnungen, Bücher und Hefte, die Stöße von T-Shirts, Hosen und Pullovern. Im Laufe der Jahre wurden die Zwischenböden aus dem Schrankinneren entfernt, um Platz zu schaffen, nun schieben sich die Wände langsam auseinander, es fehlt eine Schraube, und eine zweite hat sich gelockert.

Und du bist sicher, dass Lars ihn hier finden wird?

Magnus nickt. Lars sei schon einmal in seinem Zimmer gewesen und er habe damals gemeint, dass man in diesem Schrank alles verschwinden lassen könne. Wann sollen wir ihn anrufen, fragt Ole? Noch nicht, sagt Magnus, legt seine Hand auf den Mund, als er Schritte im Flur hört.

Ich dachte, deine Großeltern schlafen?

Magnus springt auf, geht zur Zimmertür und hält sein Ohr an das Holz. Manchmal wandert Großvater durch das Haus, flüstert er, nachts, wenn er glaubt, dass ich schlafe, dann knüpft er Köder an Angelschnüre, weiße, rote und hellgrüne, bis seine Brille vom Nasenrücken fällt, er auf die Tischplatte sinkt und einschläft.

Nebenan öffnet und schließt sich die Zimmertür, die Schritte werden leiser, dann öffnet und schließt sie sich erneut, sie hören das Knarren der Stufen, endlich ist es still. Wir warten besser noch, sagt Ole und greift zur Zigarettenschachtel.

Du hast doch niemandem etwas verraten?

Nein. Du?

Sie hätten lange genug an diesem Plan gearbeitet, sagt Ole, er würde ihn niemals gefährden.

Wir müssen sichergehen, dass deine Großeltern schlafen.

Seine Großmutter könne nicht sprechen, murmelt Magnus, selbst wenn sie wach sei, werde sie sie nicht verraten, sein Großvater habe einen leichten Schlaf, aber er höre schlecht. Es wird schon gehen, setzt er hinzu.

Ole geht zum Fenster, öffnet es, zündet sich eine Zigarette an und gibt Magnus eine, dieser nickt, stellt sich zum Freund; beim ersten Zug muss er husten.

Du hast dich noch immer nicht ans Rauchen gewöhnt.

Ole grinst. Magnus schüttelt den Kopf, räuspert sich.

Es wird schon.

Was, glaubst du, wird dein Großvater mit deinen Sachen machen?, fragt Ole.

Weiß nicht, sagt Magnus. Ist mir auch egal, ist nur Kram, nichts von Bedeutung.

Das meiste habe er schon seit Jahren nicht mehr benutzt, sagt er. Und deine Eltern, fragt er, was werden sie mit deinen Sachen machen?

Nichts, was sie nicht trinken können, interessiert sie nicht.

Vielleicht verkaufen, fügt Ole hinzu, zuckt dann mit den Schultern, es sei aber nicht viel, eigentlich lohne es sich kaum.

Ist alles Dreck.

Sie rauchen schweigend in der Dunkelheit, einträchtig, als einer der Hunde aus dem Sommerquartier beim Fluss zu heulen beginnt und die anderen ansteckt. Ihr Singen entleert die Nacht, löst die Schwärze auf, verdünnt sie –

als hätten Laute ihre eigene Farbe und wären heller als Finsternis, leichter als Luft.

Mit verschränkten Armen, den Rücken der Tür zugewandt, sitzt Jens auf der Bettkante und ignoriert Sivkes Fragen, die mit der Zeit dünner, durchsichtiger werden und langsam verpuffen.

Endlich umfasst er ihren Arm, als hielte er ihr den Mund zu, und sagt: Du gehst besser.

Sie zögert kurz, dann nickt sie, steht auf, knöpft sich das Kleid zu, schlüpft in die Jacke und will nach ihrer Tasche greifen, als Jens sie am Ellbogen festhält.

Sie hat mich belogen.

Wer?

Sie habe ihn getäuscht, von Anfang an, sagt Jens und verschweigt, dass auch er am Zufall beteiligt war, dass er sie auf dem Weg ins Polizeirevier entdeckt und beschlossen hat, sich zu verspäten. Sie gab vor, überrascht zu sein, obwohl sie ihn bereits gesehen, eigentlich nichts anderes getan hatte, als nach ihm Ausschau zu halten, aus diesem Grund war sie bereits zum dritten Mal zum Supermarkt unterwegs und trödelte den Pfad zum Tal der Blumen entlang, jedes Mal in der Hoffnung, er würde hier auftauchen. Als er dann vor ihr stand, fiel ihr nichts Besseres ein, als von den Seelen des Menschen zu berichten. Der menschliche Körper, erklärte sie, und sie sprach atemlos, tauchte mit ihren Händen immer wieder an, als müssten die Worte gestoßen werden, sei eine Art Sammelbecken der Seelen, die wichtigste sei die Seele des Namens, so groß wie eine Schneeflocke, sie sitze tief unten im Hals, neben der Seele des Lebens. Die Seele des Schlafes, so groß wie ein Daumen, stecke in der Leiste. Man komme mit der Seele des Lebens, der Seele des Schlafes und einigen kleineren Seelen in den Gelenken zur Welt. Die Seele des Namens erhalte man sofort nach der Geburt. Kaum sei die Nabelschnur durchtrennt, werde einem der Name eines Toten ins Ohr geflüstert, und die Seele des Namens dringe, sobald sie sich gerufen fühle, durch die Tür der Seelen in den neuen Wirt, wo sie sich zusammenrolle und fortan lebe, und mit ihr werde die Persönlichkeit des Namensgebers, sein Charakter, seine Stärken und Schwächen, seine Vorlieben und Abneigungen, auf das Kind übertragen.

Sie bleibt, solange es ihr dort gefällt. Wird der Mensch verletzt, geschlagen oder anders misshandelt, verlässt sie ihn.

Sie lehnte sich nach vorne, bis er so dicht vor ihr stand, dass sie seinen Atem spürte, die Wärme, die von seinem Körper ausging.

Wenn auch nur eine der Seelen den Menschen verlässt, wird er krank werden und sterben. Man kann ihn retten, indem man die abtrünnige Seele einfängt, sie vorsichtig mit beiden Händen umschließt, wie einen kleinen Vogel.

Ich verstehe kein Wort.

Sivke schüttelt den Kopf, von wem er spreche?

In Amarâq ist der Atem das Prinzip des Lebens. Er nimmt die Form von Brisen, Winden, aber auch Stürmen an, kann als Luft gefühlt werden und als Himmel gesehen. Er gehört nicht einem Individuum, sondern ist Teil einer Kraft, die einer Person geliehen wird, solange sie lebt. So bewegt er sich in einem unendlichen Kreislauf, pflanzt sich von einem Lebewesen zum nächsten fort. Nach dem Tod verlässt er den Menschen, verstreut sich in der Welt. Wörter sind seine Hülle, die Form, die er braucht, um von den Menschen verstanden zu werden, und sie wissen, welcher Macht sie sich täglich ausliefern, denn alles, was man in Amarâq ausspricht, wird Wirklichkeit –

Sivke wiederholt ihre Frage.

Wer hat dich belogen?

Julie Hansen.

Johanna schulterte ihren Rucksack zum zweiten Mal.

Warte.

Sie hielt in der Bewegung inne, das Haar fiel über ihr Auge, einäugig sah sie Jens an.

Ob Sørensen die fehlende Seele gefunden und zurückgebracht habe, fragte dieser. Johanna schüttelte den Kopf, nein, er habe gar nicht erst nach ihr gesucht, Julie sei von selbst aufgewacht, und mit einem Lächeln sagte sie, ihre Tochter werde wohl immer eine Seele zu wenig haben –

vielleicht aber ist sie noch unterwegs, seit mehr als einem Jahrzehnt: eine Seele auf Reisen, eine Wanderseele, die mal in den Körper eines Hundes schlüpft, mal in den eines Raben und in einen Grashalm, jedoch weder die kalte Jahreszeit verträgt noch das ständige Wippen im Wind und sich deswegen nach einer neuen Behausung umsieht, sich schließlich für einen Robbenkörper entscheidet, für ein Robbenleben im eisigen Wasser, zwischen Bergen aus Eis, in Tälern, so tief, dass sie in der Finsternis enden, so glatt, dass man auf ihnen in die Freiheit rutschen kann, aber sie lernt, dass auch diese Freiheit Beschränkungen unterliegt. Und wenn sich die Wolken auf das Meer legen, stellt sie fest, löst sich ihre Welt in nichts auf, ein farb- und formloses Nichts, dann stößt sie beim Schwimmen an den Horizont, diese Linie, die sie einst mit freiem Auge kaum wahrgenommen hat, denn diese besitzt die Angewohnheit zu verschwinden, noch während man schaut, und sie lernt, dass der Horizont in Wahrheit keine Linie, sondern ein Steg ist, und sie erfährt, dass sie, wenn sie sich beim Tauchen mit den Hinterflossen von ihm abstößt, die Geschwindigkeit erreichen wird, die notwendig ist, um unter die Wasseroberfläche zu zischen, aber sie lernt auch, dass das gewählte Leben ein gefährliches ist, als sie, von einem unsichtbaren Jäger harpuniert, in der leblosen Hülle zum Wohnplatz gezogen wird, über unebenes Eis, als sich die Jägersfrau über sie beugt und das Fleisch zu zerteilen beginnt, die Stücke zu verfüttern an die umstehenden jaulenden, kläffenden Hunde, so dass sie von einem Robbenteil in den anderen flüchten muss, schließlich ganz hinauf in die Kehle, um von hier auf die Erde zu fallen: als Säugling.

Ages Lieblingsmärchen, sagte Johanna und winkte zum Abschied.

Bye.

Warte, sagte Jens zum zweiten Mal.

Wer ist Age?

Mein Mann.

Julies Vater, verbesserte sich Johanna hastig und wehrte jede weitere Frage ab, indem sie hinzufügte, er sei vor drei Jahren gestorben. Vor drei Jahren, wiederholte Julie und sah ihre Mutter an, als wäre sie eben erst aus einer tiefen Verwunderung erwacht.

Er habe sie nicht vergessen können, sagt Jens und meint eigentlich: Er habe ihren Gesichtsausdruck nicht vergessen können, er habe sich an diesen Ausdruck der Verwunderung erinnern müssen, er trat etwas in ihm los und stellte eine Verbindung zu ihm her, von diesem Moment an war er auf der Suche nach ihm, wollte ihn erkunden, erforschen, wollte ihn spüren, denn er war im Grunde kein Bild, sondern die direkte Übersetzung eines Gefühls, und vielleicht hatte Jens schon immer nach ihm gesucht, insgeheim.

Was verbirgt sich hinter der Sehnsucht, die wir Liebe nennen, wird sie durch die Gespräche gefestigt, die weniger Dialoge sind als vielmehr Geständnisse? Und in einem Vergleich von Bekenntnissen findet eine Annäherung statt, die im Grunde auf einer Illusion beruht, der Illusion, man verstünde wirklich und wahrhaftig, wovon der andere spricht.

Man müsse sich vor den Verstorbenen schützen, hatte Julie ihm ins Ohr geflüstert, und jedes Wort war von einer Wärme begleitet worden, unbestimmbar, diffus, sie würden den Kontakt zu ihren Familien nie aufgeben.

Sie kommen dich besuchen, in schrecklicher Gestalt.

Ob er an die Unsterblichkeit glaube, hatte sie ihn noch gefragt, aber seine Antwort nicht abgewartet, sondern gesagt, was für ein Unsinn, wir verbrauchen unser Leben damit, den Tod zu fürchten.

Am nächsten Tag zog sie, nur eine Woche nach ihrer ersten Begegnung, bei ihm ein; sie ging einfach nicht mehr nach Hause. Sie blieb bei ihm, bis Johanna vor der Tür stand, besorgt, bekümmert, und Jens nach dem Verbleib ihrer Tochter fragte, ihrer minderjährigen Tochter, wie sich im Verlauf des Gesprächs herausstellte, so dass er, notgedrungen, Julies Anwesenheit leugnete und die Mutter heimschickte. Nachdem er sich vergewissert hatte, dass diese wirklich gegangen war, zwang er Julie, ihre Sachen zusammenzusuchen und sie in einen Rucksack zu stopfen, danach zerrte er sie vor die Tür und sagte ihr, er wolle sie nie wieder sehen: nie wieder.

Wann war das?

Am Dienstag.

Seither habe sie ihm überall aufgelauert, sie habe ihn verfolgt, sie habe ihm keine Ruhe gelassen, sie habe sich an ihn geheftet, nur um ihm immer wieder zu versichern, zu schwören, dass sie ihn nicht absichtlich belogen, nicht absichtlich in die Irre geführt habe.

Aber du glaubst ihr nicht?

Sie ist vierzehn. Es ist egal, ob ich ihr glaube oder nicht.

Sein Blick weicht Sivkes aus, bleibt an der Tür hängen.

Glaub mir, es ist egal.

Sie hätte längst schreien müssen, aber heute ist sie schrecklich ruhig, Mikileraq Bak tritt vorsichtig auf, auf gespreizten Zehen, die sie in ihr Beinhaus, Schneckenhaus, einfährt, wenn sie sie nicht länger braucht. Das Spielzeughaus knackst unter den Sohlen, sie hat die Mauern zum Einstürzen gebracht, Mikileraq seufzt und geht auf Zehenspitzen weiter, der Holzboden knarrt, die weißen, zu Weihnachten auf Wolle gefädelten Wattekugeln, Schneekugeln, hängen von der Decke, im Mondlicht sehen sie aus wie gefrorene Sonnen, und die kleine Plastikschaukel, die Maja tagsüber anstößt, verhält sich still, als versuchte sie, sich zu verstecken. Auf der Couch liegt die Flickendecke ihrer Mutter, auf dem Tisch der Kaugummi-Roboter, und unter dem Fenster steht der kleine graue Esel mit Glocke und Lastensäcken, den sie in einem Souvenirgeschäft auf Zypern fand, in einer Holztonne, vergraben unter Hunderten von Zwillingsschwestern und -brüdern.

Mikileraq tastet nach der Decke, macht es sich unter den Falten gemütlich und gewöhnt sich an die Nacht. Sie wartet auf die Sterne, die sich zeigen, sobald die Augen die richtige Temperatur erreicht haben, wartet auf ihr Schimmern, Flirren, ihren Dialog mit der Stille.

Sie sitzt im schwachen Schein des Straßenlichts, das durch das Fenster fällt, wartet und bereut; bereut, dass sie die Tochter ihrer Nichte adoptiert hat. Sie hatte keine andere Wahl, das Mädchen wäre sonst ins Waisenhaus gekommen, niemand konnte es aufziehen, weder die Mutter, die erst sechzehn Jahre alt ist, noch der Vater, ebenfalls sechzehn. Sie hat gesagt, dass Britt nach Dänemark gehen und dort ihre Ausbildung abschließen solle, Britt hat mit ihr gestritten, sie hat gebettelt, geweint, sie wolle das Kind selbst aufziehen, sie sei stolz darauf, Mutter zu sein, als Mutter werde sie respektiert, und fast hatte sie die Familie überzeugt, als Majas Vater gefunden wurde, mit aufgeschnittenen Pulsadern, den Kopf noch in der Schlinge, die an einem Bettpfosten hing. Er wurde liegend gefunden, der Hinterkopf knapp über dem Teppich; im Raum zahlreiche Blutflecken.

Wenn Maja schläft, ist ihr Mund leicht geöffnet und der Körper zur Seite gedreht, dann erinnert sie Mikileraq an Britt, das gleiche Profil, denkt sie und traut dieser Ruhe nicht, Maja wird sicher noch einmal aufwachen, dann will sie in der Nähe sein. Sie gesteht sich nicht ein, dass dies bloß ein Vorwand dafür ist, nicht in die Schlaflosigkeit zurückkehren zu müssen.

Auf dem Rücken trug Julie den Rucksack, mit dem sie bei Jens eingezogen war. Sie ging stadtauswärts, weil sie von der Schule nicht nach Hause wollte und nicht wusste, wohin sie sonst gehen sollte. Sie folgte der Straße bis an ihr Ende, wissend, dass sie im Nichts enden wird, wie es Straßen in Amarâq üblicherweise tun: dass der Asphaltboden eine fransige Kante hinterlassen wird und Erde, Steinchen unter ihm hervorquellen werden, unverdeckt, unverkleidet, dass aber das Ende beiläufig auftauchen wird, als wäre nichts normaler als eine Straße, die plötzlich aufhört.

Vielleicht aber ist Amarâq nicht das Ende, sondern der Anfang der Welt. Die Funktion eines Weltenbeginns kann doch nur darin liegen, viele Wege in die Welt zu schaffen, damit sich der Ursprung vergrößert, also muss es auch Straßen geben, die noch nicht lang genug sind, Straßen, die im Nirgendwo aufhören, die noch Zeit brauchen, um zu wachsen, wie in Amarâq. In diesem Fall müssten die Bezeichnungen anders lauten: Die Ausläufer wären Anläufer und überall wäre das Gegenteil von Nichts, überall wären die Anläufer von Etwas, chaotisch zwar, aber erkennbar, auf gewisse Weise geordnet.

In diesem Fall würde sich Julie auf einem Anläufer bewegen, der noch nicht angesprungen ist, der zwar bis zur Küste führen sollte, aber noch nicht so weit gediehen ist. An seinem Ende würde sie sich auf den unsichtbaren Abschnitt der Straße setzen, auf den Kies –

weil sie den Boden unter den Füßen verloren hat.

4 Du hast sie umgebracht.

Niels Miteq nimmt einen Schluck aus der Bierdose, ehe er sie zerdrückt und zu den anderen in die gegenüberliegende Ecke des Zimmers wirft.

Du hast von einem Schiff geträumt, das an einem Felsen zerschellt, bevor es an Land gespült wird, und genau das ist passiert, dein Traum hat sich über das Schiff gelegt, es in einen Sturm geraten und kentern lassen. So ist die gesamte Mannschaft ertrunken, und es ist deine Schuld, denn es war dein Traum.

Er weicht Lars Kilimis Blick aus und fixiert das Notizheft in seinem Schoß, das *Buch der Träume*, an dem er seit seinem achten Lebensjahr schreibt und das Erkenntnisse beherbergt wie *Kurzlebige Träume: Träume, die vergessen sind, sobald man aufgewacht ist; verschwiegen, verraten selten, was geschehen wird.* In den letzten zwanzig Jahren glaubt er herausgefunden zu haben, dass sich ein Traum bloß auf den folgenden Tag bezieht, nicht etwa auf die ganze Woche oder den Monat, und dass seine Ablauffrist zwölf Stunden beträgt. Erfüllt er sich nicht innerhalb dieses Zeitraumes, ist er wertlos oder wurde falsch verstanden. Nicht alle Träume, so sieht es Niels, sind leicht zu entschlüsseln, bei manchen sind mehrere Anläufe nötig, bis er sie begreift. Normalerweise enthalten sie Warnungen, Hinweise auf etwas, das in der Zukunft liegt: Sie sind Weichen, die man stellen kann, um die Zukunft zu manipulieren, sein Schicksal zu ändern, jedoch nur, wenn man sie zu deuten weiß. Aus diesem Grund führt Niels das schwarze Notizheft, hat es immer bei sich, stets griffbereit. Anfangs verstand er seine Träume nicht, später aber fiel es ihm leichter, ihren Nutzen für sein Leben zu begreifen. Spielen Kinder Fußball in seinen Träumen, bedeutet es, dass etwas Unangenehmes passieren wird; wird er in seinem Traum von einer Frau geküsst, weiß er, dass er unerwartet Geld bekommen wird. Träumt er von einem Feuerwerk, wird etwas Lustiges geschehen, träumt er hingegen vom Fliegen, droht Gefahr. Solchen nächtlichen Hinweisen hat er sein Leben untergeordnet, verkriecht sich, sobald ein Ball in seinen Träumen gekickt wird oder seine Füße vom Boden abheben, kauft im Internet ein, sobald sich die Lippen einer Frau seinen nähern.

Im Grunde war Niels' Fixierung auf die Traumdeutung eine Art Sehhilfe, Sichtprothese: das dritte Auge. Als Kind litt er unter einer Augenkrankheit, die in Ostgrönland in dieser Form noch nie aufgetreten war. Seine Augen waren blutunterlaufen, und sowohl Eiter als auch grünlich-gelblicher Schleim tropften aus den Augenwinkeln, liefen als dünnes Rinnsal über die Wangen, und mit der Zeit schwollen die Lider an, wanden sich wurstförmig um die Augäpfel. Diese Deformation schränkte Niels' Möglichkeiten zu sehen ein, andererseits konnte er nicht anders, als seine Augen offen zu halten, denn wann immer er sie schloss, stach es umso stärker in ihnen. Die heimliche Schamanin, die lediglich für den Pastor Jägersfrau spielte, wurde geholt, doch schon nach einem kurzen Blick auf den Patienten weigerte sie sich, ihn zu behandeln, die Krankheit sei die Quelle für eine große prophetische Begabung, sagte sie, murmelte ein paar magische Worte und schlüpfte in ihre Alltagsrolle zurück. Bald munkelte man in Ittuk und auch in Amarâq, dass das Kind Niels in Wahrheit ein mächtiger Schamane sei und mit offenen Augen schlafe. Das war so nicht ganz richtig: Er hatte sie beim Schlafen geschlossen, doch der Schmerz weckte ihn alle paar Stunden auf –

bis er endlich selbst den Grund für sein Leiden identifizierte und sich einen ganzen Tag lang, er musste immer wieder innehalten, weil es ihn vor Schmerzen schüttelte, jede einzelne Wimper ausriss. Währenddessen und sofort danach bluteten die Lider, schwollen noch stärker an und entzündeten sich, und als sie endlich, nach Wochen, verheilt waren, blieben Narben und Wulste zurück, die die Augäpfel nach außen drückten, so dass es aussah, als wollten sie aus dem Schädel springen. Seine Sehkraft aber hatte sich verbessert, und er sah von diesem Tag an weiter und schärfer als alle anderen, auch wenn das Bild immer ein wenig zerkratzt war. Um nicht angestarrt und verspottet zu werden, setzte er eine Brille mit dickem Rahmen auf, die ein Tourist zurückgelassen hatte. Er stolperte, wenn er sie trug, aber sie verkleinerte seine Augen, und er gewöhnte sich daran, die Brille abzunehmen, wenn er scharf sehen wollte.

Manche Träume belügen dich, sagt er, aber jene, die frühmorgens auftauchen, helfen dir, ihnen kannst du vertrauen. Bis heute haben mich meine Träume nicht ein Mal betrogen.

Lars greift nach der letzten Dose Bier, und was ist, fragt er, wenn man den gleichen Traum immer wieder hat? Das ist kein guter Traum, sagt Niels, zündet sich eine Zigarette an und wiederholt: Das ist kein guter Traum, den musst du loswerden, so schnell wie möglich.

Lars weicht Niels' forschendem Blick aus, steht vom Sofa auf, einer Konstruktion aus zwei Matratzen, und schiebt den langen braunen Mantel, der zum Verdunkeln vor das kleine quadratische Fenster gehängt wurde, beiseite. Jede Nacht, sagt er, träume er davon, wie eine Gruppe von Menschen in einen Abgrund falle.

Zunächst erkenne ich sie nicht, es ist mir nicht möglich, meine Augen scharfzustellen, obwohl ich mich sehr bemühe, dann aber, mit einem Mal, sehe ich sie. Es sind meine Großmutter, meine Freunde, auch du, ihr steht an einer Klippe, steht eng beieinander, einer hinter dem anderen wie Dominosteine. Plötzlich kommt Wind auf, er klingt wie das Jaulen eines Hundes, und der Erste in der Reihe beugt sich nach vorne, ich versuche, ihn aufzuhalten, ich greife nach ihm, aber meine Arme bleiben in der Luft stecken, und noch bevor sie ihn berühren können, stürzt er in die Tiefe und mit ihm die ganze Gruppe, einfach so, als wäre nie etwas anderes möglich gewesen.

Nur das Mondlicht erhellt ein paar Punkte im Raum: die beiden hinteren Herdplatten, die Stuhlkante. Sivke tastet sich durch das Zimmer, das nun länglicher erscheint, als wäre es gewachsen und hätte zugleich an Tiefe gewonnen, jeder Schritt birgt ein Risiko in sich. Sie bleibt stehen, am liebsten würde sie sich auf den Boden setzen und warten, bis es hell wird. Sie weiß, dass sie ein paar Minuten brauchen wird, um sich an die Dunkelheit zu gewöhnen. Sie schließt die Augen und hört auf ihren Atem, ein, aus, ein, aus, sie zählt bis dreißig, dann blinzelt sie in eine blaue Landschaft. Das weißgelbe Mondlicht, gemischt mit dem Schwarz der Nacht, ergibt ein Blauschwarz, das alles Sichtbare in eine homogene Masse, in eine Ebene verwandelt, und die Finsternis, die vorher durch das Licht ausgesperrt war, lässt sich nicht länger verdrängen, lediglich die

Kanten und Ecken, die sich ihrem Einheitsschatten wider-
setzen und ihren eigenen einfordern, stechen heraus, sie
sind die Wegweiser, die Sivke braucht, um bis zur Haustür
zu gelangen.

Sie geht vorsichtig die Küchenzeile entlang bis zur Fußmatte, der Eingang ist in völlige Dunkelheit getaucht, sie
streckt ihre Hand aus, langsam, und berührt die Wand, tastet die Tapete entlang bis zu einer Leiste, danach weiter
geradeaus und etwas südlich, bis sie den Türknauf findet.
Sie dreht ihn im Uhrzeigersinn, aber sie hört kein Knacksen, das das Öffnen begleitet, sie fingert nach dem Schlüssel, hat Jens sie eingesperrt? Er steckt im Schloss. Sie dreht
ihn in die eine, dann in die andere Richtung. Die Tür
springt nicht auf, sie bewegt sich nicht einmal, so sehr Sivke auch an ihr rüttelt –

obwohl, sie öffnet sich einen Spaltbreit, nicht weiter,
etwas ist im Weg.

Liebe in Amarâq ist einerseits ein Zeitvertreib, dem jeder
nachgeht, weil die Auswahl an Tätigkeiten, Hobbys, beschränkt ist und man meint, dass Liebe wiederholbar sei,
andererseits nehmen die Bewohner das Lieben sehr ernst,
da es für sie die Hauptsache dessen ist, was ihr Leben be-
deutsam macht, sie klammern sich geradezu an sie, denn
sie ist anders als die Liebe anderswo, sie ist Rettung, Erlö-
sung: Sie öffnet die Isolation, die Enge, verkürzt die Entfernung zum Horizont und glättet den Himmel. Mit einem
Mal erscheint die Erde endlich, man selbst als Teil dieser
Welt und nicht wie sonst ausgestoßen.

Aber Liebe in Amarâq ist auch ein Verhängnis, da man
alles auf eine Karte setzt, man hat ja nichts anderes als sein
Leben, und gerade diese Unbedingtheit ist es, die ange-

sichts all der Erwartungen und Forderungen das Glück zu lieben in Unglück verwandelt.

Das Verhängnisvolle am Unglück ist, dass es vorgibt, dauerhaft zu sein; über eine ähnliche Begabung verfügt der Schmerz, der sich noch dazu mit Legitimation bewaffnet, um den Augenblick in Ewigkeit zu transformieren.

Julie konnte sich nicht entschließen, das Ende der Straße zu verlassen: Sie meinte, an diese Stelle zu gehören, die durch die unvollendete Asphaltierung zerrissen wirkte. Sie legte sich auf einen Stein, groß und flach wie ein Bett, sie glaubte, sie habe eine Verwandlung durchgemacht, sie sei eine andere geworden, nunmehr fremd in ihrer gewohnten Umgebung, ihr schien, als habe sich die Welt verändert, als wäre an der Stelle der alten eine neue entstanden, von einem Tag auf den anderen, auch die Menschen wären ausgetauscht worden, vielleicht aber sah sie sie zum ersten Mal so, wie sie wirklich waren. Plötzlich war ihr das Fremde vertrauter als das Vertraute, und es schien unmöglich, dass diese Metamorphose, die sich erste Liebe nennt, schon wieder beendet sein sollte, sie war doch noch mittendrin, sie hatte die Verpuppung nicht abgeschlossen. Den Geschmack des Herkömmlichen hatte sie vergessen, das Neue hingegen kannte sie nur teilweise, sie hatte gerade einmal einen Blick erhascht, nun steckte sie in einer Zwischenwelt, in einem Zwischenstadium, dem sie nicht entfliehen konnte, seit Jens das Seil gekappt hatte, das sie mit der Gemeinschaft verband, und sie hatte fallenlassen. Und sie war gefallen ohne zu wissen, dass Liebe Einzigartigkeit vorgaukelt, wenn sie doch in Wahrheit auf Wiederholung angewiesen ist.

Julie beobachtete die Leere des Himmels, die zeitweilig von Wolken durchzogen wurde, das Blau, das unveränderlich, unbarmherzig herunterschien, als wäre es ein Abgesandter der Sonne –

plötzlich stand sie auf und hastete heimwärts. Zu Hause angekommen, ignorierte sie ihre Geschwister, Pia und Caroline, den falschen Zwilling, auch ihren Stiefvater, der sie grüßte, sie lief in ihr Zimmer, sperrte sich ein und kam erst wieder heraus, als es an den Rändern des Himmels zu dunkeln begann. Auf Johannas Frage, ob sie ein Abendessen wolle, sagte sie, sie sei nicht hungrig, auch ließ sie sich nicht auf ein Gespräch ein, sondern wandte sich ab, schlüpfte in ihre Jacke, in die Schuhe, schob Pia, die mit auf den Spaziergang wollte, so unsanft von sich, dass diese zu weinen anfing und getröstet werden musste.

Julie nahm Pias Tränen kaum wahr, sie verließ eilig das Haus.

Die Plastiksäcke sind schwer, sie enthalten die Schmutzwäsche der ganzen Woche, Inger muss die halbe Stadt durchqueren, um zum Waschhaus zu gelangen, vorbei an der Polizei, am Kinderheim, dann dem Straßenverlauf folgen bis zum Fluss am Beginn des Tals der Blumen. Sie erledigt ihre Wäsche gerne nach Einbruch der Dunkelheit, da die Waschküche zu dieser Zeit meistens verlassen ist.

Seit ihrem Umzug vor vielen Jahren ist sie auf dieser Straße mehrmals täglich unterwegs, und sie braucht nicht mehr auf den Boden zu achten, ihre Füße wissen bereits, wann sie ausweichen müssen, sie kann sich ganz auf das Bild konzentrieren, das die Nacht für sie bereithält: auf die eingesperrten Lichter, die hinter zugezogenen Vorhängen leuchten, flackern und manchmal glühen; auf die von der Schwärze geschorenen Gräser und Sträucher; auf den

Fjord, der unverhohlen seine Tarnung aufgibt, sich als tiefschwarzes Loch entpuppt.

Inger liebt die Geräusche der Nacht, sie bezeichnet sie als Lieder und Gesänge, die Laute, die durch die Luft schwirren und deutlich machen, dass die Nacht in viele Teile, Ebenen, zergliedert ist, die einzig in diesen fünf Stunden das Korsett verlassen, das sich Tag nennt; wenn es keinen Unterschied macht, ob sich zu den vielen Nuancen, die die Finsternis besitzt, eine weitere dazugesellt oder nicht: wie die schwarze Katze, die mit abgewandtem Kopf die Straße entlangläuft und von der Inger kurz glaubte, als sie sie sah, sie wäre ein entflohener Schatten.

Schattenlose Menschen, hatte Ingers Vater gesagt, ehe er, ängstlich, verwirrt und nach vielen schlaflosen Nächten, nicht mehr sprechen und schlucken konnte (sein Speichel war als Schaum vor den Mund getreten, und er konnte bloß noch schreien, beißen und um sich schlagen, Wochen nachdem er versucht hatte, seine Tochter zurück nach Ittuk zu holen), schattenlose Menschen seien gefährlich, denn sie besäßen keine Seelen.

Sivke kramt in ihren Jackentaschen, sie leert sie und findet Münzen, ein Hustenbonbon, einen Bleistift, einen Lippenstift und Streichhölzer. Sie reißt ein Streichholz an, der Luftzug bläst es aus, wahrscheinlicher ist, es war ihr Atem. Sie versucht ein zweites zu entzünden, doch es zerbricht, ihre Finger zittern zu sehr. Das dritte ist bereits benutzt, eines mit schwarzverkohltem Kopf, nun ist die Schachtel leer, sie flucht, beginnt in ihrem Rucksack zu wühlen.

Kein Feuerzeug.

Sie lässt den Rucksack sinken und starrt auf den Spalt zwischen Tür und Rahmen. Es ist draußen heller als drinnen, Dunkelheit dringt durch die Fuge, lässt die Kanten des Lichtschalters von der Wand abstehen, verwandelt sie in die Schluchten eines Miniaturtals. Sivke knipst das Eingangslicht an, das Schnappen des Schalters zerschneidet die Stille, schon hört sie Jens aus dem Schlafzimmer rufen, Sivke, ist alles in Ordnung?, doch noch bevor sie antworten kann, nein, die Tür klemmt, sieht sie eine Hand –

das gezähmte Licht der Vorzimmerlampe denkt nicht daran, den Anblick zu verschönern, stattdessen fällt der Strahl auf die einzelnen Glieder; Sivke erstarrt.

Erst nach ein paar Sekunden, sie erscheinen ihr wie eine Ewigkeit, kann sie sich rühren, sich hinknien, doch sie traut sich nicht, die Tür aufzustemmen, stattdessen steckt sie ihre Hand durch den Spalt, erfühlt eine Schulter und berührt sie, zunächst sanft, ein sanftes Tippen, aber der Mensch regt sich nicht, so schüttelt sie ihn etwas kräftiger, auch wenn ihr der Körper zu schmal vorkommt für einen der üblichen Betrunkenen Amarâqs, zu dünn –

zu zaghaft, Jens hat es nicht gehört, ihr Klopfen, er antwortete nicht. Julie setzte sich vor die Haustür, wartete, bis sie aus dem Inneren Schritte hörte, dann sprang sie auf und sprach ihn an, noch während er die Tür versperrte, doch er stieg in sein Auto, ohne zu antworten, und fuhr davon. Sie beschloss, zu bleiben, bis er wiederkäme.

Sie harrte drei Stunden aus: drei Stunden, in denen sie beobachtete, wie der Eisberg, den sie Vera getauft hatte, immer mehr von der Dunkelheit verschluckt wurde, obwohl er sich mit einem hellblauen Schimmer gegen sie wehrte; wie das Picknick der Kieselsteine durch den plötzlichen Regen einer Sommernacht aufgelöst wurde; wie die Brosche, ein Geschenk ihrer dänischen Urgroßmutter, unter ihren Sohlen zerbrach. Endlich tauchte Jens auf, aber er war nicht allein, Sivke war bei ihm, Sivke Carlsen, und Julie versteckte sich, rettete sich in letzter Minute hinter die Mauer.

Sivke und Jens verschwanden im Haus, Julie lauschte ihrem Gespräch, das durch die Fenster und Wände drang, sie blieb unschlüssig stehen, verwirrt vom vergeblichen Warten. Schließlich setzte sie sich auf denselben Platz wie zuvor, direkt vor die Haustür, sie rückte etwas nach rechts, in Richtung Straße, diese Stelle war nicht lauwarm wie jene daneben. Sie stemmte ihre Füße in die Erde, sie saß nicht, sie hockte, löste den Knoten an der Rucksacköffnung und zog einen dünnen Schal hervor, mit dem sie eine Schlinge knüpfte.

Eintausendfünfhundert Menschen leben in der größten Siedlung im Osten Grönlands, in Amarâq. Es ist kein Dorf, aber auch keine Stadt, sondern eine Territorialmarkierung. Alles von Menschenhand Erbaute ist ausschließlich für eine Übergangszeit errichtet worden, die nie ihr Ende gefunden hat, so dass die Grenzen der Stadt allgegenwärtig sind, obwohl der Mensch in Grönland winziger ist als anderswo: um etliches kleiner als die Einzimmerhütten, die man sich eher überzieht, als dass man sie betritt, und die, zerlegt und mit Anleitung, aus Dänemark importiert und innerhalb von drei Sommermonaten aufgebaut werden müssen, da ansonsten der Boden zu hartgefroren ist, um das Fundament zu legen, und um ein Vielfaches kleiner als die Berge, die die Stadt an drei Seiten umrahmen.

Seinem Wesen nach ist Amarâq lediglich ein Vorschlag, der darauf wartet, angenommen zu werden –

nichts ist überflüssig, alles ist notwendig, nichts existiert bloß, um zu existieren, alles hat zumindest einen, meistens mehrere Zwecke zu erfüllen: Die Post ist zugleich die Bank, der Supermarkt das Kaufhaus, Bekleidungshaus, Heimwerkerladen und Souvenirgeschäft, die Sporthalle das Fast-Food-Restaurant der Stadt, das Buchgeschäft ebenso ein Obst- und Gemüseladen sowie Café, und auch die Menschen haben mehrere Funktionen auszuüben, die Großmutter die der Tante, der Onkel die des Vaters. In Amarâq darf ausschließlich das existieren, was für das Überleben absolut notwendig ist: die Mindestanzahl an Einrichtungen und Menschen. Das Überflüssige hat sein Dasein aufzugeben, und weil es spürt, dass es überflüssig ist, verschwindet es, wird es verlassen oder verlässt sich selbst. Doch mit seinem Verschwinden mutiert die Einsamkeit, breitet sich als Isolation langsam in der Bevölkerung aus und infiziert jeden, der sie nicht leugnet, bis alle Bewohner Amarâqs den Keim einer tödlichen Krankheit in sich tragen.

Inzwischen richtet sich die Stadt auf diese Epidemie ein, duldet sie mit einer Gelassenheit, die unheimlich ist, und ein Gedanke wird zum Gesetz: dass es Amarâq nicht mehr gäbe, würde die Krankheit geheilt; dass das eine ohne das andere, die eine Geschichte ohne die andere undenkbar sei und man Angst haben müsse, dass, wenn die Wurzel der Krankheit gezogen würde, die ganze Bevölkerung, die an ihr hängt, mitherausgezogen würde und nichts anderes übrigbliebe als die Hülle der Stadt.

5 *Hotel Amarâq*, das einzige Hotel der Stadt, ein Schlafhaus mit elf Kojen, die nicht mehr enthalten als ein Bett, einen Schrank und einen Tisch, erlaubt es nicht, sich am Ende der Welt niederzulassen, sondern verstärkt das Gefühl der Einsamkeit, die tagsüber in der Stille lauert, nachts aber vorgibt zu schlafen, indem es die Gäste voneinander separiert aufbewahrt. Die Fremden, solcherart eingeteilt, versuchen einander so wenig wie möglich zu begegnen, der Kontakt ist auf ein Minimum reduziert, auf ein Morgengespräch, den Gruß vor der Nachtruhe, als könnte ein überflüssiges Wort die Sicherheit des Unbekannten verletzen.

Es ist ein dunkelrotes, schlauchförmiges Blockhaus, das sich eng an die Erde schmiegt, dabei hoch über den drei Seen, dem Tal der Blumen und dem Friedhof thront und seit ein paar Tagen menschenleer ist, die letzte Touristengruppe flog Mitte der Woche zurück nach Island, nun surren Mückenknäuel von Windloch zu Windloch und machen es notwendig, dass die Eingangstür, obwohl sie klein und schwer zu entdecken ist, von Moskitonetzen verhangen bleibt, so dass man ein Gitterlaken nach dem anderen durchkraulen muss, um in das Innere, in das Souvenirgeschäft, Präludium zur Hotelrezeption, zu gelangen, wo kleine, aus Knochen geschnitzte Figuren, Robben, Eisbären und Menschen in vergessener Tracht, sowie Fliegennetze, Taschen, Jacken, Hosen und Pantoffeln aus Robbenfell verkauft werden. Der Laden wirkt von innen noch viel kleiner als von außen, und über den Regalen liegt ein feiner Nebel, der den ganzen Raum in ein All verwandelt, durch das die Knochenfiguren wie Astronauten schweben.

In Zimmer Nummer acht häuft Sara Lund den Inhalt ihres Reiserucksacks, Kleidung, Bücher und Waschutensilien, auf das Bett. Sie ordnet den Besitz nach seiner Funktion, schlichtet ihn in Plastiktüten, die sie aber noch nicht verschließt. Ihre Jeans, ein Paar Socken und ein T-Shirt hängt sie über die Stuhllehne. Sie hievt den Rucksack auf die Matratze, nimmt aus einer Seitentasche ihren Reisepass und ihre Geldbörse heraus und legt beides auf das Kissen. Aus einem Innenfach, der Reißverschluss klemmt, sie muss mehrmals daran ziehen, bis er sich bewegt, fischt sie ein längliches Etui, in dem ein Kugelschreiber steckt. Sie setzt sich an den Tisch, öffnet das Notizbuch und schreibt in die linke Ecke *Amarâq, am 31. August 2008.*

Das Hotel ist ein zwiespältiger Ort: Einerseits herrschen in ihm ferne Lebensumstände, andererseits ist deutlich der Versuch zu erkennen, die Unterschiede so weit auszugleichen, dass das Besondere, auf ein Prinzip reduziert, zum Allgemeinen verkommt, zu einem Wohngerippe ohne Persönlichkeit, ohne Charakter: zu einem Platz, an dem sich das Leben unterbricht.

Sivke drückt gegen die Tür, der Spalt vergrößert sich, sie kniet sich hin, klappt ihr Telefon auf und hält es wie eine Taschenlampe an den Schlitz. Sie glaubt, eine Schulter zu erkennen, einen Nacken und etwas Haar, sie erahnt die Haarfarbe, braun, und die Länge, schulterlang, als sie ein schwaches Pochen erschreckt.

Sie fährt zurück, das Telefonlicht erlischt, und starrt in

ein Schwarz, schwärzer als zuvor, als die Augen an die Farbe der Dunkelheit gewöhnt waren und für kurze Zeit die Prinzipien des nächtlichen Sehens verstanden hatten. Sie starrt in das Nichts, weil ihr nichts anderes übrigbleibt, als zu starren, noch weigert sie sich, einzugestehen, dass die Nacht Informationen zensiert. Hallo, fragt Sivke leise, wer ist da? Sie horcht, kriecht so nahe, wie sie es wagt, an den Luftzug heran, der hereinweht, eine kühle Brise wie ein Strom, von eigenartig zäher Konsistenz und mit einem eigenen Geruch, dem Duft nach Feuchtigkeit, dem abwesenden Tag, sowie mit einem eigenen Klang, einem zarten Zischen, als schnitte sich die Luft an den Kanten des Türrahmens.

Sie wartet, kauert und wartet, die Knie schmerzen, sie versucht, ihr Gewicht besser zu verteilen, mehr auf dem rechten Fuß zu hocken als bisher. Sie verliert die Balance und muss sich an der Wand festhalten. Findet das Gleichgewicht wieder, lauscht, noch immer das gleiche Geräusch, das sich Stille nennt; hätte es seinen Laut verändert, hätte sie der Mut verlassen. Vorsichtig pirscht sie sich erneut an, sie nähert sich, Kopf voran, dem Riss in der Mauer, als sie eine Hand auf dem Arm spürt.

Was machst du da?

Jens wartet ihre Erklärung nicht ab, sondern zerrt sie zu sich und rüttelt am Griff. Die Tür gibt ein wenig nach, er drückt dagegen, sie bewegt sich ein Stückchen vorwärts, er stößt mit Schulter, Knie und Fuß gegen sie, sie gibt dem Druck nach, und die Begleitmelodie, ein hartnäckiges Schleifen, verebbt.

Er schaltet das Eingangslicht ein und tritt nach draußen.

Die Menschentraube zwängt sich mit aller Kraft ins Innere, drängt und schiebt sich hinein, vorbei an den Türste-
hern in Grau, vorbei an der Garderobe, wo zehn dänische
Kronen Eintritt gezahlt werden müssen. Hier wird der
Handrücken mit einem Stempel markiert, dann verschwinden die Ringe in den Hosen- und Rocktaschen, erst jetzt ist
man bereit für das Säulenzimmer mit den blitzenden Dis-
kokugeln: Tanzpalast.

Inzwischen ist die Schlange vor dem *Pakhuset* längst
zu einer Wolke mutiert, in deren Mitte man sich stumm
und verbissen um die größtmögliche Nähe zum Eingang
balgt, an den Rändern aber wird schon seit einer Stunde
bei Dosenbier und Telefonmusik anonym gefeiert, anonym, da an dieser Ecke des Hafens das Feiern unter Aus-
schluss der Identität stattfindet. Es könnte jeder sein, der
hier, in der finsteren Peripherie, singt, tanzt und trinkt.

Anders Tukula, der immer mehr aus dem Kern hinaus-
gedrängt wurde, weiß nicht, wessen Bierdose er sich geschnappt und ausgetrunken hat, er hofft, es war Brians,
Brian selbst ist in der Meute verschwunden. Er lässt die
Dose fallen, zertritt sie, denkt kurz daran, seine Freunde
zu rufen, entscheidet sich aber dagegen, schlängelt sich
stattdessen durch die Menge, bis er am Hafen steht. Er
blickt auf die Leerstelle, die der Fjord jede Nacht hinterlässt, und wird von ihr regelrecht verschluckt, bald fühlt
er seinen eigenen Körper nicht mehr, bloß noch ein Brennen in den Augen, die müden Beine und die Kälte, die
sich schleichend ausbreitet, als wäre sie eine dunkle Vor-
ahnung.

Er hat das Gefühl, sich leise verhalten zu müssen, da er
eine Nebenfigur ist, die Hauptfigur, der Held, ist nach wie
vor die Natur.

Anders, komm her!

Er löst seine Augen widerwillig von diesem Bild, das ihm erlaubt, spurlos in sich selbst zu verschwinden.

Anders, schläfst du?

Brian und Jakob winken, fuchteln, wir haben den Seiteneingang gefunden, rufen sie, Jakob hüpft ein paarmal auf und ab, ehe er im Schatten des Mondes verlorengeht, Brian läuft auf Anders zu.

Komm, schnell!

Jens kniet auf dem Asphalt.

Er beugt sich über Julie und versucht, den Knoten, den Strick um ihren Hals aufzuknüpfen, doch seine Finger zittern, und im Zittern wickeln sie neue Schleifen, anstatt die alten zu lösen. Er muss kurz innehalten, die Hände auf die Oberschenkel legen und sich beruhigen, ehe er einen neuen Versuch wagt.

Endlich gleiten die Enden auf Julies Schultern und von dort in ihren Schoß. Der Strick ringelt sich zusammen und verwandelt sich wieder in den Seidenschal, den ihr Jens vor einer Woche gab, als er sie husten hörte. Es ist das Tuch seiner Freundin, das ihn irrtümlich auf die Reise nach Grönland begleitete. Es hatte all die Wochen nach der Trennung in seiner Innentasche gelebt, und Jens fand, es passe besser zu Julie, denn es ist grau und schwarz mit silbrig blauen Fäden: Es trägt das Sommerkleid der Berge.

Er ruft ihren Namen, mehrere Male, sie reagiert nicht, auch nicht, als er sie rüttelt, er weiß, es ist unsinnig, dies zu tun, er tut es dennoch. Ebenso sinnlos erscheint es ihm, an den Handgelenken und am Hals nach einem Puls zu suchen, ihren Körper flach auf die Erde zu betten, die Hände übereinander auf ihren Brustkorb zu legen und zu drücken, dreißigmal, danach ihren Kopf vorsichtig zu heben, ihn ein wenig in den Nacken fallen zu lassen, ihre Nase mit Daumen und Zeigefinger zuzuhalten und seinen Mund auf ihren zu pressen und auszuatmen, eine Sekunde lang, ein verkehrter Kuss oder weniger ein Kuss als vielmehr ein Loslassen, Losschicken.

Die Haare noch nass, das Gesicht feucht, schlüpft Keyi in die frischgewaschene und getrocknete Kleidung, in die Socken, die Unterhose, die Hose, das Hemd und den Pullover, die ihm in ihrer körnigen Steifheit so neu erscheinen, so frisch, neugeboren fast: als hätte er sie eben erst gekauft und aus der Verpackung geschält. Er legt die Reservesocken und die Weste zusammen und in das Regal, in das Fach über der Blechdose mit dem Waschpulver, zählt die Bierdosen, die er im Lauf der Woche vor dem Supermarkt *Pilersuisoq* zusammengebettelt hat, und kommt auf sieben Drittel-Liter-Dosen. Er weiß, dass er nach der fünften betrunken sein wird und wünscht sich eine achte, eine neunte, sie würden ihn schnell einschlafen lassen, und er fragt sich, ob er zum *Pakhuset* gehen und schauen soll, ob er sie noch auftreiben oder ob er die Kälte in den Bergen riskieren kann, zu nüchtern für seinen Geschmack. Die Entscheidung fällt ihm nicht leicht. Er muss sich in die Kaffeeküche setzen, an den Tisch, und die restlichen Kekse knabbern, das Salzgebäck, das er in einer Ecke des Küchenkastens gefunden hat, die Kaubonbons lutschen, die aufgrund ihres Alters fast eins geworden sind mit dem glitschigen Papier, und er meint, eine Tasse Kaffee würde dem Denken guttun, also beginnt er, Wasser zu kochen, und es scheint ihm, als wäre sein Plan undurchführbar, als müsste er verschoben werden, denn es fehlen ihm zwei Dosen Bier.

In diesem Moment wird ihm klar, dass für ihn nur diese eine Stunde im Waschhaus, zwischen zehn und elf Uhr nachts, lebenswert ist: wenn sich die Wolken vom Nachthimmel abheben, geisterhaft weiß, wie Erinnerungen aus einer fernen Welt.

Sivke erstarrt, als sie Julie erkennt.

Sie rührt sich nicht, auch nicht, als Jens, der beim Versuch, Julie hochzuheben, abrutscht, sie um Hilfe bittet, um Hilfe anbrüllt, das Mädchen schließlich absetzen und an den Schultern zum Auto zerren muss. Die Steinchen, die unter die Schuhe geraten, springen links und rechts weg, als würde sie eine unsichtbare Hand wegschnippen. Er legt sie auf die Rückbank, schlägt die Tür zu und ruft nach Sivke. Sivke reagiert nicht, sie ist noch immer im Haus, blass, grau, Jens rennt zurück, schnappt nach ihrem Arm, doch sie wehrt sich, stemmt sich gegen ihn, und er muss ihre Taille mit beiden Armen umfassen und sie zum Auto schieben. Sie tritt ihn, beißt ihn, schlägt um sich, versucht sich zu befreien und wegzulaufen, aber Jens stößt sie auf den Rücksitz, wirft die Wagentür zu und fährt los, während sie sich gegen die Scheibe drückt, stumm, am Griff rüttelt, schließlich so weit wie möglich von Julie wegrückt.

Als sie das Spital erreichen, als Jens die Wagentür öffnet, fällt sie ihm entgegen, rappelt sich schnell auf und flüchtet —

verschwindet in der Dunkelheit, so plötzlich, dass es ihm scheint, als hätte jemand sie ausgeknipst.

Und sie rennt.

Es ist ein Bild in ihrem Kopf gewachsen, es war schon früher da, nur hatte es sich unter einem Stapel alter Erinnerungen versteckt. Nun hat es sich aus dem Stoß ins Freie geschmuggelt, ist wiederauferstanden, und obwohl sie im letzten Jahr nichts anderes getan hat, als zu versuchen, ihm zu entkommen, hat es sie erreicht und sich Verstärkung geholt: Es hat sich vermehrt. Vergeblich versucht Sivke, diese Bilder zu trennen, zu entwirren, im Laufen glaubt sie, dies zu schaffen, denn wenn sie sich bewegt, fühlt sie die Gegenwart, und genau das ist es, was sie braucht. Sie möchte eine Bestätigung dafür, sich genau in diesem Augenblick zu befinden und in keinem anderen. Sie kann es nicht zulassen, in die Vergangenheit katapultiert zu werden, wie all die Male zuvor ... Doch das Laufen erfüllt seinen Zweck nicht mehr, die Beine bewegen sich automatisch, und die Gedanken machen sich selbständig. Es gelingt ihr nicht, die Bilder zu kontrollieren, sie werden schärfer, es ist unvermeidlich –

23 Jahre alt. 1,73 Meter groß. 62 Kilogramm schwer. Gesicht, Rumpf und die Außenseiten der Unterschenkel sind mit Schlamm bedeckt. Die Nackenregion und der Rücken unverletzt. Das Kopfhaar kurz, glatt und schwarz. Auf der Stirn eine drei Zentimeter lange, klaffende Risswunde, die bis zum Knochen reicht. Die Augenregion mit Schlamm überzogen. Die Augenfarbe verblichen. Auf dem Nasenrücken zwei Schnittwunden. Das Nasengerüst intakt. In den Nasenöffnungen reichlich Schlamm. Das Lippenrot erweicht. Auf der Unterlippe, innerhalb des Lippenrots, eine bohnengroße, dunkle Bisswunde. Kaum Bartwuchs. Das Kinn an der rechten Seite schwärzlich verfärbt. Die Genitalien aufgeweicht. Die Haut an den Füßen und Armen deutlich aufgequollen und faltig, aber nicht abgelöst. Die Zehennägel sitzen noch fest. Quetschwunden an den Knien, an der Innenseite der Kniegelenke und an der Außenseite

der Oberarme, grauschwarz. Schleifspuren an Hand- und Fußrücken. Halbmondförmige Schnittwunden, zwei Zentimeter tief, an der Außenseite des rechten Oberschenkels, vermutlich verursacht durch eine Schiffsschraube.

Gefunden Wochen nach seinem Verschwinden.

6 Es scheint Jens, als habe er eine Ewigkeit gewartet, in diesem kleinen Vorraum, der mit seinen hellgelb gestrichenen Wänden jede Krankheit verharmlost und die Tatsache herunterspielt, dass seine achteckige Form ein verunglückter Kreis ist: ein runder Raum, für den nur wenige Stühle gefunden wurden, nämlich solche, die an die Wand gestellt werden konnten, ohne sich mit der Rundung anzulegen. Doch niemand interessiert sich für die Sitzplätze, die Wartenden gehen auf und ab, auf und ab, ein zielgerichtetes Gehen, wie es scheint, wenn auch das Ziel kein Ort, sondern die Bewegung ist. Auch Jens meidet das Sitzen, und während er sich fragt, ob er es hätte verhindern können, ob es seine Schuld ist, und sich sein Kopf bei dieser Frage zugleich leert und füllt und der Boden unter seinen Füßen einen Riss bekommt, der sich quer durch das Linoleum frisst, jedoch an den Stuhlbeinen haltmacht, die mit solcher Gewalt ins Plastik gerammt sind, dass man sie nicht verrücken könnte, stellt Tobias Boest fest, dass er nichts mehr für Julie Hansen tun kann. Er schickt die Schwester aus der Ambulanz und greift zum Telefon –

Jens setzt sich, als sie ihn anspricht.

Vielleicht glaubte Inger im ersten Moment, es sei ein Spuk, einer jener Geister, die Malins Haus befallen hatten, so dass es sich nicht mehr weiterverkaufen ließ und die unglückliche Besitzerin auf immer an Amarâq gebunden war, doch als sie näher kommt, erkennt sie im Schatten mit den regelmäßigen Rändern einen Menschen, die Frau, von der

man sich kurz vor ihrer Ankunft erzählte, sie sei verrückt
geworden, nachdem sie die Leiche ihres Geliebten identifiziert hatte.

Ihre Familie hatte sie gewaltsam aus Amarâq fortbrin-
gen müssen, zunächst nach Kopenhagen, zu ihrem dänischen Vater, der sie jedoch bereits nach einer Woche vor
die Tür setzte, da die Stiefmutter, die das illegitime Kind
einer Wilden nicht anerkannte, den eigenen Nachwuchs
nicht länger dem schädlichen Einfluss aussetzen wollte,
so dass ihr, der Unerwünschten, nichts anderes übrigblieb,
als in die Heimat zurückzukehren; doch sie hielt sich nicht
in der unmittelbaren, sondern in der fernen auf, bis sie
sich stark genug fühlte, dem Gespenst der Vergangenheit
ins Auge zu sehen. So munkelte man, und Inger hatte dieses Gerücht in verschiedenen Variationen gehört, während
sie hinter der Theke im Buchgeschäft Kaffee und Tee kochte, Milchshakes zubereitete, Schokoriegel, Gummischlangen und Obst verkaufte –

die verschnürten Blätter der Buchhaltung schob sie unter die Tastatur, sortierte die Postkarten in der Holzkiste,
rückte die Bücher in den Regalen zurecht, als sie Gunnar,
den Taxifahrer, vor dem Fenster parken sah. Er hatte sich
sein Auto aus Dänemark einfliegen lassen, einen Gelände-
wagen, und dafür sein gesamtes Vermögen ausgegeben,
Freunde fütterten ihn durch, seit einem Monat wurde er
von ihr bekocht. Inger schnippte den kitzelnden Zweig
von einem Zopf von der Schulter und wollte die Ladentür
abschließen, als Niels, der Vater ihres Kindes, das Geschäft
betrat. Er schob sie zur Seite, griff nach ihrer Handtasche
und zog aus einem Seitenfach alle Geldscheine heraus, die
Münzen ließ er zurück. Du hast ohnehin einen reichen Dänen, murmelte er noch, ehe er im Rücksitz von Gunnars
Auto versank.

Während sie auf dem Weg ins Waschhaus die Griffe der Plastiksäcke fester umfasst, betrachtet sie Sivke im kahlen Straßenlicht, als wäre diese ein Gemälde.

Die Farbe ist verlorengegangen, das Papier dünn, abgeschmirgelt, Magnus sagt, er stelle sich vor, dass die Fotografie auf die Buchseiten abgefärbt habe, zwischen denen sie in all den Jahren steckte, und er meint, das sei gut so, er brauche sie jetzt nicht mehr. Durch das gekippte Fenster weht der Geruch von getrockneten Fischen und feuchtem Holz ins Zimmer, ihnen gegenüber beginnt die Gefriertruhe ihren Nachtgesang, ein Brummen, das den Boden zum Vibrieren bringt, da ihre Form und Größe der eines wuchtigen Holzsarges entspricht, lagern in ihr doch die Vorräte für einen Winter, Herbst und Frühling. Sie springt immer dann an, wenn man es am wenigsten erwartet, mit einem Murren, das sich mit der Zeit zu einem Grollen steigert und schließlich den Lärm einer Baustelle imitiert, so dass Magnus schon oft daran dachte, den Stecker aus der Dose zu ziehen, es aber aus Angst vor dem auslaufenden Eiswasser, das ihn im Schlaf ertränken würde, nie wagte.

Ein kniehohes Regal steht verkehrt herum im Raum, die Rückseite, ein durchgebrochenes Holzbrett, der Raummitte zugewandt, auf ihm lagern zwei Schachteln mit Krimskrams, und an der Wand hängt eine nackte Glühbirne neben der gestickten Geburtsanzeige *Magnus Karl Gustav Uuttuaq 3,300 kg 51 cm.* In der hintersten Ecke des Zimmers stehen fünf Umzugskartons aufeinandergestapelt, in denen Kleider, Schuhe und Bücher, besitzerlose Besitztümer liegen. Sie sind mit einer dicken Schicht Staub bedeckt, der von Zeit zu Zeit aufwirbelt und durch den Raum schwebt, ehe er sich in den Ecken zusammenrottet.

Ole fragt, wer der Mann auf dem Bild sei. Magnus antwortet nicht sofort, erst nach einer langen Pause sagt er, es sei sein Onkel, er sei vor einem Jahr gestorben.

Wenn man das erste Mal einen sterbenden Menschen sieht, versteht man einerseits nicht, was man sieht, andererseits weiß man genau, was man sieht. Vielleicht ist es auch weniger ein Wissen, im Sinne von Erkennen, sondern ein Verstehen, das sich zunächst auf einer emotionalen Ebene vollzieht, man versteht fühlend, doch genau darin liegt das Verhängnis: Wenn man fühlend versteht, vergisst man nie wieder. Und eine Möglichkeit wächst heran, die bald mehr als eine Möglichkeit ist, nämlich eine Alternative, ein Ausweg –

das Wissen, den Ausgang der Geschichte selbst bestimmen zu können. Der Tod, bisher nur fiktiv, eine Erzählung, eine Legende, wird durch diese erste Begegnung monumental und lässt sich nicht mehr aus dem Leben rücken: Er beginnt mit seiner Anwesenheit alles Gegenwärtige und Zukünftige zu verstellen. Von diesem Moment an besitzt man die Fähigkeit, Sterbende zu erkennen.

Als Inger Freitagnacht Sivke begegnet, weiß sie, mit wem sie es und was sie zu tun hat. Es ist, als ob der Zufall sie geteilt und ihr gegenübergestellt hätte. Dieses Wissen ist nicht sofort da, sondern wächst mit jeder Sekunde, dann fällt das Straßenlicht aus, und die Frauen stehen in der Finsternis, sie sehen einander nicht mehr, doch selbst der vage Blick in der Dunkelheit reicht für Gewissheit. Schließlich lächelt Inger kurz zum Abschied, ihr Lächeln begnügt sich mit den Augen, und Sivke erwidert die Geste, dreht sich um und wird langsam, Schritt für Schritt, von der Nacht verwischt.

Nun gibt es nichts mehr, das ihn hält. Keyi verstaut das Bündel Habseligkeiten unter dem Tisch. Noch etwas sitzen bleiben, denkt er, noch etwas sitzen bleiben und die stille Wärme genießen, die Darbietung der Nacht, es fehlen lediglich, denkt er, ein Kaminfeuer und die Robe, in der er verschwinden könnte, wie damals in Kopenhagen, wie lange ist es her, zwanzig, dreißig Jahre, diese Frage unterbricht den Strom der Erinnerungen, was für ein Unruhestifter doch die Akribie ist, Keyi schüttelt sie weg und möchte das Feuer, das Knistern und die Robe näher inspizieren, als die Eingangstür geöffnet wird, er hört das leise Knarren der Scharniere im benachbarten Raum und duckt sich, als könnte ihn die dünne Tischplatte verbergen.

Die Schritte nähern sich der Waschküche, etwas wird abgestellt, es raschelt, es klingt nach Plastik, ein Reißverschluss wird geöffnet, Münzen werden eingeworfen, die Trommel wird mit Wäsche gefüllt, was diesen charakteristischen Klang ergibt, wenn Stoff auf Metall fällt, ein weiches Flattern mit kaltem Abschluss, Keyi schleicht näher an die Geräusche heran, presst ein Ohr an die Wand und erlauscht eine gesummte Melodie, den Laut einer menschlichen Stimme, er flimmert durch das Holz und wühlt sich in sein Gedächtnis: Ein ähnliches Lied hörte er früher jeden Abend, gesungen von Kristina, wenn sie kochte, dann brach es ab, wann immer das Gemüse in der Pfanne zischte, und schwoll an, wenn der Eintopf köchelte. Jeden Abend gegen sechs Uhr kündigte sie ihre Ankunft vom Treppenabsatz aus an, ein Lockruf, ehe sie die Stufen hinunterlief, in der Mitte von Asgar, dem Kater, abgefangen wurde, der diesen Wettlauf stets gewann, und er, Keyi, sie danach in seinen Armen verstauen durfte, zumindest für eine Minute, ehe sie sich befreite, zum Kühlschrank ging und das Gemüsefach leerte, um enttäuscht festzustellen, dass sie nichts im Haus hätten, ein Ritual, das ein einziges Mal unterbrochen wurde, als sie noch vor der Begrüßung sagte, sie sei schwanger.

Im Waschraum füllt Inger die Maschine mit Waschpulver und Kleingeld, drückt den Start-Knopf und geht in die Teeküche, sie geht nicht, sie schlendert, ihre Fersen federn nach, die Fußballen wippen, und in ihren Augen liegt der Vorsatz, Sofie alles zu erzählen, bevor sie –

sie bricht den Gedanken ab, wiederholt *Sofie alles erzählen* und setzt Teewasser auf.

Sivke klettert über umgestülpte Ruderboote, die leeren Wasserkanister der Fischer, geht auf aufgerollten Seilen, tritt auf Spaten, sie klettert blind; sie kennt diese Gegend auswendig, sie ist hier aufgewachsen, hier, am Fjord.

Sie tastet sich an einem ausgemusterten Kühlschrank vorbei, weicht den Steinen aus, die sich am Strand aneinanderkauern. Das Summen der Fliegen ist verklungen, und die Hunde singen nicht mehr, sie knurren, als Sivke auf ihre Pfoten und Schwänze tritt, ein uraltes Knurren im brechenden Wind. Sie watet zunächst, lässt sich dann ins Wasser gleiten, schwimmt zu den ersten Schiffen –

die Schuhe fallen von den Füßen, Wellen tragen sie zurück ans Ufer.

23:00

00:00

1 Drei Stunden östlich von Amarâq liegt Ingers Heimat, zerknittert, zerknüllt, in einem Talkessel: Ittuk. Ein Wellenrudel streicht um die Bucht am Hafen, pflückt, mit kurzen Stößen, Steine, Bausteine des Ufers, das sich frühmorgens mit dem Himmel verbündet, das Land sonst zu schwach, um sich gegen das Wasser zu behaupten, gegen die Gischt, die ständig nach den Landzungen schnappt, ein zischendes, kaltes Schnappen und Brodeln, und gegen die Eisberge, die vorgeben, Erdberge zu sein, und sich in dieser Verkleidung der Insel nähern, um sie zu erobern, als wäre der Ozean nicht groß genug.

Denkt Inger an Ittuk, denkt sie an Niels in Ittuk: ein Fremdkörper, die Beine ausgezehrt, knöchern, die Jacke zerfranst, fast schon wollig, die Nase gebogen, ein Schnabel, auf dem Nasenrücken die Brille mit breitem Rahmen und Gläsern, die seine Augen stark verkleinern, und bei jedem Schritt wippt er leicht mit dem Kopf, als würde das Verneigen vor dem Boden das Stelzen erleichtern, durch und durch Vogelmensch Niels. Und sie erinnert sich, dass die Nacht mondhell war, doch sein Gefiederkleid schwarz, so nahm ihn niemand wahr, nur wenn er den Mond verdeckte und einen langen Schatten warf, der von einzelnen, hochgewachsenen Grashalmen zerschnitten wurde. Inger gefiel ihm, denn sie erinnerte ihn an den Tag, die Berge, Hügel und Täler im klaren Mittagslicht, und an die Wolken, die dicht über der Erde schweben, ehe sie mit der Sonne kollidieren, und er verwandelte sich in einen Mann und sprach sie an, und sie verliebte sich in ihn, denn seine

Stimme erinnerte sie an das Meer, über ihr lag ein eigenartiger Hall, als stünde er an der Küste und müsste mit jedem Wort gegen den Wind ansprechen, und sie folgte ihm, schlich in der Stille des Tages aus dem Haus und bedeckte die Augen aus Angst, sie würden entdeckt werden und man würde sie aufhalten, und sie flohen auf einem Boot in die Hauptstadt.

Dies erzählte sie Sofie, dem kleinen Mädchen, das noch nicht versteht, aber die Worte werden in sein Gedächtnis sickern und von dort, wenn es alt genug ist, ans Tageslicht kommen, zuallererst die einzelnen Knochen, dann das Skelett, schließlich die ganze Geschichte mit Haut und Haaren.

In Kristinas Kleiderschrank in Kopenhagen, in einer Zweizimmerwohnung zehn Minuten vom Tivoli entfernt, schlief zusammengerollt der Siamkater Asgar, der jeden Morgen nach dem Strahl aus dem Wasserhahn tatzelte und mit Vorliebe hinter Türen, Kommoden, Tischbeinen oder Sofaecken menschlichen Fersen auflauerte, um sich auf sie zu stürzen, wann immer seine Augen anfingen, bei Lichteinfall rot zu glühen, zwei kleine Monde am Aufgehen, dachte Keyi, wenn er, obwohl Kristina ihn warnte, seine Hand ausstreckte, um Asgars Gesicht zu berühren, die dunkelbraune, fast schwarze Stirn, die immerfeuchte Nase und die widerspenstigen Schnurrhaare, die sich trotz wiederholter Versuche nicht umbiegen ließen. Schließlich schlossen sie Waffenstillstand, und Asgar attackierte bloß noch seine Hand, wenn sich diese den Katerbacken näherte.

Keyi traf Kristina Olsen das erste Mal im *Kleinen Kaufmann* in Amarâq, wo sie so lange vor den wenigen, spär-

lich gefüllten Regalreihen auf und ab ging, dass er sich
fragte, ob sie überhaupt etwas kaufen oder sich nur auf-
wärmen wollte, und er begann sich zu ärgern, denn ihre
ganze Gestalt, ihr Aussehen, die langen rotblonden Haare,
die blauen Augen, die einen kalten Blick gefangen hielten,
die weiße Haut, übersät mit rötlich braunen Sommerspros-
sen, erinnerten ihn an die vierzehn Monate in der Berns-
torffsgade, in die er mit elf Jahren geschickt worden war,
zusammen mit zwölf Klassenkameraden, gegen den Willen seiner Eltern, die ihren Protest nicht schriftlich aus-
drücken konnten, weil sie nie richtig Schreiben und Lesen
gelernt hatten. Er wurde zu einer dänischen Familie mit
einer achtjährigen Tochter gesteckt, musste in einer kleinen, dunklen Dachkammer auf einer Matratze am Boden
schlafen, und die Gastfamilie verbot es ihm ausdrücklich,
Grönländisch zu sprechen, jedes Mal, wenn er es trotzdem
versuchte, gab es eine Strafe, Schläge auf die Handflächen,
kein Essen, und als er in seine Heimat zurückkehrte, betrachtete ihn seine Familie mit Argwohn, der sich erst legte, als er schwor, er habe sie nicht verraten, es habe ihm
nicht gefallen –

eine Lüge, wie er zugeben musste: Während der letzten
Monate hatte er sich eingelebt, nachdem die Familie beschlossen hatte, dass man dem *kleinen Wilden* vertrauen
könne. Man hatte die Matratze vom Dachboden herunter-
geholt und ihm das Zimmer neben Evis gegeben, das Gäs-
tezimmer mit der blauen Tapete, den blauen Vorhängen
und dem blauen Bett, das nach Blumen roch, und schon
nach kürzester Zeit war ihm jede Erinnerung an Grönland
entfallen, er fing an, sich selbst als Däne zu sehen und zu
bezeichnen, und beim Abschied weinte er und weigerte
sich zu gehen.

In den ersten Monaten zurück in Amarâq fragte er sich, ob er sich eigentlich am richtigen Ort befand, denn das Vertraute seiner Heimat begann vor seinen Augen zu verschwinden. Die einzige Straße bekam Abzweigungen, die Schule wurde abgerissen und neu gebaut, das Krankenhaus wurde vergrößert, und Wohnblocks wurden errichtet, Legebatterien für Kleinfamilien, die die grönländischen Großfamilien in Einheiten von maximal drei Personen zerlegten oder eine Überbevölkerung in den eigenen vier Wänden verursachten, was den dänischen Behörden aber als uneuropäisch galt, denn man musste sich das Bett teilen – drei Personen auf einer Matratze, auf einem Leintuch, unter einer Tuchent –, undenkbar unzivilisiert. Im Hafen tauchten, wie aus dem Nichts, Boote mit Außenbordmotoren auf und kleine Yachten, die Kajaks aber, die vor den Häusern gelegen hatten, wurden so selten, dass man nach einer Weile ihre Existenz bestaunte. Schließlich änderte die Bevölkerung ihr Aussehen, anfangs wirkte sie verkleidet in den dänischen Gewändern, anfangs schien es Keyi, als bewegte sie sich anders, unbeholfener, und wäre insgesamt verletzlicher, denn sie tapste durch eine Welt, die sie nicht mehr kannte.

Er verrechnete für den Beutel Zwieback, die Milch, den Topf Orangenmarmelade und die Packung Cornflakes absichtlich zu viel mit dem Vorsatz, die Differenz für sich zu behalten, als heimliche Rache, aber Kristina ertappte ihn dabei und nahm ihm das Versprechen ab, den Irrtum wiedergutzumachen: bei einer Hundeschlittenfahrt, die sich über mehrere Wintertage und -nächte erstreckte, Tage und Nächte in einer ihm, wie er geglaubt hatte, wohlbekannten Menschenleere, die jedoch mit ihr in einem Ausmaß gefüllt war, dass es ihm schien, als er in seine Hütte am

Stadtrand zurückkehrte, er wäre allein, zum ersten Mal in seinem Leben.

In Amarâq nimmt Einsamkeit Geiseln: Sie sortiert alle Möglichkeiten aus, bis keine mehr übrig, die Zukunft vorgegeben und man selbst Prophet alles Zukünftigen geworden ist, indem das Unberechenbare unschädlich gemacht wird. Vielleicht besteht der Wert der Liebe darin, das Unvorhersehbare eine gewisse Zeit lang zu konservieren.

Keyi hört Schritte, diesmal nähern sie sich der Küche, schnell schlüpft er durch die angelehnte Tür in den Duschraum.

Die zersplitternde Scheibe zerlegt die nächtliche Stille, die wie üblich entleert ist, als befände sich die Stadt in einem Behälter und man müsse ihn nur entkorken, auf dass alle Geräusche hineinströmen, doch der Riss hält nicht lange, er ist bald wieder gestopft und die Stille intakt, noch bevor Per seine Hand durch das Loch in der Scheibe schiebt, das Fenster mit drei Fingern entriegelt, in Malins Wohnküche steigt, sein Kopf zaghaft zurückgehalten von feinen, fast durchsichtigen Gardinen, deren Enden verknotet sind. Er landet mit einem Fuß auf der Heizung, mit dem anderen auf dem Linoleumboden und zwängt beide Beine und den Rumpf in den Spalt zwischen Esstisch und Heizkörper. Tastet sich am Tisch entlang Richtung Stuhl und Wand, die Keksdose auf der Platte wackelt, ebenso die kleine weiße Blumenvase mit den verwelkten Glockenblumen, dann fällt das Plastikherz, das an der Tür befestigt ist, auf das Holz, Per stößt es beiseite, findet so den Lichtschalter an der Türleiste. Eine halb aufgebrauchte Klopapierrolle und ein Aschenbecher stehen auf dem niedrigen Klapptisch vor der Couch, die gestreifte Decke auf dem Sessel gegenüber ist zusammengeknüllt, und Per scheint, es hinge noch Malins Duft über ihr.

Er wendet sich ab, dreht sich zur Küchentheke, zieht die rechte Schublade auf, farbiger Zwirn, rot, gelb und grün, eine Schere und Tarotkarten liegen darin, dann die linke, hebt den Besteckkasten an und greift darunter: Das gesamte Vermögen der Petersons befindet sich hier, im Grunde ist es Malins Sparschwein, obwohl es auch Messer und Gabeln enthält. Schon während er das Fach öffnete, hörte er das Klappern des Bestecks, das behäbig gegen die Schubladenseite schlug, als wollte es sich über den Einbruch beschweren. Die Ausbeute ist gering, er zählt nach, zwei Dosen Bier gehen sich aus, er hat kein schlechtes Gewissen, obwohl Malin arbeitslos ist und wie er von Sozialhilfe lebt. Er schließt die Lade, wirft im Hinausgehen einen Blick ins Schlafzimmer, die Matratze liegt vor dem Kleiderkasten, ein Haufen Bettwäsche türmt sich auf ihr und verbarrikadiert den Zugang zur Schranktür, die in einer Farbe gestrichen ist, die Per ausschließlich vom Fernsehen kennt: wüstengelb.

Die Heidelbeeren wucherten hinter Niels' Haus, am Fuß des Berges, und Inger pflückte sie nachmittags, während sich die Wäsche, vom Wind durchgeschüttelt, gerade noch an der Leine festhielt und Niels ins Stadtzentrum gegangen war, um Träume zu deuten oder zum Hafen, um in der geschützten Bucht zu angeln. Sie liegt vor dem Leuchtturm und imitiert den Himmel in einer solchen Genauigkeit, dass Inger glaubte, als sie das erste Mal fischen war, sie hätte die Erde verlassen und würde ein Wolkenmeer durchpaddeln:

Es ist heiß, denn es ist Anfang August. Die Sonne ist

kraftvoll, blendet, ihr Licht wird von den Eisbergen reflektiert, die auf der Wasseroberfläche zu sitzen scheinen, schwimmen wäre eine zu ungenaue Beschreibung, denn ihr Dasein ist nicht mit dem des Fjords verbunden, sie existieren für sich, sie sind Abstraktionen, die es durch einen Fehler in die Natur versetzt hat. Ihre Bewegungen werden vom Fjord diktiert, in Wirklichkeit werden sie davon bestimmt, wohin sie schmelzen: Ihre Vergänglichkeit ist ihr Kompass. Manche ahmen Schneeberge nach, manche Steinberge, letztere sind leichter als Kopien zu entlarven, weil sie auf blauem Untergrund schaukeln und ihre Farben zu unecht sind, zu wenig irdisch, sie strahlen und haben vor lauter Euphorie das Braun der Erde vergessen –

selbstverloren planschen die Fälschungen neben dem Original.

Inger ist glücklich, sie lebt gerne inmitten der Heidelbeersträucher am Ende der einzigen Straße Amarâqs, die zum Fjordmund führt, im Sommer Endstation der Eisberge, Eisbergefriedhof. Mehrmals täglich streicht sie über das Plüschsofa, das das Wohnzimmer mit vier Füßen bewohnt, den Fernseher, der unablässig, von morgens bis spät in die Nacht hinein, von Orten erzählt, die ihr so fremd, so exotisch erscheinen, dass sie erfunden sein müssen, und über die vielen bunten Teller, die Niels' Mutter sammelte und die wie die Fernsehbilder aus einer anderen Welt kommen, aber an deren Existenz sie glauben kann, weil sie greifbar sind.

Dies erzählte sie dem Mädchen Sofie und schloss den Absatz mit der Geschichte von Niels' Augen, die eines Tages, brillenlos, schutzlos, ihre trafen: Sie beugten sich aus den Lidern wie zwei braune Bären mit blutigen Köpfen, und Inger sagte, bitte setz deine Brille wieder auf, und er sah sie wortlos an, ehe er ihre Wange schlug, sie zu Boden stieß und in den Bauch trat. Dann setzte ein Schweigen ein, das sich über mehrere Tage erstreckte, und jeden Tag spann es feine Fäden, die sich um Inger legten und sie langsam erstickten.

Keyi beteuerte, er freue sich, er freue sich sehr über das Baby, aber noch während er log, wusste er, dass Kristina seine Furcht gesehen hatte.

Das Leben in Kopenhagen in der Wohnung, die über eine steile Treppe ins Souterrain führte, so dass alle Geräusche von oben kamen und er das Gefühl nie los wurde, in der Unterwelt gefangen zu sein, bewacht von einem feindlichen Kater, der nicht lernen wollte, dass Finger keine Jagdbeute waren, beobachtet von all den Augen auf der Straße, die jede seiner Bewegungen verfolgten und ihre Legitimität in Frage stellten, die ihn abwiesen, wenn er mit Kristina einen Nachtclub oder ein Restaurant in der Stadt betreten wollte, die mit Sätzen verknüpft waren, die gehisst wurden, so dass er ihre Bedeutung verstand, ohne die Wörter zu kennen, und nicht selten verbanden sich die Blicke mit Gesten, einem Schlag auf den Arm, einen Tritt in den Arsch, *dreckiger Eskimo* –

all dies nahm ein Ende, als Keyi, der diese Wiederholungen des Alltags, wie er sie nannte, nicht länger aushielt, eines Nachmittags das Haus verließ, um eine Packung Milch zu kaufen, und auf dem Heimweg, es dämmerte bereits und das, was sich Stadt nannte, lag vollkommen im Schatten, ein Auto näher kam, aus dem zwei Personen stiegen, Kristina und ein Kollege, dessen Namen er nicht aussprechen konnte.

Während sie sich verabschiedeten, sie reichten einander nur die Hand, dennoch lag in dieser Geste eine Vertrautheit, die er sich mühsam hatte aneignen müssen, erkannte er, dass ihn die Einsamkeit, die er geglaubt hatte abgehängt zu haben, einholte und dass ihm nichts anderes übrigblieb, als sich ihr zu ergeben oder weiterzuziehen, in ein anderes Leben, in eine andere Welt.

Er lernte Malin, seine Tochter, nie wirklich kennen, er ließ sie zurück, als sie vier Jahre alt war und sie gleich viele dänische Wörter kannten.

Heute wäre sie um die dreißig, denkt Keyi und ertappt sich bei der Erkenntnis, dass sie zugleich mit seiner Abreise aus Dänemark für ihn aufhörte zu existieren.

Keyi schließt das Fenster des Waschhauses hinter sich. Die Finsternis verschluckt ihn, mit einem Mal ist es schwarz vor seinen Augen, und er ist gezwungen, seine Flucht zu unterbrechen, bis sie sich mit der Dunkelheit verbündet haben. Die Schwärze Amarâqs ist nicht feindlich, aber mächtig, sie hat es nicht nötig, sich anzuschleichen, sondern zeigt sich in all ihrer Undurchdringlichkeit, dabei lässt sie eine Existenz zu, mit ihr und in ihr, die lediglich möglich ist, wenn man sich ihr bedingungslos ergibt.

Die Fotografie liegt auf der flachen Hand wie aufgebahrt. Sie zeigt einen lächelnden Mann, dessen trauriger Blick durch eine ihm ins Gesicht fallende Strähne kaschiert wird. An jenem Tag, nur wenige Stunden bevor dieses Bild aufgenommen wurde, hatte Janus Uuttuaq zum letzten Mal versucht, seine Freundin davon zu überzeugen, weder das Kind abzutreiben noch ihn zu verlassen.

In dem Moment, als ihm klar wurde, dass er beide verlieren würde, überkam ihn ein Schmerz, den er glaubte, niemals ertragen zu können, und er stieg die Stufen hinab, vorbei am Wohnzimmer, wo sein Vater Kuupik Kirchenlieder auf der Orgel übte, nicht bloß das richtige Spielen der Noten, sondern auch das kirchengerechte Wippen des Kopfes, das feierliche Heben und Senken der Arme –

er schlüpfte in eine dünne Windjacke und in Sportschuhe mit reflektierenden Sicherheitsstreifen, während im Nebenraum seine Mutter Kiiki beim Käfig des Zwerghamsters, der sich bis nach Amarâq verirrt hatte, Tausende Meilen von den Goldähren der Dschungarei, seiner eigentlichen Heimat, entfernt, knielange Strümpfe aus den Resten des aufgetrennten Pullovers seiner Schwester strickte –

er ignorierte seinen um Aufmerksamkeit bettelnden Neffen, der, seit er stehen und laufen konnte, immer um die Beine seines Onkels strich, als wäre Zuneigung unbedingt an Nähe gebunden –

und Janus ging am Spital und an der Schule vorbei bis zum Fjord. An der Bucht blieb er stehen.

Magnus folgte ihm. Er versteckte sich hinter einem gestrandeten Ruderboot und beobachtete, wie Janus ins Wasser stieg, den Wellen entgegenging, bis er nicht mehr zu sehen war.

Beobachtung ist kein Zeitvertreib in Amarâq, Beobachtung ist die erste und wichtigste Lektion im Leben eines Kindes: Entwickelt es das Talent zu sehen, entwickelt es die Fähigkeit zu verstehen.

Erst Tage später verstand Magnus, was er gesehen hatte, doch er hütete sich, Kiiki davon zu erzählen.

Zunehmend spürte Inger Heimweh, sie begann sich Vorwürfe zu machen, dass sie ihre Familie verlassen hatte, und sie wünschte sich, ihr Vater und ihre drei Brüder würden sie finden –

sie hinterließ Spuren, schrieb Briefe, die sie nie beendete, sie näherte sich dem Telefon so viele Male, dass es ihr schien, es würde sie auslachen, wann immer sie den Hörer sinken ließ. Frühmorgens ging sie in die Berge, wenn die Steine noch mit einer dünnen Eisschicht bedeckt waren, jene Steine, die auf dem Plateau standen, als wären sie auf dem Sprung, als hielten sie an diesem Ort nur eine kurze Rast und würden jeden Moment weiterrollen, sei es bergauf, sei es bergab, vielleicht, dachte Inger, ist es untertrieben von Steinen zu sprechen, vielleicht sollte man sie Steinwesen nennen, denn sie sind so groß wie sie, aber breiter und dicker, haben verschiedene Formen angenommen und tummeln sich in der Nähe des Gipfels, als wäre dies ihr Dorfplatz, seltsam sind sie, diese Wesen, sie bestehen aus Stein und doch scheinen sie zu atmen, vielleicht, dachte sie, folgt ihr Leben einem anderen Rhythmus, einem, den wir nicht wahrnehmen können, weil wir nicht lange genug auf der Welt sind, vielleicht, dachte sie, ist eine ihrer Sekunden so lang wie ein Menschenleben, und sie lächelte, während sie durch das Labyrinth ging, nichtsahnend, was sich hinter dem nächsten Stein verborgen hielt, denn auch auf Zehenspitzen schaffte sie es nicht, sich einen Überblick zu verschaffen.

In Amarâq herrschen andere Größenverhältnisse: Die Steine sind riesengroß, die Pflanzen winzig klein, so klein, dass man sich hinknien muss, um sie zu sehen –

doch drückt man die Nase gegen die Erde, sieht man etwas, das man Wälder nennen könnte, Wiesen, Steinwüsten, Sandbänke und Schneefelder, die niemals schmelzen. Hier, an dieser Stelle, markierte sie mit ihrer Stimme den

Wind, in der Nähe der Steintürme, Wegweiser für Verirrte, bis eines Tages, die Lieder klangen noch nach, ihre Brüder aus dem Nichts auftauchten und sie, ohne Niels zu fragen, mitnahmen.

Sofie gähnte, einmal, zweimal, doch noch wollte Inger nicht, dass sie einschlief, sie sollte etwas länger zuhören, nur etwas länger, und sie schüttelte das Kind sanft an den Schultern, so dass es sich auf die Seite drehte und ihr erneut in die Augen sah.

2   Die Nächte in Amarâq sind eine undurchdringliche schwarze Masse, sie sind das, was man sich unter dem Nichts vorstellt, das Bild, an dem das Auge versagt. Und für einen kurzen Moment könnte man glauben, tot und dennoch zu sein: sich am anderen Ende des Lebens zu befinden, an einem Punkt, der noch nicht existiert, der erst seine Existenz finden muss, vielleicht müsste man sagen *vor der Geburt*, doch von einem mystischen Urzustand kann keine Rede sein, diese Finsternis ist konkret, sie ist fast greifbar, so dicht ist sie, solch ein Dickicht. Tag und Nacht sind nicht der gleiche Ort, nicht in Amarâq.

Als Kind zählte Keyi nicht die Tage, sondern die Nächte, nach der Jagd, wenn Geschichten von Mund zu Mund wanderten, in ähnlicher Form wieder auftauchten, dieselben Helden, dieselben Monster, und vor allem eine prägte sich ihm ein, die Geschichte von der Entstehung der Welt. Die leere Nacht füllte sich mit einem Schlag, als die Erde vom Himmel fiel, und mit ihr fielen die Berge, Hügel, Täler, Flüsse, Seen und Steine, sie fielen und landeten in der Dunkelheit. Schließlich krochen aus dem Erdinneren Menschen, die anfangs weder gehen noch sprechen konnten, nur essen und um sich treten, und die nicht wussten, wie man starb, denn damals, in diesen fernen Nächten, gab es keinen Tod. Als aus den wenigen Menschen zu viele geworden waren, stimmten sie zwischen Nacht und Unsterblichkeit und Tag und Sterblichkeit ab, als wäre es allein die Sichtbarkeit, die sterblich macht, und die Mehrheit stimmte für den Tag. Die Worte wurden ausgesprochen, und die ersten starben, doch sie wussten nicht, wie man es richtig tat, sie steckten ihre Köpfe aus den Steingräbern, den Steinhaufen, die man über ihnen aufgeschichtet hatte, im Versuch, sich aufzurichten und wegzugehen, und sie mussten in ihre Gräber zurückgestoßen und mit Worten gebannt werden, mit Magie.

Zusammen mit dem Tag entstand die gezähmte Nacht mit den Sternen und dem Mond, und Keyi meint, einmal gehört zu haben, die Seelen toter Menschen würden zum Himmel fliegen und zu Sternen werden, und er wundert sich, dass er heute, in diesem Augenblick, an diesen Satz denken muss, und mehr noch, dass ihm dabei die Stimme seiner Großmutter einfällt, die diesen Satz sprach, während sie Milch auf dem gekochten Walfleisch verteilte, um den Lebergeschmack zu vertreiben, eine Stimme, an die er sich nicht mehr zu erinnern glaubte –

die Nächte in Amarâq sind Speicher für alles Vergessene, Vergrabene. Im Moment des Vergessens wird die Erinnerung unsichtbar, nur um später zurück auf die Erde zu fallen, blitzartig, am anderen Ende des Lebens.

Ole, der sich ursprünglich deshalb mit Magnus angefreundet hat, weil dieser einen Fernseher besitzt, so groß wie ein Altar und ebenso reich verziert, mit Porzellanfiguren (einer Balletttänzerin, einem Hirten und seinem Schaf) und Plastikrosen, die sich den Standfuß entlangwinden, weniger ein Gerät als vielmehr ein Ausblick auf eine Welt, die es, so schien es Ole zunächst, in dieser Form gar nicht geben konnte: wundersam, zugleich unendlich hässlich und voll –

und anfangs verlief er sich im Fernsehbild, die Gesichter dieser fremden Menschen nahm er nicht als Gesichter wahr, sondern als Gesichtsteile, oft ausschließlich die Münder, die sich zu Lauten bewegten, die vertraut klangen und ihn in eine vergangene Zeit zogen, als er sein Versagen in Form von Buchstaben vorgehalten bekam, in Form von Worten, die ihn wiederholt ermahnten, weniger er zu sein –

und schließlich weigerte er sich, sie zu entziffern, er gab auf und begnügte sich damit, das zu sein, was er von Unterrichtsbeginn an hatte sein sollen: Einer, der es, wie seine Eltern und Brüder vor ihm, nicht schaffen würde, aber deswegen umso mehr in diese Welt passte, nach Amarâq, wo es nichts ausmacht, niemand zu sein, denn die unendliche Natur verkleinert und löscht alle Unterschiede aus –

und während seine Eltern von der Sozialhilfe, die sie am Freitag zwischen neun und zwölf Uhr im Postamt kassieren, Bier kaufen, das ihren Rausch bis Sonntagabend aufrechthält, da sie es verstehen, sich bewusstlos zu trinken, dann auf dem Boden der Wohnung herumzurollen, je nachdem wohin man sie tritt, versucht Ole den Gestank des Erbrochenen zu ignorieren, der sich zu Hause, in der Luft und in den Wänden, eingenistet hat, in seiner Kleidung, in seinen Haaren, in seiner Haut, ein Gestank, den er nicht abwaschen kann, auch wenn er sich jeden Morgen in der Dusche der Schule, verstohlen, mit einem Stück Seife, das ihm Magnus geschenkt hat, abschrubbt –

die Kotze wird er nicht los, sie hat sich mit den Tritten des Vaters, den Schlägen der Mutter in seine Nase geätzt.

Sein Magen knurrt.

Bist du hungrig?

Ole nickt.

Komm.

Magnus öffnet leise die Tür, steckt seinen Kopf durch den Spalt, sondiert die Lage. Niemand da. Schlüpft in den dunklen Gang, die Treppe knarrt bei jedem Schritt, sie führt ihn direkt in die Küche, dort stöbert er in den Schränken, holt einen Beutel Toastbrot hervor, Butter, Marmelade, Wurst und Orangensaft.

Bedien dich.

Ein Geräusch aus dem Duschraum schreckt Inger auf.

Ihr erster Impuls ist verstecken und ducken, schnell sieht sie sich um, ob sie unter den Tisch kriechen oder in eine finstere Ecke schlüpfen könnte, dann aber verwirft sie den Plan und horcht. Sie ist es gewöhnt zu lauschen, als Frau eines Jägers betrieb sie das Hören auf professionelle Art. Niels, der zwischen seinen Obsessionen nicht unterscheiden konnte, der das Jagen besessen betrieb und ebenso das Träumen, das Lieben und Hassen, Schwarz und Weiß, keine Grauzonen in seiner Welt; der seiner Beute tagelang nachspürte, wochenlang, ihre Gewohnheiten studierte, ihre Vorlieben, um so ihre Wünsche zu erahnen und herauszufinden, wann sie am verwundbarsten waren. Wenn sie glücklich waren, schlug er zu, denn er wusste, sie würden sich, gelähmt vor Glück, nicht wehren können, und lange machte sich seine Strategie bezahlt, er war einer der erfolgreichsten Jäger Amarâqs, trotz seiner vernarbten Augen, man achtete und respektierte ihn und sagte ihm nach, er sehe in seinen Träumen, wo die besten Jagdgründe seien und was er als Nächstes erjagen würde –

bis er sich eines Tages seiner Beute ausgeliefert sah: einem Eisbären, der sich in die Nähe der Stadt verlaufen hatte, schnell seinen Irrtum erkannte und sich davonmachte, allerdings von Niels gesichtet wurde, der dem Tier schon folgte, tagsüber und nachts, in seinen Träumen, und wieder vergingen Tage, Wochen, bald Monate, und der Wunsch, dieses Geschöpf zu erbeuten, wurde zum Lebensinhalt und das eigene Leben diktiert von diesem Zwang; erbeutet, diesmal der Jäger.

In Wahrheit, dachte Inger in diesen einsamen Tagen, ist jedes Jagdverhältnis auch ein Liebesverhältnis, und sie sah weg, als Niels nach einem halben Jahr ohne Beute, dafür abgemagert, krank und schwach nach Hause kam, die Hälfte der Ausrüstung war entweder verloren- oder kaputtgegangen, und auch er schien beschädigt. Er rührte das Gewehr nicht wieder an, das Spähen überließ er anderen, und er meldete sich, als er wieder bei Kräften war, für die Sozialhilfe an, vom Jagen sprach er nie wieder. Vielleicht hatte sein Jagdinstinkt auch die Richtung geändert, er konzentrierte sich nun auf die Opfer in seiner unmittelbaren Nähe, auf jene, die leicht zu fangen waren, auf das Kind und seine Mutter, und jeder Schlag musste zu einem Folgeschlag führen, da sie sich noch immer rühren konnten, noch nicht erlegt waren –

bis sich ein Konkurrent von außen einmischte, der Däne Mikkel Poulsen, der das Töten zum Zeitvertreib betrieb, wenn er mit seinem Motorboot ziellos durch den Fjord tuckerte und wahllos in die Wellen schoss, auf alles, das entfernt einem Lebewesen ähnelte, der an der Schule gebrochenes Englisch unterrichtete, in gebrochenem Dänisch, denn seine Zunge hatte jeden Halt verloren, in dieser Kältewüste, die sich Amarâq nannte. Dieser Mann schnappte sich Inger, und sie schnappte nach ihm, ließ sich von ihm aus einem brüchigen Leben ziehen. Und sie verglichen die Fragmente, legten sie aneinander, Kante an Kante, und stellten fest, dass manche Teile einander ergänzten, und jene, die sich ineinander verkeilten, einander abstießen, schnitten sie zurecht, feilten die Ecken ab, und Inger verwandelte sich von der Frau eines Jägers in die Frau eines Lehrers. Und weil sie ihm in gebrochenem Dänisch antworten konnte, und weil er ihr in gebrochenem Grönländisch antworten konnte, glaubte sie, er sei das, was man die große Liebe nennt, eine Liebe, die nie enden würde, zeitlos, raumlos, im Grunde eine Endstation, denn nach einer Liebe wie dieser konnte keine andere folgen, sie wäre unübertroffen und unübertreffbar, sie wäre ein Anfang, zugleich ein Ende.

Inger beschließt nachzusehen, als keine weiteren Laute aus dem Duschraum kommen. Vorsichtig öffnet sie die Tür und tastet nach dem Lichtschalter. Es ist ein kleiner verfliester Raum, die Dusche selbst ist ein Schlauch an einem Haken, warmes Wasser kommt aus dem Hahn, nicht wie bei ihr vom Herd. Die Fliesen, einst weiß, sind nun gelblich und die Ecken zum Teil herausgebrochen. Der Spiegel über dem Waschbecken ist verschmiert mit Zahnpasta und Seife. Das Fenster über dem Klo steht einen Spaltbreit offen, eine kühle Brise strömt herein. Ehe sie es schließt, späht sie hinaus, obwohl sie weiß, dass sie nichts sehen wird, aber sie glaubt, Schritte in der Dunkelheit zu hören, die sich eilig entfernen, ein schnelles Tapsen von Sohlen auf steinigem Grund, das leise Schmatzen auf der feuchten Erde.

Sie dreht sich um und kehrt zurück in den Waschraum, noch eine Stunde und zwanzig Minuten, die gelben Ziffern leuchten auf der Anzeige der Waschmaschine. *Dass ein Mensch für einen anderen seine Beliebigkeit verliert*, dieser Satzanfang geistert in ihrem Kopf, schon seit Tagen

versucht sie, ihn zu beenden, doch sie konnte sich bis jetzt
für kein Ende entscheiden –

als es sich freiwillig meldet: *grenzt an ein Wunder.*

Unbewusst schlägt Keyi den langen Weg in die Berge ein,
er hätte den direkten wählen können, stattdessen nimmt
er einen Umweg, vorbei am Fußballfeld, bergauf zum *Kleinen Kaufmann*, vielleicht wollte er den Laden noch ein
Mal sehen, dieses große Haus, das im Inneren so klein ist,
dass das Angebot unmöglich mehr als das Allernötigste
umfassen kann, und nicht einmal das. Von außen sieht es
aus wie ein weißer Bunker mit schiefem Dach, Balkon und
einer Treppe, die zu einer kleinen Tür führt, die provisorisch zusammengezimmert ist. Sie ist wie immer fest verschlossen, man weiß nie, wann das Geschäft geöffnet hat,
selten sieht man durch die Eingangsluke ins Ladeninnere,
nur an sehr sonnigen Sommertagen.

Vom *Kleinen Kaufmann* führt ein schmaler Pfad den
Berg hinauf zu einer Aussichtsplattform. Von hier aus,
dem Treffpunkt der Jäger und Kinder, die abends bis zur
Dunkelheit und bis spät in die Nacht hinein auf der Straße
Amarâqs spielen, weil es für sie zu Hause keinen Platz
gibt, sieht Keyi den Heliport, den einzigen dunkelgelb be-
leuchteten Punkt nahe dem Fjord, ein Scheinwerfer strahlt
auf den Hubschrauber. Nur ein Mal flog er von hier ab, als
er Kristina nach Dänemark folgte, nur ein Mal landete er
hier, bei seiner Rückkehr aus Kopenhagen.

Die dänische Landschaft hüllte ihn ein, die dänische
Dämmerung, die ewig zu währen schien. Die Natur, die
sich fleckenweise meldete, war arrangiert, sie war lediglich Schmuck, die Häuser, die eng aneinandergedrängt die
Straßen bevölkerten, hatten keine Aussicht, es waren Häu-

ser zum Wohnen und Schlafen, zwar groß, schön eingerichtet, aber ohne Verbindung zum Leben, so sah es Keyi,
während auf den Straßen für die Unabhängigkeit Grönlands demonstriert wurde, Protestmärsche, manche klein,
manche größer, die Gruppen gemischt, dänisch und grönländisch, in ihrer Tracht aber einheitlich, Hippies, Linke,
zaghaft Bürgerliche mit Megaphonen und Plakaten, und
Keyi marschierte mit, weil er den gleichen Weg zum Supermarkt nehmen wollte, buchstäblich Mitläufer, und als
er verstand, wonach sie riefen, rief er mit, die Flugblätter,
die man ihm reichte, steckte er ein, ohne sie zu lesen, denn
das Alphabet wurde, je älter er wurde, je weniger er übte,
mehr und mehr zu einem Rätsel. Am Abend berichtete er
Kristina, er engagiere sich für seine Heimat wie alle anderen, ihr waren solche Dinge, das wusste er, wichtig. Gut,
antwortete sie und nickte zustimmend, müsste sie nicht
arbeiten, würde sie mit ihm demonstrieren, und gab ihm
einen Kuss auf die Wange. Wir könnten doch zurück nach
Grönland fliegen, schlug sie beiläufig vor, ein paar Freunde versammeln sich in Narsaq, sie wollen zelten, musizie-
ren und diskutieren, zwei Wochen lang, wir werden über
Selbstbestimmung sprechen, über die Unabhängigkeit,
sagte sie, wir werden uns mit der Welt auseinandersetzen,
mit Grönland und der Welt und einer besseren Zukunft,
meinte sie, und als sie Keyis Blick auffing, korrigierte sie
sich und sagte, sie, nicht wir, und er sagte, sicher, fliegen
wir, und sprach sie nie wieder darauf an. Ein Jahr später
sollte in den Zeitungen die Schlagzeile zu lesen sein,
Grönland erhalte eine partielle Selbständigkeit.

Durch Kristinas Vermittlung fand Keyi Arbeit im Grönland-Haus als Schlüsselwart, dort gab man ihm den Spitz-
namen Keyi, von *key*, Schlüssel, doch schon nach einem

Monat wurde er entlassen, weil er sich nicht an die vereinbarten Zeiten halten konnte, immer dann auftauchte, wann es ihm passte, und verschwand, wenn er es für richtig hielt, Arbeit erfüllte für ihn schon damals einen anderen Zweck.

Keyi biegt ab, in die Andeutung einer Seitengasse, er versucht, sich an seinen richtigen Namen zu erinnern; er erinnert sich, aber er spricht ihn nicht aus.

Vielleicht, denkt Mikileraq, während sie Maja auf die Stirn küsst, hat das Mädchen schon vergessen, wie seine wirkliche Mutter aussieht, den Klang ihrer Stimme, ihren Geruch, vielleicht hat es all dies bereits ersetzt durch sie, die Tante, und Maja tat dies unbewusst, es geschah ganz einfach stückchenweise, stundenweise. Während sie dies denkt und hofft, während sie ihre Nichte zudeckt und diese die Decke wieder von sich strampelt, bewegt sie sich in einer Erinnerung, die es nicht gibt: in einer Erinnerung, zu der es nicht kommen konnte, da sie das Kind, das sie als Sechzehnjährige zur Welt gebracht hat, sofort nach der Geburt weggegeben hat. Man versicherte ihr, eine Pflegefamilie würde sich seiner annehmen, sie hat diese Angabe nie überprüft, sie flog nach Nuuk, um die Schule zu beenden, danach in die USA und nach Dänemark, um zu studieren, und erst vor einem Jahr hat es sie in ihre Heimat zurückverschlagen, als man ihr eine Stelle als Lehrerin anbot.

Die ersten Schritte führten sie gleich an jenem Krankenhaus vorbei, in dem sie das Baby, ihren Sohn, wie man ihr damals freudestrahlend mitteilte, ein Sohn, ein Sohn!, bekommen, aber sich geweigert hat, es anzusehen, aber warum, fragte Justine sie fassungslos, es ist doch ein Sohn? Das gelbe Gebäude mit dem roten Ziegeldach und der brei ten Eingangstreppe hat sich nicht verändert, noch immer bilden sich auf den Stufen Grüppchen, die ihre Krankheiten besprechen, manche auf eine Krücke gestützt, manche im Rollstuhl und viele in ihren Jogginghosen, Krankenkluft.

Wenige Tage nach Schulbeginn fing Mikileraq an, sich nach ihrem Sohn zu erkundigen, sie forschte behutsam, sie wollte kein Gerede, die wenigen, die damals dabei gewesen waren, konnten sich zwar erinnern, sprachen aber nicht mehr darüber, und sie fand nur mit Mühe heraus, dass er nicht von einer Familie adoptiert worden, sondern im Wohlfahrtssystem verschwunden war: Er kam in das Waisenhaus in Amarâq, wuchs dort auf, als Jugendlicher aber lief er weg und kam nie mehr zurück.

Vielleicht, denkt Mikileraq, während sie Majas Haare streichelt, waren es gute Jahre danach, vielleicht, denkt sie, erhielt er eine Ausbildung, fand Arbeit und kehrte Amarâq den Rücken, vielleicht entkam er dem Ende der Welt; sie hofft, sie weiß es, vergeblich.

3 Das öffentliche Waschhaus, ein rotes Blockhaus mit schwarzem Satteldach, besteht aus einer Waschküche mit Waschmaschine und Trockner, einem Duschraum, einem Essraum mit Küche, zwei Toiletten und einem Eingangsbereich, in dem im Winter die Schuhe ausgezogen und an die Wand gestellt werden. Die Räume sind niedrig, die Fenster klein und quadratisch, und der Boden ist mit Linoleum ausgelegt. An den Decken befinden sich Glühbirnen hinter Glas, die Vorhänge sind grün gestreift, aber nicht lang genug, um das ganze Fenster zu verhängen. Sie werden nicht zugezogen, sondern gewähren immer einen Blick ins Innere, in die Gedärme, wie Inger sie nennt, die Räume, die sich parallel zum Fluss entlangwinden, schlauchförmig, und so ein Höhlensystem bilden, das seinen Endpunkt in der Waschküche und seinen Ausgangspunkt in der Küche hat.

Das Waschhaus ist ein Ort der Scham: ein Ort, der der Verachtung trotzt, weil es notwendig ist, den wenigen Besitz zu reinigen; ein Ort, der das Versagen öffentlich macht und den Benützern das Eingeständnis abverlangt, dass man es in dieser Gesellschaft zu nichts gebracht hat, zu keinem modernen, zivilisierten Dasein. Aus diesem Grund hängt über dem Haus eine Leere, eine Unbewohntheit, man könnte auch sagen eine Unberührtheit, die absichtlich und erzwungen ist, da darauf geachtet wird, nichts zurückzulassen, das Rückschlüsse auf die Identität des Benutzers zulässt. Die eigenen Spuren werden sorgsam verwischt, sobald man es verlässt, nur Verderbliches, Vergängliches wird dagelassen und von den Nachfolgenden aufgegessen, getilgt. Lediglich die Touristen, die in den Sommermonaten im Tal der Blumen ihr Zeltlager aufschlagen, machen es sich im Waschhaus gemütlich, wenn sie es in der nassen Kälte, die alle paar Tage über Amarâq hereinfällt, gehäuft vor allem Ende August, mit Herbstbeginn, nicht länger aushalten, so dass alle Reste, die es im Waschhaus gibt, Touristenreste sind, unschuldige Reliquien, die diese Scham nicht kennen. Auf sie stürzen sich die Bewohner Amarâqs, und wenn sie sie ergattert haben, geben sie vor, sie selbst erstanden zu haben, von einem Teil eines Besitzes, der nie existierte.

Inger geht durch die Räume und knipst in jedem das Licht an; sie erträgt die Dunkelheit nicht mehr. Als sie das zweite Mal am Eingangsbereich vorbeikommt, zögert sie für einen Moment, dann greift sie nach ihrer Jacke, schlüpft in die Schuhe und geht nach Hause, ohne das Ende der Wäsche abzuwarten.

Fast kommt es Keyi so vor, als konnte er durch das Fenster entwischen, als wäre er gerade noch mit seinem Leben davongekommen, und eine Euphorie durchzuckt ihn, es scheint ihm, als müsse er tanzen, und er hüpft bergauf, geradewegs in ein Gefühl des Glücks, das er in dieser Intensität einzig aus seiner Kindheit kennt, als er hinter seinem Vater im Frühling auf dem Eis lag, den Ellbogen, den Arm, die Hüfte und das Bein flach gegen die eisige Oberfläche gepresst, in kurzer Entfernung zu einer Ringelrobbe, die in der Sonne schlief. Als sie erwachte und Keyis Vater sah, steckte dieser seinen rechten Arm unter den Rumpf, verbarg seine Hand unter der Hüfte und imitierte ihre Haltung: Er zog das rechte Bein unter das linke und kratzte mit dem linken Fuß auf dem Eis. Als die Robbe das Kratz-geräusch hörte, legte sie ihren Kopf wieder hin. Nun stütz-te er sich ein wenig auf und kroch ein paar Meter vorwärts. Wieder hob die Robbe ihren Kopf und sah misstrauisch in seine Richtung, sofort legte sich der Vater flach auf den Boden und kratzte das Eis, aber dieses Mal wirkte die Rob-be beunruhigt, und er imitierte Robbenlaute, während er versuchte, sie dazu zu bewegen, ihn anzusehen, nur so würde sie sich beruhigen.

Langsam gewöhnte sich das Tier an seinen Anblick, und er konnte schneller auf dem Eis vorwärtsrutschen. Während er immer näher kam, schlug er mit der flachen Hand auf das Eis. Die Robbe, die sich mittlerweile sicher war, dass es sich bei Keyis Vater um einen Artgenossen handelte, reagierte gelangweilt auf das Geräusch, und als der Vater dies erkannte, sprang er leise, aber blitzschnell auf seine Füße und harpunierte sie.

Keyi beobachtete jede Bewegung des Vaters, er imitier-te sie aus der Ferne, zuckte synchron mit dem Kopf und den Armen und Beinen. Wenn sie schlafen, erklärte der Vater, atmen Robben nicht, manchmal atmen sie mehrere Minuten lang nicht.

Sie atmen wieder, wenn sie aufwachen und ihre Augen öffnen.

Er habe das schon öfter beobachtet, fuhr er fort, wäh-rend er die Haut der erlegten Robbe aufschlitzte, beim Öff-nen der Augen bewege sich ihre Flanke, das müsse er, Keyi, sich merken, denn so könne er abschätzen, wann die Robbe ihn das nächste Mal ansehen werde. Beobachte das Licht, sagte er, das vom dunklen Fell reflektiert wird, wenn sie atmet, ist es so, als würde sie zu mir sprechen und ich zu ihr und ich würde sagen, leg dich hin. Wenn du es richtig machst, sagte er, ist es fast so, als würdest du das Tier kontrollieren.

Drei Winter später jagte sein Vater zum letzten Mal. Als er über einem Atmungsloch einer Bartrobbe auflauerte und sie mit seiner Harpune, die an einem Seil befestigt war, aufspießte, unterschätzte er ihre Kraft, so dass er, als sie im Eiswasser wieder untertauchte, mitgerissen wurde, sein Arm und seine Hand zwischen das Seil und das Eis gerieten und vier Finger seiner rechten Hand abgetrennt wurden.

Im *Pakhuset* lehnt Peder von der Touristeninformation an der Bar und versucht, Ella für sich zu interessieren, er sieht dies als seine Pflicht an, denn er ist auch der Fremdenverkehrsminister Ostgrönlands.

Er erklärt, härtere Getränke seien seit einem Jahr in Amarâq verboten, es werde an der Bar bloß noch Bier verkauft. Warum?, fragt Ella mäßig interessiert. Weil wir glauben, dass der Alkohol an den vielen Selbstmordversuchen schuld ist, sagt Peder und nippt an der Dose Tuborg, Ella holt ihren Block heraus und macht eine Notiz, warum, glauben Sie, gibt es so viele Selbstmorde?, fragt sie, die Mentalität, antwortet Peder, es ist in ihrer Natur, die Grönländer leben zu sehr in der Gegenwart, und wenn die beschissen ist, dann, er umfasst seinen Hals mit einer Hand, stranguliert sich andeutungsweise. Räuspert sich, als Ella nicht lacht. Sie sind selten geplant, verstehen Sie, sagt Peder, die Selbstmorde sind immer spontan, die Grönländer haben einfach nicht die Fähigkeit, ihr Unglück zu kontrollieren, sagt er und zuckt mit den Schultern, es mangelt ihnen an Vernunft, verstehen Sie?, und tippt an seinen Kopf. Greift sich ans Kinn, Denkerpose. Rückt näher. Wie lange bleiben Sie in Amarâq?, flüstert er vertraulich, vielleicht möchten Sie auch eines der drei Nachbardörfer besuchen, ich könnte etwas arrangieren. Ehe Ella dazu kommt, zu antworten, stellt sich Silje zwischen sie, lächelt und fragt, ich würde dir gerne einen Freund vorstellen, hättest du etwas dagegen? Ella schüttelt erleichtert den Kopf, Silje nimmt sie an der Hand und zieht sie mit sich fort, in die andere Ecke der Bar, wo Greger und Olav warten. Olav, der zu schüchtern war, um Ella selbst zu fragen, und auch jetzt, da sie vor ihm steht, kaum mit ihr spricht, deutet mit einer Kopfbewegung an, dass er tanzen möchte, und sie versteht und nickt.

Weg ist sie.

Grinst Peder, doch er grinst allein: Robert tanzt mit Ulrika, Inga plaudert mit Ane, während sich eine Menge, gleichförmig, ununterscheidbar, auf der Tanzfläche, die nicht größer als eine mittelgroße Zimmerdecke ist, zu *With or Without You* bewegt und den Refrain mitgrölt. Inzwischen hat sich Olav zu Ella gebeugt und führt ein Flüstergespräch mit ihrem Ohr, während er versucht, seinen Arm um ihre Schulter zu legen, in einer der vier Ecken schmusen Silje und Jakob, in einer anderen trinken Gerth, der Greißler, und Billiam, der Jäger, um die Wette, in der dritten überredet Birgitta, Gerths Frau, Kristian zum Tanzen, und in der vierten baggert Brian Ane an, während sich Jesper Sørensen über seine Tochter Kaia beugt, die auf dem Boden eingeschlafen ist, sie ist schon seit neun Uhr hier, als die Disko noch gar nicht geöffnet hatte, er versucht, sie wachzurütteln, aber sie reagiert nicht.

Anders beschließt, nachdem er den Tumult um Kaia, die hinausgetragen werden muss, eine Weile beobachtet hat, den Traum von letzter Nacht fortzusetzen, als er von einem im Fjord Ertrinkenden angefleht wurde: Hilf mir. Mein Boot war verärgert.

Er greift nach dessen Hand, *er streckt seine Hand aus, greift in die Luft*, die aus den Wellen ragt, *in Anes unechte Locken*, in diesem Moment setzt sich eine Schmeißfliege auf seinen Arm und summt, es klingt wie Gurren: Heirate mich.

Lieber nicht, antwortet Anders, dein Supermarkt ist mein Mülleimer, und deine Augen sind zerbrochen. *Ane stößt ihn von sich, lass mich in Ruhe.* Daraufhin wispert die Fliege eifrig mit ihren Freundinnen, und eine Mücke kommt angesurrt, setzt sich auf seine Hand und sticht in die Ader, die sich über dem Mittelfingerkochen wölbt, *Inga kommt Ane zu Hilfe und zwickt ihn in die Hand,* er beobachtet, wie sich der Rüssel langsam in die Haut senkt, und spürt den Stich, gefolgt von einem Brennen, *Brian schlägt ihn zu Boden*, und er schläft ein, wacht kurz darauf wieder auf. Nun ist es Winter, sagt Anders, und ich bin Teil der Straße, doch die Autos, die Fahrräder und die Fußgänger können mir nichts anhaben, denn ich bin aus Eis, und er lacht, *während man ihn aus der Disko tritt.*

Ein Hund huscht an Inger vorbei, sein Besitzer folgt mit gebührendem Abstand, Mads, doch er biegt ab, ehe sie ihn begrüßen kann. Es scheint ihr, als würde er seinem entlaufenen Schatten folgen, als werfe Mads den Schatten eines Hundes.

Amarâqs Schönheit, die sich, unzugänglich, wie sie ist, den Blicken eher entzieht als präsentiert, ist eine unheimliche, da sie die Augen ständig in die Irre führt. Nichts ist sicher, nicht in dieser Stadt, die mit jedem Lichteinfall, mit jedem Wolkenzug ihr Aussehen verändert, im Grunde ist sie nicht dazu da, um angesehen zu werden, sondern sie ist ein Kommentar: Sie spricht in Bildern, die sie einem vorsetzt und von denen sie erwartet, dass man sie versteht, und wenn nicht, werden sie einem verständlich gemacht, indem die Pläne, die man gerade noch schmiedete, durchkreuzt werden –

totaler Widerspruch, Einspruch.

Aber nachts, wenn das willkürliche Licht schläft, wenn es sich reduziert auf ein Flimmern, Glimmen, das im Nichts oder durch einzelne Häuser schwebt, in Fensterkäfigen vor sich hin leuchtet, entwischt sie doch, die Unheimlichkeit, die die Stadt infiltriert hat, und unverdeckt, diesmal völlig unverdeckt, enthüllt sie einen Teil der Wahrheit: Dass in jedem Aufblitzen des Himmels an wolkenfreien Tagen, im Dunkelblau, so tief, dass man darin versinken möchte, würde man sich nicht rechtzeitig abwenden und die Augen schließen, ein Blau, das mit jedem Blick näher kommt und nach einem greift –

dass in den Wirbeln, Strömen, die die Wolken verschieben, die Wolkenherde antreiben, so dass sie sich mal in der einen, mal in der anderen Ecke des Himmels, der in diesem Moment ein langgezogener, schmaler Quader ist, nichtsdestotrotz ein Quader, also seine Unendlichkeit zugunsten der Vorspiegelung von Endlichkeit aufgegeben hat –

dass in der Nacht, die jeden überzieht, der es wagt, sie zu betreten, Sätze liegen, Antworten, und dass es möglich ist, sie zu verstehen.

Inger bleibt stehen und lauscht.

Keyi wird durch die Person, die aus Malins Fenster steigt, in seinen Gedanken unterbrochen. Er erkennt in ihr Per, dem er, vor vielen Jahren, als dieser vom Waisenhaus ausgerissen war, Unterschlupf gewährte, in einer Hütte, die aus einem Raum und zwei Fenstern bestand, die beide auf den Fjord blickten, und wenn er sich aufrichtete, stieß er an die Decke, obwohl er eher schmächtig und klein ist. Die Bretter hielten sich gerade noch in der Verankerung, ihre Farbe war abgeblättert, Feuchtigkeit lebte und wuchs in ihnen, und wenn er über ihre Oberfläche strich, fühlte sie sich samtig an, weich, als wäre ihnen in all der Zeit ein Fell gewachsen, eines Tages würde es aufstehen, das Lebewesen, und fortgehen. Die Nägel steckten kaum noch in den Löchern, sie vollführten eine Geste, und wenn man sie nicht beobachtete, sprangen sie ab und in die Freiheit, die sich unter ihnen befand, im Sommer ins Gras, im Winter in den Schnee und auf das Eis, so machten sie sich davon, einer nach dem anderen, so dass Keyi sie zusammensuchen und neu einschlagen musste, damit die Hütte ihn und Per nicht unter sich begrub.

Per, das erwachsene Kind, war eines Tages auf seinem Holzboden gesessen und hatte aus seinem Becher Wasser getrunken. Er hatte nicht aufgesehen, auch nicht, als ihn Keyi gegrüßt hatte. Sie sprachen in den drei Monaten, die sie zusammenlebten, kaum miteinander, denn Per, oder, wie Keyi ihn nannte, das Kind, schien sich vor Wörtern zu ängstigen, er sprach jeden Satz mit Furcht aus, in einem Flüsterton, als könnten sich die Worte, in die Luft entlassen, umdrehen und ihn verschlucken. Keyi wusste nicht, wie es war, in einem Waisenhaus zu leben, er hatte Geschichten gehört, Gerüchte, er hatte Geschichten, Gerüchte über Per gehört, hatte gehört, der Kleine habe versucht, das Haus einzuäschern, er habe gezündelt und alle Kinder seien im Feuer verbrannt, tatsächlich war das Heim im selben Jahr, als Keyi nach Amarâq zurückgekehrt war, neu

104

gestrichen worden, in einem hellen Blau, als wollte man jede Assoziation mit Feuer verhindern. Man erzählte sich außerdem, Per habe die Tür, durch die die Kinder hätten entkommen können, mit einem Holzbalken verbarrikadiert, so dass man, als man die Rufe aus den offenen Fenstern hörte, nichts tun konnte als zuzusehen, wie alle verbrannten. Per selbst, munkelte man weiter, hätte durch den Hintereingang fliehen können, doch als der Brand gelöscht war und man feststellen musste, dass ausschließlich die Erwachsenen überlebt hatten, die zwei Alten, die die Kinder betreuten, Lone und Janne, und der Leiter des Hauses, Stin, kehrte Per zurück, er wartete an der Eingangstür des Hauses, als wäre nichts passiert: als hätte man ihn ausgesperrt und müsste ihn nun wieder einlassen.

Stin fasste Per am Nacken, fuhr mit seinen Fingern in dessen Nasenlöcher und zog das Kind durch die Stadt, während er Mörder murmelte, Mörder, Mörder, und Lone murmelte mit ihm, sie begleitete sein Flüstern mit ihrem sanften Sopran, und fast klang es, als würden sie singend durch die Gegend ziehen, Lone und Stin mit Per im Schlepptau, als wäre es ein Schauspiel, das sie darzubieten hatten, hätten sie nicht nur ein Wort gesagt: Mörder.

Kurz bevor Per in Keyis Hütte untertauchte, wurden die Leichen von Lone und Stin gefunden. Sie lagen mit tiefen Schnittwunden im Gesicht, an den Händen und auf der Brust im Schlafzimmer der neuen Waisen, deren frischrenovierte Heimat plötzlich zu einem Sarg geworden war.

Im Grunde war Sara nicht adoptiert worden, sondern hatte selbst adoptiert, die Ferne, indem sie ihr beharrlich gefolgt war, von Ausflug zu Ausflug, zunächst hatte sie auf den Boden gestarrt, jeden Kontakt vermieden, später aber war sie den Blicken gefolgt und hatte selbst Blicke dosiert, im richtigen Moment das richtige Lächeln, und am Ende der drei Wochen, so hatten es ihre Adoptiveltern geschildert, hatten sie sich nicht mehr von ihr trennen wollen.

Sie konnte sich kaum noch an ihre Ankunft in Kopenhagen erinnern, nur an eine große Düsternis, die über der Stadt und dem Haus lag, das Treppengeländer so schwarz, so gewunden, dass sie dachte, sie steige auf einen dieser Bäume, die sie auf dem Weg vom Flughafen gesehen hatte, und es roch nach Regen, etwas schwächer als in ihrer Heimat, süßlicher, wärmer, aber sie erkannte ihn wieder, seinen Geruch, seinen Klang, und die Ferne schmerzte sie, zum ersten Mal.

Der Schmerz hielt an und kehrte in regelmäßigen Abständen wieder, und jedes Mal versuchte sie zu flüchten, blieb bei Wanderungen zurück, versteckte sich im Wald, um nicht gefunden zu werden, doch immer blieb die Gruppe stehen und wartete auf sie, so dass ihr nichts anderes übrigblieb, als ihr Versteck aufzugeben.

Vielleicht war ihr Dilemma, dass sie niemals Gemeinschaft fand, obwohl es genau das war, was sie sich sehnlich wünschte, ein Sehnsuchtswunsch, nicht nur Sehnsucht, nicht nur Wunsch, sondern die Kombination aus beidem, aber selbst wenn sich Sara einem anderen Menschen anvertraute, gab es diese Distanz zwischen ihnen, das Fremdsein, das sich zwischen sie schob und eine echte Vertrautheit unmöglich machte, und nicht einmal sich selbst lernte sie kennen, weil sie es verlernt hatte, nach sich selbst zu fragen. Die einzige Zuflucht schien in der Fremde zu liegen, die aus der Entfernung stets ein Ort der

Geborgenheit war, sobald sie aber betreten wurde, trat ihre Fremdheit zurück, und Sara musste sich eingestehen, dass das Ferne auch eine Heimat war, für alle anderen, aber nicht für sie.

Vierzehn Jahre später packte sie einen Rucksack und verließ nach einem stummen Abschied das Haus ihrer Adoptiveltern, um den Ort aufzusuchen, an dem sie etwas zurückgelassen hatte, das sie Heimat nennen wollte. Zumindest glaubte sie dies tun zu müssen, das Gefühl verfolgte sie, sie hätte damals, als sie sich für die andere, größere Welt entschied, die Gelegenheit verpasst, zur Ruhe zu kommen, geborgen zu sein. Sie glaubte, diesen Moment wiederherstellen zu können: Sie bräuchte nichts anderes zu tun, als an den Ort zurückzukehren, an dem sie die falsche Entscheidung getroffen hatte, und das Leben würde einen anderen Verlauf nehmen und sie wäre endlich glücklich –

und doch steckte sie vor der Abreise den ganzen Vorrat an Schlaftabletten ein, den sie besaß.

Allzu oft erscheint es Sara, als würde sie an einer Klippe entlanggehen. An schlechten Tagen läuft sie am äußersten Rand, balanciert gerade noch an der Kante, an guten Tagen bewegt sie sich von ihr weg ins Innere des Gebirges. Manchmal rutscht sie ab, sie hört das leise Bröckeln der Steine, und in dem Moment denkt sie, es wäre eigentlich gar nicht so schlimm abzurutschen, endlich abzurutschen, loszulassen: als hätte sie viel zu lange an etwas festgehalten, das nie bei ihr bleiben wollte, das nie zu ihr gehörte.

Auf dem Heimweg, den Kirchturm im Blick, der abends von vier Straßenlaternen, mehr als das durchschnittliche Gebäude in Amarâq, dottergelb beleuchtet wird, malt sich

Inger aus, wie sie Sofie die Geschichte zu Ende erzählen, wie sie sagen würde:

Der Schnee hatte begonnen zu fallen, die Gipfel der Berge waren in Nebel gehüllt, auf der See ein Sturm, der nicht aufhörte, sich zu drehen, bis er erwachsen war, dann entfaltete das Wasser seine Flügel und peitschte den Entführern ins Gesicht, das Boot begann, Wellen zu schlucken, und Niels verdoppelte, verdreifachte seine Geschwindigkeit, und die Winde verdoppelten, verdreifachten ihre Kraft, das Boot drohte zu kentern, und Niels holte auf, da beschwor Inger ihre Brüder umzukehren, sie würden es in diesem Unwetter niemals schaffen, sie musste sie anflehen, ihnen drohen und mit ihnen streiten, bis sie endlich nachgaben, ihr Vater aber war so wütend, dass er sie an den Armen packte und über die Reling ins Wasser werfen wollte, doch sie hielt sich mit einer Hand am Bootsrand fest, und als sie nicht losließ, schlug er gegen die Finger seiner Tochter und hätte ihr die Hand gebrochen, wenn sich das Meer nicht plötzlich beruhigt hätte und der Sturm, aufgezehrt, mit einem Gurgeln versunken wäre.

Sobald sie wieder an Land waren, flüsterte sie ihren Hunden zu: Beißt meinem Vater die Füße ab.

Drei Tage lang verweigerte sie ihnen das Futter. Schließlich konnten es die Hunde kaum noch erwarten, sie stürzten sich auf ihn, schnappten nach seinen Armen und zerbissen seine Beine.

Am Abend darauf packte Inger Sofie, ihre Kleider, die zwei Bücher, die ihr gehörten, das Fotoalbum, den Kochtopf und etwas Geschirr und verließ Niels –

aber etwas wurde ihr in dieser Nacht genommen, etwas zerbrach in ihr.

4 Früher hätte Keyi Per aus dem Fenster ins Freie gezerrt, er hätte ihm befohlen, die entwendeten Gegenstände zurückzugeben, er hätte gesagt, dass er Diebstahl nicht dulde, heute sieht er zu, wie Per, die Hände in den Hosentaschen, einen Rucksack auf dem Rücken, die nassen Schuhe an den Holzstufen abstreift und auf den Boden spuckt, dabei Keyi weder ansieht noch anspricht, als gäbe es ihn nicht: als hätte es ihn nie gegeben.

Per hebt die Trommel aus der Pfütze, schüttelt die Feuchtigkeit ab, die Tropfen fallen auf die Erde, sie glitzern in der Dunkelheit, denn sie fangen das wenige Licht der Straßenlaterne ein und bündeln es. Er stellt sie neben die Treppe, ebenso die anderen Teile seines Schlagzeugs, wischt mit seinem Ärmel darüber, dann zündet er sich eine Zigarette an, nimmt einen, einen zweiten, schließlich einen dritten Zug, ehe er sich umdreht und dem Straßenverlauf, der hier lediglich angedeutet ist, durch die kahle Hügellandschaft langsam in Richtung Stadtzentrum folgt, vorbei an Keyi, dem Unsichtbaren.

Dieser, verdutzt über Pers partielle Blindheit, passt sich schnell an. Es kommt ihm nicht ungelegen, dass er nicht gesehen wird, tatsächlich erscheint es ihm sogar, nach reiflicher Überlegung, logisch, dass er ausgerechnet in dieser Nacht nicht existiert, er verbessert sich, nicht *mehr* existiert. Ein Lächeln breitet sich in ihm aus, der Gedanke belustigt ihn, dass er länger gehabt hat, als er hätte haben dürfen, dass er seine Lebenszeit überlebt hat und so eine Zukunft sehen durfte, die er eigentlich nie hätte sehen dürfen, und wie einem Menschen aus der Zukunft erscheint es ihm normal, dass er sich nun zurückziehen, dass er nicht in eine Gegenwart eingreifen darf, in der es ihn nicht mehr gibt.

Er rückt die Tasche auf seiner Schulter zurecht und steuert auf Malins Fenster zu, steckt seine Hand durch das Loch, drückt den Griff hinunter. Ehe er ins Haus klettert, fällt sein Blick auf die Berggipfel in der Ferne, die sich in die Ränder des schwarzblauen Himmels verwandelt haben.

Niels verabschiedet sich von Lars.

Kommst du mit ins *Pakhuset?*

Lars schüttelt den Kopf.

Ich bin hier verabredet.

Er sieht auf die Uhr. Eigentlich müssten sie schon längst da sein, Magnus und Ole, das lautlose Paar, wie er sie nennt. Sie hatten ihn am Nachmittag im Kinderheim besucht und gesagt, es sei dringend, sie müssten ihn unbedingt heute Abend sprechen. Er versuchte gerade, auf der Rückseite einer Supermarktquittung, die sich aus Altersschwäche und Feuchtigkeit zu einem Viertel um die Tischkante gewickelt hatte, den Traum von letzter Nacht aufzuschreiben, bevor sich die Türen des Horts öffnen und die Kinder auf die Wendeltreppe zulaufen und in den ersten Stock trappeln würden. Sie hatten es auf die Kleiderspindel abgesehen, auf der sich so schön Karussell fahren ließ, die Kleineren hielten sich dabei an den Stangen fest und ließen sich von den Größeren anschubsen, die sich, sobald sich das Gerüst zu drehen begann, ebenfalls auf die Stangen schwangen, und der Verkaufsständer, der dem Ansturm nicht gewachsen war, nach wenigen Minuten *in Ohnmacht fiel*, so hatte es Lars seiner *Klientel* erklärt.

Er nickte Magnus und Ole zu, dann vertiefte er sich wieder in seinen Traum, kalligraphierte mehr, als er schrieb.

Wo bleibst du?

Lars zuckte zusammen und blickte auf. Die Frage kam von Idisitsok, Idi, der treuen Freundin, meistens saß sie schon vor der Tür, wenn er um die Mittagszeit in den Hort kam, oft brachte sie Anders mit, den sie, wie sie sagte, *adoptiert* habe, auch wenn sie es war, die ihm folgte und selten umgekehrt. Er war vor einem halben Jahr aus Qertsiak nach Amarâq gekommen, um hier, nachdem er sich als unbegabter Jäger erwiesen hatte, auf eine offene Stelle zu warten, die Familie wollte, dass er eine gute Arbeit bekäme, der einzige Sohn Ivens!, dafür unterstützen wir euch mit Fleisch und Fisch, hatten die Verwandten gesagt, und ihre Familie konnte die Hilfe gut gebrauchen. Sie lebte in einem der neuen Apartments in der Nähe der Sporthalle, die Wohnung war kaum groß genug für ihre Eltern, ihre zwei Geschwister und ihren Cousin, lediglich zwei Zimmer, eine Küche und ein Wohnraum, innerhalb eines Sommers gebaut, gestrichen und eingerichtet; Heizung, Lebensmittel und Wasser finanziert mit kleinen Gelegenheitsarbeiten und dem monatlichen Taschengeld aus Dänemark.

Idi war schweigsam für ihre acht Jahre, unter ihren Schätzen, die sie stets bei sich trug, war ein roter Kugelschreiber, den sie einer Touristin auf der Überfahrt nach Qertsiak, ihrem Heimatdorf, auf dem Frachtschiff *Johanna Kristina* abgenommen hatte. Sie hatte klug getauscht, gegen ein paar Hotdog-Würstchen aus dem Glas, mit denen ihre Eltern sie gefüttert hatten und die sich die Touristin, die kein Wort Grönländisch verstand, mit einem skeptischen Blick in den Mund gesteckt hatte. Sie waren in der

Passagierkabine im vorderen Teil des Schiffes gesessen, wo es keine Fenster gibt, dafür zwei Tische, eine blaugepolsterte Bank und einen kleinen Fernseher an der Wand, in dem eine Dokumentation über die Kalahari-Wüste lief, während sie durch ein Feld aus Eis schwammen.

Zu Idis anderen Schätzen gehörten eine kleine nackte Puppe mit blonden Locken, Idi hatte ihr provisorisch ein Papiertaschentuch angepasst, bis Lars ein Kleid schneidern würde, versprochen ist versprochen, und eine kleine rosarote Umhängetasche aus Plastik mit Blumen und Kätzchen. Niemand wusste, woher Idi die Tasche hatte, geklaut konnte sie sie nicht haben, denn in ganz Amarâq gab es kein Geschäft, das so etwas verkaufte. Die Tasche war aus dem Nirgendwo aufgetaucht und wurde seither von Idi streng bewacht, nur Lars und Anders durften sie ohne Erlaubnis anfassen.

Etwas unschlüssig und verloren kaute sie an einem ihrer zwei Zöpfe, die ihr, wie immer, schief vom Kopf abstanden, sie waren selbst geflochten.

Ich komme gleich.

Lars nickte Idi zu, die nicht zu wissen schien, was sie tun sollte. Im Lauf der Monate, in denen Lars im Hort arbeitete, waren sie unzertrennlich geworden, Lars, hatte sie gesagt, wir sind Zwillinge, und er hatte gesagt, natürlich, das sieht man doch sofort, worauf Idi schnell eingeworfen hatte, du weißt schon, wir sind zweiköpfige Zwillinge, und gelächelt hatte, ohne zu wissen, was Lars dieses brüchige Lächeln bedeutete: dass es die richtige Entscheidung gewesen war, den Traum von Dänemark hinter sich zu lassen, und das, was es repräsentierte, die Welt.

Zurückgekehrt in seine Heimat hatten ihn ein Dreißig-Quadratmeter-Häuschen erwartet, das in der Nähe des

Hauses seiner Großmutter stand, die ihm zum Abschied gesagt hatte: Glaube deinen Träumen.

Sofie schläft.

Mikkel dreht sich kurz um, als Inger eintritt.

Wo ist die Wäsche?

Noch im Waschhaus.

Warum hast du nicht gewartet?

Ich wollte nach Sofie sehen.

Aber sie schläft doch.

Er schüttelt den Kopf, die Augen unverwandt auf den Fernseher gerichtet, Inger schleicht ins Schlafzimmer. Sie schlafen zu dritt in einem Bett, sie, Sofie und Mikkel, das Kind in der Mitte, zwischen den Matratzen, es schläft nur ein, wenn es seine Nase, sein Bein sowie einen Fuß in die Ritze bohren kann.

Der geblümte Überzug: Blumen, die es in Amarâq nicht gibt. Der Kleiderschrank eingetauscht gegen den Schlitten, die rechte Tür fällt aus den Angeln, wenn man sie öffnet. Weiße, fast durchsichtige Gardinen mit roten Schleifen, ein Hochzeitsgeschenk. Auf dem Boden ein grauer Teppich, mittlerweile so hart und glatt wie Linoleum.

Sofie schnarcht. Inger klettert ins Bett, schlüpft unter die Decke, dicht an ihre Tochter heran, das Mädchen murmelt im Schlaf, Inger streicht ihr übers Haar, küsst ihre Ohren und stellt sich vor, wie sie sagen würde, nicht, Mama, das kitzelt, dann klettert sie wieder aus dem Bett, schließt die Schlafzimmertür hinter sich und setzt sich zu Mikkel, dem langsam die Augen zufallen. Er fuhr heute Ella den ganzen Tag im Fjord spazieren, zwischen Wolkenkratzern aus Eis, aber lass dich ordentlich bezahlen, hatte Peder grinsend gemeint, du musst eine Familie ernähren, und Mikkel hatte genickt, er konnte zusätzliche Einnahmen gebrauchen, er arbeitete an unterrichtsfreien Tagen im *Hotel Amarâq*, unternahm Touren mit Touristengruppen, erledigte Reparaturen, Maler- und Tischlerarbeiten und half in der Küche aus, dann beschämte er den Hotelkoch, wenn sein Apfelkuchen größer, flaumiger und gelber war. Kuchenbacken war, zur Belustigung aller, Mikkels größte Leidenschaft, der er an jedem Regentag nachging. Und konnte er eine Zutat in Amarâq nicht auftreiben, flehte er die Touristen an, sie ihm zu schicken. Manche erfüllten ihm den Wunsch, dann tauchte die Ingredienz ein halbes Jahr später auf, völlig ausgetrocknet.

Im Bauch des Motorboots, zweibauchig, ein Vorder- und ein Hinterbauch, hatte Mikkel das Gewehr verstaut sowie die Schachteln mit Munition und die Tasche aus dickem Plastik, in der er die Fische transportieren wollte, sollten sie welche fangen. Die Kiste mit Konserven, Mehl, Haltbarmilch, Toastbrot, Reis, Nudeln, Senf, Keksen, Marmelade und Schokolade für den Geologen und seine Familie, die sich in einer Bucht am Fjord für das nächste halbe Jahr häuslich eingerichtet hatten, in einem Blockhaus mit Hausbären, einem Eisbären, der die Fenster des Geologen anbrüllte und dessen Vorräte fraß, hievte er auf die Sitzbank, ein Kaffee- und Keksstop war fix eingeplant. Mikkel wischte mit einem alten Lappen Blut und Schlamm vom Boden und rieb schnell den Platz neben dem Fahrersitz trocken, einen schmalen Sessel mit roten Plastikpölstern. In der Nacht hatte es nicht geregnet, aber der Morgentau hatte sich auf den Sitzen niedergelassen und war noch nicht ganz verdunstet. Erst um elf Uhr war er mit Ella verabredet, das Wasser war glatt, der Sonnenschein warm, der Himmel blau, sie würden den Wellengang kaum spüren, dachte Mikkel, während er in den Overall schlüpfte, der ihn vor Nässe und Kälte schützen sollte, als er schon ihre kleine, dunkle Gestalt den Steg entlanghuschen sah, sie trug einen grauen Daunenmantel, schwere Lederstiefel, grobgestrickte Wollhandschuhe und eine dicke Haube, hej Ella, rief er, hier bin ich. Sie lächelte und winkte, an ihrem Handgelenk, zwischen dem Saum des Handschuhs und der Ärmelöffnung, baumelte eine Digitalkamera, hej Mikkel, rief sie, und er erinnerte sich, wie sie bei ihrer ersten Begegnung von der Reisezeitschrift erzählt hatte, für die sie die Reportage schreiben sollte, und von den Dingen, die sie gerne sehen würde, und das alles in Englisch, sie konnte kein Dänisch und er kein Deutsch, so war bloß Englisch übriggeblieben, und auch das sprach er nur gebrochen, obwohl er das Fach unterrichtete, für Ella aber hatte es gereicht. Und es hatte ihm gefallen, ihr einfach zuzuhören, ohne zu wissen, was sie sagte, denn sie hatte eine sehr hohe, klare Stimme, und mit dem wirren Blick und der aufgeregten Gestik hatte sie Ähnlichkeit mit einem Vogel, besser noch, mit einem Vogel aus einer anderen Zeit, aus einer anderen Welt, der Welt, nach der er sich seit seiner Abreise aus Dänemark vor sieben Jahren, als er beschlossen hatte, ein grönländisches Abenteuer zu erleben, immer mehr sehnte –

er beugte sich zu ihr und küsste sie.

Mikkel.

Er fährt hoch.

Geh schlafen.

Inger stupst ihn an, er steht auf, unbeholfen, wacklig auf den Beinen. Er vermeidet es, sie anzusehen, murmelt gute Nacht und geht ins Schlafzimmer. Die Tür schließt er hinter sich, so leise wie möglich.

Als Kleinunternehmer ging es Per schon einmal besser, er verkaufte mehr als jetzt, Schnitzarbeiten und Schmuck, die er in der Werkstätte SKUNK anfertigte. Sie war von der Stadt eingerichtet worden, um Menschen wie ihm, Arbeitslosen und Obdachlosen, die Möglichkeit zu bieten, Geld zu verdienen. In diesem Atelier gab es drei Tische, das Material musste selbst mitgebracht werden, dafür stand das Werkzeug zur Verfügung, Hammer, Säge, Meißel, Messer verschiedener Größe und Schärfe, und dieselben Leute versammelten sich hier zu denselben Zeiten, sie wurden seine Freunde, seine Familie, vor allem Malin, eine der wenigen Frauen, die ihren Unterhalt mit dem Verkauf von kleinen Figuren aus Tierknochen, Eisbären, Raben und Robben, bestritt.

Um seine Waren zu verkaufen, trug er sie stets bei sich, trug sie entweder um den Hals oder hatte sie in sämtlichen Taschen verteilt. So ging er vom Hotel zum Hafen und vom Hafen zum Hotel, auf der Suche nach den wenigen Touristen. Ein Amulett würde ihm eine Dose Bier bringen, und wenn er Glück hatte, waren sogar bis zu drei möglich. Heute verkaufte er nichts. Die Deutsche, Ella, winkte ab, sie sei auf dem Weg zum Hafen, sagte sie, er hatte sie kaum verstanden, sich auf die Stufen vor der Post gesetzt und Ausschau nach neuen Kunden gehalten. Mikileraq, die Lehrerin aus Westgrönland, die seit einem Jahr mit ihrem Mann in Amarâq lebte, blieb vor ihm stehen, sie hatte ihre Adoptivtochter bei sich. Sie musterte ihn, dann sagte sie: Ich möchte nichts kaufen.

Aber sie würde ihm etwas zu essen besorgen, fuhr sie fort. Per antwortete nicht, sondern stand auf und drehte sich um, um wegzugehen, da hielt ihn Mikileraq am Ärmel fest.

Warte, lauf nicht weg, zeig mir deine Arbeiten.

Während er die Schnitzereien auf den Steinstufen auslegte und die Ketten vom Hals nahm, ruhte ihr Blick auf seiner Hand, auf dem großen, runden, dunkelbraunen Muttermal auf dem Handrücken in der Nähe des Gelenkknochens. Er fühlte ihren Blick und zog, etwas verschämt, den Pullover darüber. Er war schon als Kind deswegen ausgelacht worden, wegen der Größe und weil es wie ein starkbehaartes Tier aussah. Nein, sagte sie plötzlich, ich möchte nichts kaufen. Sie schien mit einem Mal zerstreut, geistesabwesend, auch ein wenig verschreckt, sie zog sich von ihm zurück, stellte das Kind zwischen sich und ihn, aber sie konnte nicht weggehen, ohne die Frage zu stellen: Ist das dein Beruf, bist du Künstler?

Per schüttelte den Kopf und wandte sich ab, weil er spürte, dass sie nichts kaufen würde. Sie hielt ihn ein zweites Mal auf.

Warte.

Sie öffnete ihre Geldbörse, entnahm ihr ein paar Scheine und steckte sie in seine Jackentasche. Überrascht griff er nach ihrer Hand.

Danke.

Sie lächelte und sagte, nichts zu danken, doch in ihren Augen lag eine Traurigkeit, die sich Per nicht erklären konnte. Vielleicht war es dieser Blick, der ihm Unbehagen bereitete, vielleicht war es auch Scham: Er beschloss, kein Bier zu kaufen, doch als er aufsah, war sie bereits fort.

Derselben Scham, denkt er, während er die dunkle Straße bergab stolpert, hat er es nun zu verdanken, dass er in die nächste Bar muss, um sich Nachschub zu besorgen.

5 Keyi stellt den Rucksack auf dem Couchtisch ab, öffnet ihn, nimmt die erste Bierdose heraus, setzt sich auf das Sofa und beginnt zu trinken. Die Kerze im goldenen Kerzenhalter entzündet er, als er ein Feuerzeug in der Hosentasche findet. Während er ihr Flackern beobachtet, trinkt er langsam die Dose leer und greift zur nächsten. Er versucht, an nichts zu denken, die Erinnerungen, die sich in seinen Kopf schieben, sind in ihrer Kargheit erstaunlich trostreich: als würden sie versichern, es sei möglich, die Vergangenheit zu tilgen –

das letzte Gespräch mit Malin am Telefon, als sie fragte, ob sie und sein Enkel ihn besuchen kommen könnten, und er antwortete, nein, sie könnten nicht kommen, und schnell auflegte, bevor sie Fragen stellen, Geld schicken würde, das doch nur ein Almosen wäre, und plötzlich fällt ihm auf, dass er sich in Malins Haus befindet, nicht seine, aber eine Malin, und er hebt sein Bier und trinkt darauf. Es scheint ihm passend, bei Malin untergekommen zu sein, noch dazu im Haus der Enkelin jener Malin, in die er als junger Mann so heftig verliebt gewesen war, dass er sich geschworen hatte, einmal seiner Tochter ihren Namen zu geben, damit sie würde wie seine Besitzerin: klug, spröde und auf eine so unerträgliche Weise grausam, dass Keyi Kristina als die Lösung aus seiner Verstrickung mit Malin gesehen hatte. Malin hatte ihn nicht gehen lassen wollen, aber sie hatte sich geweigert, ihn zu lieben, und es ihm gesagt, ich weigere mich, dieser Satz hatte lange nachgehallt. Er wiederum hatte nicht aufhören können, sie zu lieben, und darunter gelitten, dass sie ihm all die anderen vorzog, und er hatte die Gemeinschaft verlassen, seine Familie, und war in die Berge ausgewichen, in denen er versucht hatte, sich in einem Ausmaß zu verirren, dass es ihm niemals wieder möglich sein würde, den Weg zurück zu finden.

Im Exil hatte er langsam wieder das Gefühl bekommen, für sich selbst sorgen zu können, er hatte gespürt, wie er sich in sich auszubreiten begann, Platz fand: Dies hatte er Freiheit genannt. Für ihn war sie schon immer dort gewesen, wo bestimmte Personen nicht waren.

In Kopenhagen erreichte ihn die Nachricht, dass sich Malin erhängt habe, und nun erinnert er sich, er stellt die Dose ab, dass er in diesem Moment beschlossen hat, heimzukehren, auch ohne seine Tochter, die es bei Kristina besser haben würde, mit all den Möglichkeiten, die ihr Dänemark bieten konnte. Und als er Kristina und ihren Kollegen beim Abschied sah, ein Abschied, der stellvertretend für ihren stehen sollte, nicht, weil es ihm so schwergefallen wäre, sich von ihr zu verabschieden, nicht, weil ihn Schuldgefühle belasteten, sondern weil er sich für Kristinas Zärtlichkeit für den anderen rächen musste, packte er seinen Rucksack und ging und blickte nicht zurück –

bis ihn seine Tochter anrief und darauf bestand, ihn zu besuchen.

Mikileraq zieht sich um. Sie schlüpft in ihren Mantel und schließt die Haustür leise hinter sich. Beinahe hätte sie Majas Plastikküche, die unter dem Fenster steht, umgestoßen. Vorsichtig geht sie die Terrassenstufen hinunter, tastet sich das kurze dunkle Stück auf die Straße, die ihr Haus mit der Schule und dem Krankenhaus verbindet, und geht in Richtung Hafen. Sie ist auf dem Weg in die Disko, in der sie sich normalerweise nie zeigen würde, da sie es nicht für richtig hält, als Lehrerin in einem Nachtlokal gesehen zu werden, in dem ihre Schüler jedes Wochenende verbringen, aber heute ist sie auf der Suche nach jemandem, von dem sie meint, dass sie ihn dort finden wird, dort und nirgendwo sonst.

Vor dem *Pakhuset* drängt sich eine Menschentraube um den verschlossenen Eingang. Sie würde mindestens eine Stunde warten müssen, überlegt Mikileraq. Unschlüssig sieht sie sich um, vielleicht, denkt sie, wartet auch er hier? Sie unterzieht den Haufen einer Musterung, ihrem forschenden Blick nicht abgeneigt sind die Matrosen, deren Schiff für eine Woche in Amarâq angelegt hat, sie bieten ihr Zigaretten und Bier an, sie lehnt ab und erntet dafür Buh-Rufe, eine Schülerin aus ihrer Englisch-Klasse grüßt sie, hakt sich bei ihr unter und lehnt ihren Kopf an ihre Schulter, vielleicht ist sie müde, denkt Mikileraq und ist versucht, Asa nach Hause zu schicken, schließlich ist sie erst vierzehn, und es gibt eine Disko für die unter Siebzehnjährigen, die in den frühen Abendstunden in der verlassenen Wohnung neben dem Fußballplatz veranstaltet wird und wo man im blinkenden Licht der Weihnachtssterne tanzen kann, stattdessen drückt sie sie fester an sich und sucht weiter –

als sich die Tür öffnet, Asa erwacht und, Mikileraqs Arm unter dem eigenen, zum Eingang drängt, und dünn und klein, wie das Mädchen ist, schafft sie es, sich und ihre Lehrerin hineinzuschleusen. Die Schlange vor der Kasse ist kurz, denn es wurde nur eine Handvoll Wartende eingelassen, Mikileraq zahlt für sie beide, Asa bedankt sich, lacht und verschwindet auf der Tanzfläche, nachdem ihr der Jüngling an der Kasse einen Stempel auf den Handrücken gedrückt hat. Mikileraq bleibt zurück und sieht sich um.

Per ist nicht da.

Inger lässt zehn Minuten verstreichen, zehn Minuten, in der sie die Ruhe nach Brüchen, Lücken und Rissen abtastet, sich versichert, dass die Stille im Haus stabil ist, ehe sie den Schrank neben der Couch öffnet, den Küchenhocker auf den Boden des Schranks stellt, auf die Sitzfläche steigt, den Gürtel, den sie aus Mikkels Hose gefädelt hat, zwei Mal um den Hals schlingt, die Riemenenden um die Stange wickelt, den Gürteldorn ins letzte Loch sticht, das Gürtelende durch die Schlaufe zieht, den Verschluss fixiert und sich an der Kleiderstange festhält, während sie sich aus dem Schrank beugt so gut es geht, um die Tür zu schließen.

Sie hangelt sich zurück, atmet aus, atmet ein –

beugt vorsichtig die Knie, verlagert das Körpergewicht in die Schlinge, geht langsam in die Hocke und sinkt in sich zusammen, sanfter Fall.

Der Lederriemen zwingt sie, auf die Schrankdecke zu starren, die Schlinge schneidet in die Halsvorderseite und in die Halsseite, ihr Herz beginnt unregelmäßig und immer schneller zu schlagen, sie verliert das Bewusstsein.

Durch das Körpergewicht wird Gewebsflüssigkeit aus der Haut gepresst. In den Hals gräbt sich eine Furche, deren Schenkel der Negativabdruck des Gürtels sind, Loch für Loch ein Hautabguss. Dann treten Krämpfe auf, sie zerbeißt ihre Lippe und Zunge, beißt, obwohl sie bewusstlos ist, so lange zu, bis sie aus dem Mund zu bluten beginnt. Ihre Schultern und ihr Kopf bäumen sich auf, sie stößt mit dem Kopf an das Holz, schürft sich die Haut auf der Stirn und auf dem Nasenrücken ab, sie rammt ihre Füße und Beine in den Boden und gegen die Wände, schlägt mit den Armen um sich.

Sie schnappt nach Luft, doch zwischen den Atemzügen verlängern sich die Pausen.

Als ginge es um ihr Leben –

sie streichen die Brote, während sie sie essen, sie schmieren sie im Mund. Magnus, angesteckt von Ole, kaut, als könne er dadurch die Zeit antreiben, und Ole meint, mit jedem Bissen die Stille zerkleinern zu können, und sie sprechen nicht, sie schlucken und schmatzen, konzentrieren sich auf diesen Bewegungsablauf, als erlebten sie ihn zum ersten Mal, und im Grunde essen sie nicht mit Appetit, sondern mit Wut, weil sie wissen, was sie geplant haben, und weil sie den Plan ausführen werden, und sie sind wütend, weil sie Angst haben vor dem, was noch kommen wird, aber nicht wissen, wie sie es abwenden sollen, das Unglück, das sie selbst über Monate hinweg eingefädelt haben, und sie sind wütend, weil es sich ihrer Entscheidung entzogen hat, sie sind aufeinander wütend, weil sie meinen, der andere habe noch die Kontrolle, würde sie aber nicht ausüben –

weil ihm der Tod des anderen egal sei.

Sie essen, weil sie ihren Zorn schlucken müssen, weil sie nicht anders können, als ihn zu schlucken, und würden sie nicht essen, müssten sie sprechen, vielleicht sogar schreien, aber weil sie das nicht können, essen sie, und endlich ist nichts mehr da, sie haben das Toastbrot aufgegessen, also greifen sie nach den Cornflakes, schütten sich zwei Schüsseln voll und essen, und als sie die aufgegessen haben, verschlingen sie die Wurst aus dem Plastik ohne Brot, sie vertilgen den Apfel und die Birne, sie trinken das Haltbarjoghurt und würgen die Butterkekse hinunter, und schließlich ist nichts Essbares mehr da, und sie hören auf und sehen einander an. Aber dieser Blick vereint sie nicht wie sonst, sondern trennt sie, er schiebt sich zwischen sie, schiebt sie auseinander, so dass sie, obwohl sie Seite an Seite am Esstisch sitzen, meinen, sie säßen an verschiedenen Polen und sähen einander stark verkleinert, wie durch ein Fernglas; und das, was sie sehen, gefällt ihnen nicht, denn sie sehen Furcht.

Gehen wir.

Magnus bleibt am Küchenfenster stehen, am Fliegenfriedhof, die Fliegenleichen sind mumifiziert, ihre Körper eine Totenmaske, er stupst sie an, zeigt sie Ole, geht dann durch den kurzen Korridor zur Treppe und drückt sich an der linken Seite, an das Geländer geschmiegt, die Stufen hinauf. Er wird die Bilder nicht verrücken, die gestickten Blumen, konserviert hinter Glas.

Keyi streunt im Haus herum, sieht in jede Schublade, in jeden Spind, durchstöbert die Regale, er sucht nicht, er schaut, er möchte wissen, woraus ein Leben besteht, und wundert sich, dass es Dinge wie Besteck, Fotografien, Figuren aus Porzellan und Plastik, Kleidung, Geschirr, Seifen und Zahnpasta sind. Er denkt, es ist möglich, ein Leben in Listenform zu bringen, das Inventar zu erstellen, und wieder wundert er sich, dass es so einfach, so banal ist, als sein Blick auf seinen Rucksack fällt, der auf dem Couchtisch steht, und er denkt, dass diese Tasche sein Leben enthält, nicht sein ganzes, aber die Reste, und er öffnet sie und schielt hinein. Er traut sich nicht, die Gegenstände herauszunehmen und anzufassen, er belässt es dabei, von oben, aus sicherem Abstand, in die Öffnung zu lugen, und plötzlich trifft ihn der Gedanke, dass es das letzte Überbleibsel seines Lebens ist, das allerletzte, dass dies alles ist, was er hinterlassen wird, in diesem Moment geben seine Beine nach.

Er bleibt auf dem Teppich sitzen und weint.

Während er weint, meint er zu spüren, dass die Zeit stillsteht, dass sie Mitleid mit ihm hat und ihm ein paar Minuten schenkt, in denen er das, was noch von ihm übrig ist, aufsammeln und zusammensetzen kann –

als die Kerze erlischt.

Die Zeit ist nicht stehengeblieben, sie erwies ihm keine Gnade, sondern täuschte ihn.

Er rappelt sich auf, geht zum Küchenfenster und öffnet es, wankt zum Nachbarfenster, öffnet es ebenfalls, dann öffnet er alle Fenster im Haus, öffnet sie so weit wie möglich und setzt sich wieder in die Mitte des Wohnzimmers, auf einen Teppichboden, der die Kälte durchlässt, da seine Fasern zerschlissen sind –

und Keyi beginnt zu trinken, trinkt die erste, zweite, dritte Dose Bier leer, danach zieht er sich aus, nackt trinkt er die vierte, fünfte, sechste und letzte Dose, er rollt sich nicht zusammen, sondern streckt sich aus und schläft ein.

Bald verschwinden Keyis Spuren, als wäre ihre Existenz unbedingt an die ihres Besitzers gebunden. Die Wohnung wirkt wieder unbewohnt, selbst die silberne Farbe der Bierdosen verschmilzt mit dem Grau des Bodenbelags. Durch die geschlossenen Vorhänge schimmert der Tag, taucht die Räume in ein weiches Licht, so dass man glauben könnte, man befinde sich nicht mehr in der Arktis. Es ist still, durch das Fenster dringen weder die Schreie der

Vögel noch das Summen der Insekten, selten steigt ein leises Murmeln vom Keller auf, wie aus einem Traum oder aus einer fernen Welt.

Nicht weit von hier lebte Keyis Cousine, sie kam bei einem Unfall ums Leben, die Erklärung, sie sei in der Dunkelheit gefallen, habe das Bewusstsein verloren und sei erfroren, da sie sich nicht rechtzeitig in die Wärme habe retten können, leuchtete ihm nie ein. In Keyis Vorstellung war sie im Tiefschlaf in die Berge gewandert, hatte alle Stunden der Nacht eingeatmet und war zu Eis erstarrt –

wie er selbst erstarrt ist, seine Haut eiskalt, und über seinem Gesicht ein dünner Film liegt, der auf den ersten Blick aussieht wie Schnee, tatsächlich aber Raureif ist, eine dünne Schicht gefrorene Luft: Sie verwandelt ihn in eine Landschaft aus Eis, zeitlos.

Per hat sich mit seinem Bier von der Traube am Eingang abgesondert und trinkt es, während er der Gruppe den Rücken zukehrt, sie würde ihm ohnehin kein zweites geben. Er scheint noch ansprechbar zu sein, und selbst wenn er es nicht mehr wäre, würde Mikileraq mit ihm ein Gespräch beginnen. Hej Per, sagt sie und will ihm eine Frage stellen, die sie nicht stellen kann, da es außerhalb seiner Möglichkeiten liegt, sie zu beantworten, hej Per, möchte sie fragen, kannst du dich an mich erinnern, stattdessen fragt sie, kann ich dein Muttermal noch einmal sehen, aber er antwortet nicht, bleibt von ihr abgewandt, so greift sie nach seiner rechten Hand und geht ein wenig in die Knie, um sie besser betrachten zu können. In diesem Moment dreht sich Per um und küsst sie so schnell, dass sie es nicht rechtzeitig schafft, zurückzuweichen, und als sie seinen Speichel von ihren Lippen wischen will, sie hat kein Taschentuch eingesteckt, der Handrücken muss reichen, küsst Per sie wieder, diesmal auf den Hals, drückt den Kragen der Jacke hinunter und arbeitet sich zu ihrem Nacken vor, und sie stößt ihn von sich und fragt, kannst du dich an deine Mutter erinnern?, anstatt zu fragen, was machst du da?, und er glaubt, es sei Teil eines Spiels, und er sagt, sie sah aus wie du, und lacht über seine Antwort, sie gefällt ihm, und er nähert sich ihr wieder, diesmal packt er sie an den Schultern und schält die Jacke langsam mit einer Hand von ihrem Körper, während er sein Gesicht an ihres presst, dabei die andere Hand unter die Jacke gleiten lässt und sich langsam von ihrem Bauch zu ihren Brüsten tastet und sich von dort zu den Knöpfen ihrer Bluse vorarbeitet, sie öffnet, die Hand durch die Öffnung steckt, ihre Brust streichelt und knetet und ihren Kopf zu sich heranzieht und sie küsst, indem er seine Zunge an ihren Zähnen vorbeigleiten lässt und sie tief in ihren Rachen schiebt, so dass Mikileraq kaum atmen kann und ihre Versuche, ihn von sich zu stoßen, vergeblich sind. Dann gleitet seine Hand von den Brüsten zum Reißverschluss ihrer Hose, öffnet ihn und gräbt sich zu ihrer Scheide vor, tastet diese ab, bohrt den Mittelfinger hinein und lässt ihn auf und ab gleiten. Inzwischen hat er ihr T-Shirt hochgeschoben, ihre Brüste entblößt, und während er sie am Hals und mit seinen Oberschenkeln gegen die Bergwand gedrückt hält und langsam ihre Hose hinunterzieht, leckt er abwechselnd die eine, dann die andere Brustwarze, und anfangs wehrt sich Mikileraq, doch dann hört sie damit auf, denn sie entdeckt sein Muttermal, und sie beobachtet es, wie es auf ihrem Körper herumkriecht und ihn untersucht, sie beobachtet, wie es sich beim Streicheln, Drücken und Kneifen verformt, wie es größer wird, als Per seine Hose öffnet und

seinen Schwanz herausholt, und wie es hin- und her-
springt, als er ihn massieren muss, weil er nicht steif wird,
und sie beobachtet, wie es langsam mit der Nacht verschmilzt, als sie ihn sagen hört, heute nicht, kann ich
trotzdem, du weißt schon, mein Geld?, und sie erst dann
versteht, sich hastig anzieht, und noch während er sich in
der Dunkelheit versteckt hält und wartet, mit abgewandtem Gesicht, als stünde er zur Strafe in der Ecke, davon-
läuft, so schnell sie kann.

00:00

01:00

1 Die Nacht speichert Mikileraqs Bewegungen, sie setzen sich in der Luft fest und sind für einen kurzen Moment im Schein der Straßenlaterne als unterbrochene Kurven, Spiralen sichtbar.

Per folgt ihr. Er ruft nicht, sondern läuft hinter ihr her, denn er weiß, dass ihre Spur schnell erkalten wird, und er ertappt sich bei dem Gedanken, dass heute Nacht er der Jäger ist und nicht der Gejagte wie damals, als er durch die Täler und am Ufer des Fjords entlang über die Eisfelder fliehen musste, so schnell er konnte, weil er von dem Mann verfolgt wurde, der ihm zum ersten Mal in seinem Leben ein Heim gegeben hatte –

und mit einem Mal wurde seine Geschwindigkeit so groß, dass er auf Luft lief, die Wolken erreichte, die Sterne und das Polarlicht, und er musste die Wolken umlaufen, den Mond und die Sterne, und er rannte und rannte, aber schließlich war die Jagd zu Ende, der Stiefvater fing ihn ein und verprügelte ihn mit den Fäusten und mit einem Stein, nach dem er im Kampf griff, und Per konnte sich nur schützen, indem er seine Hände vor das Gesicht hielt, ehe er zu Boden fiel.

In diesem Augenblick macht sich in Per die Gewissheit breit, dass er Mikileraq nicht einholen kann, dass er sie nie einholen wird, sie lebt in einer anderen Welt. Vielleicht ist es diese Unmöglichkeit, die ihn die Schwärze und den letzten Lichtschimmer schlucken lässt, vielleicht ist es das Wissen, die Sehnsucht nach einem Leben auf der Erde verloren zu haben, das Gestrandetsein am Himmel somit die Erfüllung eines Wunsches –

er bleibt stehen und überlässt sich der Nacht, die sich in ihn gräbt, er spürt, wie sie sich vorarbeitet, ihn Stück für Stück abträgt, und die Leere, die er fühlt, ist angenehm, weil sie mit einer Rettung verbunden ist: der Rettung vor der Gemeinschaft, in der Vereinzelung verachtet wird, in der der Einzelgänger, der Verweigerer des Kollektivs, nicht wieder aufgenommen wird, für immer ein Aussätziger bleibt. Lediglich nachts gibt es das Vereinzelte und den Einzelnen, die Nacht ist ein Zufluchtsort für Heimatlose, ein Niemandsland, grenzenlos weit, mit Verstecken, in denen der Mensch nicht verformt, angepasst wird, und jeder ist hier willkommen, der Anschluss sucht, auch Per –

und er glaubt sich zum ersten Mal wirklich frei. Die Freiheit, die er kannte, war eine Art Betäubung; die Bedingung der wahren Freiheit ist vollkommene Isolation. Sie ist, denkt Per, auch die Bedingung für Glück.

Magnus bindet den Gürtel seines Bademantels am unteren Bettpfosten fest und sieht Ole herausfordernd an, dieser schüttelt den Kopf, er habe nichts anderes finden können, und zieht aus der Hosentasche ein Geschirrtuch hervor, das an den Seiten abgerissen ist, so dass es aussieht wie ein ausgefranster Strick. Er legt es um seinen Hals, die Enden lassen sich gerade noch verknoten.

Zu kurz.

Magnus sieht auf die Uhr, es ist nach Mitternacht, und plötzlich, als liefe er Gefahr, sich zu verspäten, springt er auf, stürzt zum Kleiderschrank, reißt die Türen auf, so dass das Möbel wackelt, und wühlt im Inneren, zieht die Kleider von den Bügeln und verstreut sie im ganzen Raum: Es schneit Blusen, Röcke, Hosen und Pullover, ein Geruch haftet an ihnen, von dem sich Magnus einbildet, er könne ihn als den seiner Mutter identifizieren –

genauso wie er glaubt, sich an ihr Gesicht, an ihre Stimme erinnern zu können, obwohl sie verschwand, als er zwei Jahre alt war, und er sie ausschließlich von Fotografien kennt, aber er klammert sich an diese Einbildung, als könnte sie ihn aus einem Alltag herausziehen, der immer enger wird.

Ole, erschrocken über Magnus' Eifer, weicht an den Rand des Bettes zurück, berührt dabei den Gürtel, den roten Frotteestoff, blutrot, wie ihm scheint, und rückt schnell wieder auf die andere Seite, und ihm kommen Zweifel, vielleicht konnte er nichts Passendes finden, weil er im Grunde nie vorhatte zu sterben und ihn der Gedanke an das Ende seiner Existenz tröstete, und er kann diese Besessenheit nicht verstehen, mit der Magnus den Schrank einer Toten durchwühlt, und er möchte sich ihr entziehen, obwohl er es weder schafft, aufzustehen und zur Tür zu gehen noch Magnus zu unterbrechen, und er hofft auf Rettung; die Hoffnung ist klein.

Als sein Freund zornig gegen den Schrank tritt, greift Ole nach dem Telefon, sucht nach Lars' Nummer, seine Finger zittern, das Gerät rutscht aus seiner Hand und fällt zu Boden, und auf Magnus schielend, der nun in den Schachteln gräbt, die unter dem Kleiderberg versteckt waren, bückt er sich.

In diesem Moment knarrt das Bett, Magnus hält inne, Ole hört auf zu atmen. Es rumort wieder hinter der Tür, Ole bückt sich schnell und kann gerade noch die Nummer tippen, als Magnus auftaucht –

ich sehe unten nach –

und die Treppe hinunterschleicht, ins Erdgeschoß, in Kuupiks Fisch- und Jagdkammer. Ole wählt die Nummer ein zweites Mal. Lars hebt nicht ab. Schritte auf den Stufen, Magnus nähert sich. Ole wählt ein drittes Mal. Magnus öffnet die Tür, er hält eine Angelschnur in der Hand und eine Schere.

Das sollte klappen.

Plötzlich hört Ole, wie von weit, weit her, eine Stimme aus dem Telefon. Schnell schiebt er es unter den Oberschenkel.

Gut.

Per setzt sich auf die Erde, er ist erschöpft.

Sein Magen hat bereits aufgegeben zu knurren, manchmal glaubt er, ein Phantomknurren zu hören, dann fällt ihm ein, dass dies reine Gewohnheit ist: Er ist im Überhören des Hungers trainiert, er würde sogar sagen, seines Hungers, als wäre Hunger ein Besitz, und, ganz spezifisch, seiner. Ihm fällt Laerke ein, die nicht nur alle verlassenen und einsamen Kinder Amarâqs viermal in der Woche einsammelte, um sie bei sich zu Hause zu füttern, sondern auch täglich das Waisenhaus aufsuchte. In der Stadt war sie als die *Kinderfrau* bekannt, doch Stin nannte sie die *Heimsuchung* und jagte sie fort, sie aber ließ sich nicht abweisen und kam nach einer Weile wieder, wenn die Luft rein war, klopfte dreimal kurz und zweimal lang, und Per öffnete ihr.

Sie gab ihm getrockneten Fisch, setzte sich neben ihn und erzählte ihm aus ihrer Kindheit, als sie so wenig zu essen hatten, dass sie sogar ihre Kajaks zerlegten und die Kajakhaut kochten und aßen, vorher ihre Stiefel, die Kamiks, und wenn es nicht anders ging, fraßen sie einander, sagte sie und sah ihn aus diesen schwarzen Augen an, in denen er nichts erkennen konnte, keine Regung, kein Gefühl, und er war sich sicher, sie würde nicht zögern und ihn verzehren, wenn es eine Hungersnot gäbe, und er hörte auf, den getrockneten Fisch zu kauen, spuckte das Stück aus, das er im Mund hatte, legte es auf seine Hand und hielt es ihr hin, und sie lachte, sie krächzte, ihre Augen verwandelten sich, sie wurden dunkelbraun wie die Schokolade, die im Supermarkt in einer gläsernen Vitrine weggesperrt war und an der er ein einziges Mal hatte riechen dürfen, als Stin ihm ein Stück unter die Nase gehalten hatte, nur, um es dann in den eigenen Schlund zu stopfen und zu verschlingen, und Per lachte mit, weil er meinte, dies würde ihr gefallen, und steckte den Fisch wieder in den Mund.

Sie, die ihn foppen wollte, wartete ab, bis er ein Weilchen gekaut hatte und am Schlucken war, ehe sie erklärte, wie man den Leichnam zerlegt, dass man den Anus herausschneiden müsse, bevor man den Menschen essen dürfe, währenddessen hätten die Augen der Leiche so ausgerichtet zu sein, dass sie das Ausweiden und Zerschneiden des Körpers mitverfolgen könnten, und der Magen müsse wie eine Mütze auf dem Leichenkopf liegen und vorher solle man die Hände im Blut des Toten baden, an dieser Stelle hörte Per auf zu essen, zu atmen, und sie sagte, man dürfe nicht vergessen, den Anus als Erstes zu essen, gut gekocht, er sei die Tür der Seelen, und die Seelen müssen daran gehindert werden, den Körper wieder zu betreten, sie dürfe man nicht essen, unter keinen Umständen. Sie nickte, ihre Augen erloschen, sie waren plötzlich nicht mehr schwarz, sondern grau, und sie stützte sich mit einer Hand ab, beugte sich langsam vor, schüttelte den Kopf, als hätte sich in ihren Haaren Staub oder Dreck angesammelt, und sie sah sich nicht um, als sie durch den Ausgang verschwand.

Aber eine Woche später stand sie wieder vor der Tür und trat ein, nicht ohne vorher leise geklopft zu haben, und diesmal erzählte sie von der Hungersnot in Amarâq während eines Winters zu Beginn des letzten Jahrhunderts, als die Bewohner so hungrig waren, dass sie die bereits unter den Steinen bestattete Leiche einer alten Frau aus dem Graben hoben, sie wie ein totes Tier auf den Dorfplatz zogen und auf das Brett legten, auf dem normalerweise Robben oder Eisbären zerteilt wurden. Die Leiche sei starr und hart gewesen, weil sie gefroren war. Igequo, sagte Laerke, habe zuerst den Kopf von den Schultern getrennt und ihn neben sich auf den Boden gelegt, so dass dieser beobachten konnte, was als Nächstes passierte –

dann schlitzte er die Kleidung auf, setzte das Messer ans Fleisch und begann, es vom Körper zu schneiden, doch es klebte in einer so dünnen Schicht unter der Haut, dass er in die Knochen schnitt.

Sie seien nicht satt geworden, und auch an den folgenden Tagen hätten die Jäger nicht jagen können, denn sie seien zu schwach gewesen, die meisten sogar zu schwach, um aufzustehen und die Notdurft draußen zu verrichten, so hätten sie ins Haus gepisst. Die Hungersnot habe angehalten, fuhr Laerke fort, während sie ihren Kopf langsam hin- und herschwenkte und Per getrocknete Fischstücke gab, ihre Stimme war dunkel, die Laute waren gerundet, ohne Kanten und Ecken, und es schien ihm, als würden ihn ihre Worte liebkosen, obwohl sie von einem Alptraum berichteten.

Als Nächstes starb ein älterer Mann. Sie warfen seinen Kopf in eine Wanne und kochten ihn. Der Schädel schwamm im Kreis, wurde mal nach rechts, mal nach links getrieben, nach einer Weile zog sich die Haut über dem Mund zusammen, und er fletschte seine Zähne, während sein Gesichtshaar im Wasser wallte. Sein Fleisch schmeckte nicht gut, es war zäh.

Die Menschen hätten auch diese Mahlzeit hastig verdrückt, sagte Laerke, danach seien sie noch immer hungrig gewesen und Igequo habe sich umgesehen und seinen Sohn angestarrt, er habe gesagt, das Kind sehe schwach aus, es werde diesen Tag nicht mehr überleben, und er habe es gepackt, vor das Haus gezerrt und es mit einem Riemen erdrosselt –

wie einen Hund, und als das Kind nicht mehr zuckte, stieß er das Messer ins Fleisch und begann es von den Knochen zu lösen.

Sie hielt inne und beobachtete Per, der in seine Augen gekrochen war, sie ließ die Bilder sinken, bis in seinen Magen, dann erst sagte sie: Allerdings hatten sie vergessen, die Tür der Seelen zu essen, sie waren zu gierig gewesen, so rächten sich die Seelen des Kindes, indem sie sich von jedem einzelnen Bewohner verschlucken ließen und deren Gedanken und Träume verknoteten, bis sich in den Köpfen die Nacht ausbreiten konnte, so dunkel und dicht, dass alle Seelen flohen.

Laerkes Drang, Kindern in Not zu helfen, hatte mit einem von ihr wohlgehüteten Geheimnis zu tun: mit einem Jungen namens Emil.

1939 war sie auf dem Weg nach Dänemark mit ihrem damals fünfjährigen Sohn. Emils Vater Martin, ein in Ostgrönland forschender Geologe, hatte auf seine abgehackte Art, so überschwänglich, wie es stotternd möglich war, versprochen, nachzukommen, wurde aber vom Ausbruch des Krieges daran gehindert und musste im Forschungslager bleiben, und die verabredete Hochzeit in Kopenhagen wurde verschoben. Martins Eltern lehnten ihre Rolle als Schwiegereltern in spe ab, weil sie nicht gut auf ihre zukünftige Schwiegertochter zu sprechen waren. Sie fanden sie ordinär, vulgär, ungebildet, unzivilisiert, unmodisch, mit einem Wort: unmöglich, und machten einen Sport daraus, sie zu kritisieren.

Schließlich überredeten sie Herrn und Frau Professor Møller, Laerke als Dienstmädchen zu sich zu nehmen (entscheidend waren die in den Handschuhen versteckten Banknoten, die noch am gleichen Abend ihre Besitzer wechselten), Emil aber durfte seine Mutter nicht begleiten, sondern wurde in ein Waisenhaus in Holte gebracht, zwanzig Kilometer vor Kopenhagen und von endlosen Feldern umgeben, um den Umstand zu vertuschen, dass das Dienstmädchen ein uneheliches Kind hatte. Noch durch die Waisenhaustür rief Laerke ihm zu, sie glaubte durch den Spalt sein Gesicht sehen zu können und wie seine Fingerspitzen durch die Ritze stießen, sie würde ihn holen kommen, bald, sie verspreche es, sie würden zusammen nach Hause fahren, in dem Schiff, du weißt schon, im schwankenden Haus.

In all der Zeit wartete Laerke vergeblich auf eine Nachricht von Martin. Sie musste davon ausgehen, dass er entweder gestorben war oder sich in eine andere Frau verliebt hatte; es wäre nicht das erste Mal gewesen. Als das Ende des Krieges verkündet wurde, packte sie ihre Sachen und fuhr, mit dem bisschen Geld, das sie gespart hatte, nach Holte, um Emil abzuholen –

doch bereits in der Eingangshalle wurde sie abgewimmelt. Emil habe Scharlach, sagte man ihr, er könne nicht mit ihr nach Amarâq zurückkehren, er müsse in Dänemark bleiben, und sie wurde aus der Halle, aus dem Gebäude geschoben, sie schwieg zu alldem, versuchte sich so zu verhalten, wie man es ihr in diesem Land beigebracht hatte, aber vor der verschlossenen Tür brach es aus ihr heraus, sie fing an zu schreien und konnte nicht mehr aufhören, so dass man sie, nachdem man sie vergeblich zu besänftigen versucht hatte, in eine Zwangsjacke steckte und in die psychiatrische Abteilung des Universitätskrankenhauses in Kopenhagen einlieferte, wo sie dreizehn Monate lang eingesperrt wurde, zu ihrer eigenen Sicherheit und der des Kindes, wie es hieß, und sie durfte ihren Sohn weder sehen noch sprechen. Kurz vor ihrer Entlassung sagte man ihr, dass er vom Ehepaar Møller adoptiert worden sei und sie ohne ihn das Land verlassen müsse, dafür werde ihr die Überfahrt bezahlt.

Im Juni 1946 ging Laerke an Bord, noch auf dem Pier sah sie sich ständig um in der Hoffnung, die Møllers hätten es sich überlegt und würden ihr den Sohn zurückbringen, aber niemand kam. Emil hingegen verbrachte Jahrzehnte damit, auf die Einlösung eines Versprechens zu warten. Als er endlich einsah, dass er nicht länger ausharren konnte, sondern handeln musste, nutzte er seine Verbindungen in Kopenhagen, um seine Mutter ausfindig zu machen. Es dauerte nicht lange, bis er ihre Adresse hatte und sie anschreiben konnte, doch sie beantwortete keinen seiner Briefe. Daraufhin wandte er sich an die Behörde in Amarâq, die ihm mitteilte, sie sei vor kurzem gestorben, es sei ein bedauerlicher Unfall gewesen. Unfall, tobte er, was für ein Unfall?, und ließ nicht locker, bis man versprach, den Fall zu untersuchen und ihm, einem Arzt, den gerichtsmedizinischen Befund zu schicken.

Mikileraq sieht sich nicht um, sie rennt, so schnell und weit sie kann, zunächst ohne sich zu orientieren, sie flieht blind –

bis sie sich etwas beruhigt und in eine Richtung zu laufen beginnt: nach Hause.

Sie hastet an den Ufern des Fjords entlang, von weitem sieht sie schon das gelbe Krankenhaus, erst jetzt dreht sie sich um, erst als sie glaubt, keine Schritte mehr hinter sich zu hören.

Sie bleibt stehen, um Atem zu holen.

Zaghaft wendet sie den Kopf. Fast rechnet sie damit, dass Per hinter ihr steht, und sie glaubt, diesmal darauf vorbereitet zu sein, sich verteidigen zu können, ihn zu treten, zu schlagen, am besten ins Gesicht oder in den Bauch, und sie verlagert ihr Gewicht auf das linke Bein und hebt das rechte ein wenig an.

Niemand.

Sie atmet aus und im ersten Moment glaubt sie lachen zu müssen, sie ist glücklich vor Erleichterung, auch tritt ein Geräusch aus ihrem Mund, das dem Lachen ähnelt, dann aber bemerkt sie die Nässe auf den Wangen. Sie wischt die Tränen mit dem Jackenärmel ab, ihre Beine geben nach, und sie muss sich setzen –

als es hinter ihr knackst und sie aufspringt und, ohne sich umzusehen, losrennt, im Grunde weiß sie, dass er die Verfolgung aufgegeben hat, sie weiß, dass er ausschließlich Geld von ihr wollte, doch sie spürt noch seine Hände, und sie versucht, seine Berührungen mit Luft abzuwaschen, mit Luft und Kälte, und sie lässt die Jacke offen, denn sie möchte den Wind spüren, sich ganz durchlüften lassen.

Vor ihrem Haus bleibt sie stehen. Die Holzfassade blau,

das Dach schwarz. Fünf Stufen zur Veranda mit Majas Spielsachen, zu der Hütte, in der Jørn seine Gewehre und Messer verstaut hat. Im Haus brennt kein Licht, ihr Mann und Maja schlafen, aber sie kann nicht anders, als sich einzugestehen, dass ihre Familie unvollzählig ist, dass sie ein Mitglied, ein Kind, ihr Kind, verlassen, im Stich gelassen hat –

und sie ist davon überzeugt, dass Per ihr Sohn ist.

2 In Amarâq wird, mehr als anderswo, die Existenz davon bestimmt, was man besitzt. Armut, der Mangel an Besitz, verkürzt, als verringerte Existenz, die Lebenserwartung. Besitz ist hier tatsächlich die Erweiterung des Menschen, die Erweiterung seiner Fähigkeiten zu überleben. Hunger als die elementarste Ausprägung von Armut (eine untrennbare Einheit in Amarâq: Armut und Hunger) ist ein täglicher Tod. Hungert man, ist man bereits dabei zu sterben.

Besitz in Amarâq ist grundsätzlich übersichtlich, selbst Reichtum ist nicht Überfluss, sondern die vergrößerte Auswahl. Armut ist gefährlich, weil sie keinen Schutz vor der Natur bietet, sondern an sie ausliefert. Besitz existiert, um Zukunft zu lukrieren; anders gesagt, erwirbt man Besitz, erwirbt man Zukunft. Sein und Haben bilden eine unumstößliche Verbindung, sie bedingen einander, Nichthaben ist somit Nichtsein, Haben somit Sein. Doch nicht nur Gegenstände oder Geld zählen zum Besitz, auch Freunde, Familie, Zuneigung und Liebe, die Fähigkeit, zu lieben sowie geliebt zu werden, und schließlich der geliebte Mensch selbst. Einsamkeit ist vollkommene Not, denn sie bedingt auch materielle Knappheit.

Das Einzige, das nicht besessen werden kann, ist Natur. Land und auch Tiere, die erlegt werden, sind kein Besitz, sondern etwas, das die Natur freiwillig gibt, ein Geschenk. Und sie gibt sie her, weil etwas im Gegenzug dargeboten wird: das eigene Leben. Dies ist ein Grundsatz, eine Lebensanschauung. Niemand aus Amarâq würde dieses

Gleichgewicht stören, niemand käme auf die Idee, aus Spaß zu töten.

Laerkes Haus steht in einem anderen Jahr. In ihm und um es ist noch immer 1994, auf dem Tisch liegen gefaltete Stoffservietten, eine rote Kerze in einem goldenen Kerzenständer und ein Nähkästchen aus Pappe unter einer Staubschicht, das Bett ist noch zerwühlt, die Decke nicht aufgeschüttelt, aber in den Glühbirnen zerplatzten mit der Zeit die Drähte, einer nach dem anderen.

1994 war das Jahr, in dem man sie fand, einige Meter von ihrem Haus entfernt, zwischen den menschenhohen Steinen, das Gesicht blutig, die Nase gebrochen, der Körper vollkommen durchgefroren, nicht leichen-, sondern kältestarr. Die Pathologin aus Kopenhagen, die eingeflogen wurde, um Laerkes menschliche Überreste zu untersuchen, schloss Mord nach eingehender Untersuchung aus und rekonstruierte den Tathergang folgendermaßen: Laerke müsse in einen Kampf verwickelt gewesen sein, an den Armen und Händen stellte Kristina Olsen Kratzspuren und Abwehrverletzungen fest. Vermutlich hatte sich die alte Frau gegen den Angreifer gewehrt, der sie jedoch ins Gesicht geschlagen und ihr die Nase gebrochen hatte, dabei war sie gestrauchelt und zu Boden gefallen. Bei diesem Sturz war sie mit dem Kopf auf die vereiste Erde geschlagen und bewusstlos geworden. Anstatt jedoch die Frau ins Warme zu schaffen und wiederzubeleben oder einen Arzt zu rufen, erklärte die Pathologin, habe sich der Angreifer aus dem Staub gemacht und die Hilflose ihrem Schicksal überlassen. Laerke Ertaq sei erfroren, sagte sie, ein sinnloser Tod, sagte sie, sie hätte nicht sterben müssen, die Verletzungen, die sie sich zugezogen hatte, die Beule am Kopf und die gebrochene Nase wären sicher verheilt, sie hätte ihr altes Leben wiederaufnehmen und sich um ihr Pflegekind kümmern können.

Kristina Olsen war in Begleitung ihrer fünfzehnjährigen Tochter Malin gekommen, die sich fortwährend nach ihrem Vater erkundigte, der während des gesamten Aufenthaltes unauffindbar blieb, so dass man schließlich mutmaßte, er sei auf der Jagd, in diesem Fall könne man nicht sagen, wann er wiederkommen würde, aber, flüsterte man hinter vorgehaltener Hand, das letzte Mal sei Keyi als Kind auf der Jagd gewesen.

Nachdem Kristina ihre Ergebnisse dem Bürgermeister, seiner Sekretärin und einigen Neugierigen mitgeteilt hatte, die gerade in diesem Augenblick ihre Köpfe in den Dienstraum steckten, packte sie das Original des Berichts in ihre Aktentasche, drückte das Duplikat dem Bürgermeister in die Hand und verabschiedete sich mit einem knappen Nicken. Dabei ließ sie ihre Augen über die Reihe der Unbekannten streifen auf der Suche nach einem bestimmten Gesicht, das sie, wie sie meinte, vor langer, langer Zeit das letzte Mal gesehen hatte, es war ihr abhanden gekommen, fast hatte sie das Gefühl, es verloren zu haben, weil sie nicht gut genug darauf geachtet hatte, nun sah sie die Fremden an, musterte sie, aber bloß im Vorbeigehen, denn sie würde niemals zugeben, damals einen Fehler begangen zu haben.

In diesem Sommer musste Ole das erste Mal seine Sachen packen, eine Plastiktasche mit Kleidern, Schuhen und seinem Spielzeug füllen und vor der Haustür warten, bis er in sein neues Heim, das Haus seiner Eltern gebracht wurde, die ihn ursprünglich Laerke geschenkt hatten.

Sein altes Zuhause sah er von diesem Tag an nicht wieder, und auch später mied er es.

Kristina Olsen war das letzte Mal vor siebzehn Jahren in Amarâq gewesen, als man die Leichen eines Ehepaares in Qertsiak gefunden hatte: Das Besondere an diesem Doppelmord war, dass der Mann, Edvard Mørch, der einzige Däne und Schulleiter im kleinen Ort Qertsiak in den Siebzigerjahren war, als es im Osten des Landes außer Amarâq und Ittuk noch etliche kleine und kleinste Siedlungen gab, die die Küstenkarte gepunktet hielten, die Welt damals war noch etwas größer und weniger ein Ende.

Edvard und Kunna hatten einen Sohn, Konrad, 1977 gerade sechzehn Jahre alt und auf Jagdausflug mit seinen Freunden, sonst gab es keine Verwandten, weder in Qertsiak noch in Amarâq oder in Ittuk. Die Freunde, die wie jeden Freitagabend zum Karten spielen und Abendessen gekommen waren, fanden ein leeres Haus vor. Die Tür war wie immer angelehnt, doch es war so still, dass sich Stine und Vittus wunderten. Kein Essen, die Küche leer, über den Räumen lag etwas Verschwiegenes, und Stine und Vittus gingen nicht, sondern schlichen von Zimmer zu Zimmer, schließlich in den ersten Stock, und während sie sich auf Zehenspitzen durch die Wohnräume bewegten, hatten sie das Gefühl, sie drängen unerlaubterweise ein, und doch stöberten sie weiter –

vielleicht war es das Verbotene, das sie reizte, vielleicht war es auch das Unheimliche, das in der Luft lag und sie dazu trieb, weiterzusuchen, vielleicht war es die Sorge um ihre Freunde, sie gaben nicht auf und sahen sich weiter um. Nichts. Das Haus war leer. Edvard und Kunna blieben unauffindbar.

Stine und Vittus gingen zum Hafen und hielten Ausschau nach Edvards Boot; es fehlte. Einigermaßen beruhigt kehrten sie nach Hause zurück und vergaßen Edvard und

Kunna. Erst am Montag, als die Schule öffnete und man die Abwesenheit des Schulleiters feststellte, sein Fehlen von Mund zu Mund auffälliger und eigenartiger wurde, schwärmte man in den eigenen Booten aus, um an den Stellen, von denen man wusste, dass sie Edvards Lieblingsorte waren, nach dem verschollenen Ehepaar Ausschau zu halten. Diesmal wurde man fündig: In der Bucht, von der man sagte, sie beherberge einen großen Schwarm Seelachse, die sich besonders gerne fangen ließen, schaukelte Edvards Boot, im Grunde ein kleines Schiff, zweistöckig, und in seinem Bauch fand man das Ehepaar Mørch, erschossen, die Angelschnur noch zwischen Kunnas Fingern.

Konrad, der Samstagabend zurückgekommen war, hatte sich nichts dabei gedacht, dass seine Eltern nicht zu Hause waren, sondern die Gelegenheit genutzt und seine Freunde zu sich eingeladen, und sie hatten von Samstagabend bis Sonntagnachmittag gefeiert und waren erst Montagmorgen nach Hause getorkelt, betrunken von Edvards Weinen und Schnäpsen, die er kistenweise aus Kopenhagen einfliegen ließ.

Als am Montag um die Mittagszeit die Leichen Edvards und Kunnas in einer langen Prozession den Hügel zu deren Haus hinaufgebracht wurden – denn dort wollte man sie untersuchen, ein Krankenhaus gab es nicht in Qertsiak, und in der Schule sollte trotz der Todesfälle der Unterricht weitergehen (zudem bestand sie lediglich aus drei Räumen, dem Klassenraum, dem Lehrerzimmer und dem Pausenraum) –, spähte Konrad, voll schlechtem Gewissen, aus dem Fenster. Er meinte, die beiden leblosen Personen müssten ihm bekannt vorkommen, trotz des Blutes, trotz der Schusswunden, doch er verband sie nicht mit seinen

Eltern, auch nicht, als er ihnen gegenüberstand, weil man es nicht hatte verhindern können, dass er sich zum Leichenzimmer und bis zu den Toten vordrängte.

Ihm blieben sie fremd, obwohl er die Armbanduhr seines Vaters am Handgelenk des Mannes entdeckte und ihm auffiel, dass die Frau die Haare in der gleichen Art und Weise hochgesteckt hatte wie seine Mutter, in einem runden Knoten, der auf ihrem Kopf wie ein Nest saß. Sie blieben Unbekannte für ihn, auch dann noch, als Vittus, der in Edvards Abwesenheit die Schule, somit die Führung des Dorfes übernommen hatte, seinen Vater eindeutig identifizierte, selbst da schüttelte Konrad entschieden den Kopf und sagte, er sehe diese Menschen zum ersten Mal.

Am nächsten Tag legte man die Leichen in Ermangelung eines Kühlraumes in die großen Holzkisten im Ort, in denen üblicherweise die erlegten Robben, die Futtertiere für die Schlittenhunde, aufbewahrt wurden, bis der Pathologe aus Kopenhagen ankommen würde (man erwartete einen Mann, keinesfalls eine Frau), und Konrad konnte nicht anders, als in der Nacht, ausgerüstet mit einer Taschenlampe, zu den Kisten zu schleichen und hineinzuspähen, doch noch immer waren sie ihm fremd. Auch etliche Tage später, als er auf das nächste Schiff verfrachtet wurde, um von Amarâq aus nach Nuuk und von Nuuk nach Kopenhagen zu seinen Großeltern zu reisen, die sich bereiterklärt hatten, ihn bei sich aufzunehmen, leugnete er, dass es sich bei den Toten um seine Eltern handelte, obgleich er, gerade als er sich hatte abwenden wollen, aus den Augenwinkeln das Gesicht des Toten als das des Vaters erkannt hatte, dessen papierene Haut.

Der Pathologin kam in diesem Familiendrama die Rolle zu, Edvard Mørch als Täter auszuschließen. Es konnte nicht sein, dass der Däne Mørch seine Frau erschossen und sich dann selbst gerichtet hatte. Politisch korrekt war die These, dass Kunna Mørch ihren Mann getötet und sich dann selbst umgebracht hatte (an einen Doppelselbstmord dachte man gar nicht erst). Die Aufgabe Kristina Olsens war es, diese Theorie zu bestätigen und möglichst mit Beweisen zu untermauern.

Der Tatort ließ nicht viele Möglichkeiten zu: eine in der Mitte des Fjords schaukelnde Barke, Kunna im Schiffsbauch, der rechte Lungenflügel von zwei Schüssen zerfetzt, Edvard am Steuerrad, eine Kugel im Kopf. Dass ein Außenstehender das Boot geentert und den Besitzer und seine Frau ermordet haben könnte, war unrealistisch, da das Motiv fehlte. Es schien nichts gestohlen worden zu sein, auch waren keine Spuren zu finden, die auf einen Eindringling deuteten. Den Verletzungen nach zu schließen, so die Pathologin, war beides möglich, dass Edvard zuerst Kunna, aber auch Kunna Edvard ermordet hatte, um danach sich selbst zu erschießen. Sie sprach sich allerdings für die erste Möglichkeit aus, da es unwahrscheinlich war, dass sich Kunna selbst zweimal in die Lunge geschossen hatte, zumal sie, eine Schönheit unter den Frauen Qertsiaks, schlank, langgliedrig, von zierlicher Statur und mit einem ovalen Gesicht mit runden, fast schwarzen Augen, nicht einmal wusste, wie man eine Waffe bediente. Zum Zeitpunkt ihres Todes war sie zweiunddreißig Jahre alt, fast zwanzig Jahre jünger als Edvard, und hatte, da sie ihn schon mit sechzehn geheiratet und danach gleich Konrad geboren hatte, weder vom Haushalten noch von anderen praktischen Dingen eine Ahnung –

obwohl Edvard ihr und ihrem Sohn Privatunterricht gegeben hatte. So trug sie auch den Beinamen: die alles hat, aber nichts kann.

Kristina Olsens Bericht wurde in Kopenhagen begraben, so erfuhr Konrad nie, wie und unter welchen Umständen seine Eltern gestorben waren, zunächst schien er sich auch nicht dafür zu interessieren, er war zu sehr damit beschäftigt, die Möglichkeiten, die ihm die vollkommen fremde Welt bot, auszuschöpfen. Da er Schwierigkeiten hatte, Freundschaften zu schließen, streunte er Nacht für Nacht allein durch die Stadt und steckte seine Nase in alles, was es zu entdecken gab. Dabei geriet er oft in eine Schlägerei, die er entweder unabsichtlich auslöste oder in die er verwickelt wurde, weniger unfreiwillig, als er behauptete. Die Großeltern, die Konrad das letzte Mal als Kleinkind gesehen hatten, konnten nicht viel mit ihm anfangen, zumal sie sich ihren Enkel wohlerzogen und sittsam vorgestellt hatten und dieser sich als Rüpel entpuppte, mit Manieren, die sie mit einem Ort wie Qertsiak assoziierten. So waren sie nicht traurig, als Konrad schon nach wenigen Monaten verkündete, er habe ein Mädchen kennengelernt, mit dem er zusammenziehen wolle. Die Großeltern, trotz ihrer Neigung zur Dünkelhaftigkeit großzügig, mieteten dem jungen Paar eine Wohnung in der Nähe von Schloss Rosenborg und überwiesen ihm monatlich Unterhalt unter der Bedingung, den Namen Mørch so wenig wie möglich zu benutzen und mit Beginn der Volljährigkeit für sich selbst zu sorgen.

Wenige Monate später verschwand Konrads Freundin Line aus der gemeinsamen Wohnung, und ihre Eltern, die gegen ihren Auszug gewesen waren und Himmel und Hölle in Bewegung gesetzt hatten, um dies zu verhindern, sogar die Großtanten und Großonkel waren eingeschaltet worden, um der Abtrünnigen zuzureden, beschuldigten Konrad, ihr Kind ermordet zu haben. Diese Anschuldigung führte zu einer polizeilichen Untersuchung, die ohne Ergebnis blieb, allerdings bewirkte, dass der Beschuldigte nicht mehr in der Schule auftauchte und niemand wieder von ihm hörte, bis er vierundzwanzig Jahre alt war.

Er verzichte auf die Hilfe seiner Familie, erklärte er bei der Testamentseröffnung, nachdem beide Großeltern im Abstand von wenigen Monaten gestorben und er als Alleinerbe übrig geblieben war, er habe sich stets an die Abmachung gehalten, er habe weder seinen Großvater noch seine Großmutter jemals um Geld gebeten, und auch die Wohnung, die sie ihm gemietet hatten, habe er an seinem achtzehnten Geburtstag geräumt. Im Übrigen verzichte er auf sein Erbe, wollte er hinzufügen –

als er die Summe sah, die der Notar auf ein Stück Papier geschrieben hatte, nach Abzug aller Steuern, und er sich seinen Stolz verkniff und die Erklärung, dass er sein Erbe antreten wolle, unterschrieb. Mit dem Geld finanzierte er sich seine Reise zurück, vorerst nach Qertsiak, dann Amarâq, in die Heimat, nach der er sich, seit er sie vor acht Jahren hatte verlassen müssen, sehnte, zunächst heimlich und ausschließlich in den Nächten, in denen er sich unbeobachtet gefühlt hatte, später öffentlich, mit aller Wut, die ihm zur Verfügung stand, mit einem Aufbegehren und einem Zorn, den er jeden spüren ließ, der seiner Meinung nach zwischen ihm und Grönland stand.

Nach seiner Abreise wurde Line gefunden. Sie war verheiratet, hatte zwei Kinder, verweigerte den Kontakt zu ihren Eltern und führte im Allgemeinen ein Leben, das daraus bestand, so unsichtbar wie möglich zu sein.

Als Konrad Alice kennenlernte, war er seit zwei Wochen wieder an dem Ort, den er im dänischen Exil Heimat genannt hatte, der ihm nun aber, nach acht Jahren Verbannung, fremder erschien, als es die Fremde zuletzt gewesen war. Alice hatte wie er einige Jahre in Dänemark verbracht, dort eine Ausbildung als Lehrerin begonnen, war aber in ihren Ferien nach Amarâq zurückgekehrt. Hier stellte sie fest, dass man ihr den europäischen Ausflug übelnahm und ihr mit Misstrauen begegnete. Sie streunte zwischen den Mahlzeiten, die sie zumeist mit ihrer Mutter und einer Schwester einnahm, allein in den Bergen umher, die sie noch immer liebte, da sie sie mit einer Zeit in Verbindung brachte, als es etwas gab, das sie Unschuld nannte.

Dass sich Konrad in Alice und Alice in Konrad verliebte, war unter den Umständen unvermeidlich. Sie hatten an diesem Ort, den sie untereinander als die *Einöde*, den *Rand der Welt* bezeichneten, eine verwandte Seele gefunden, und sie sprachen nicht miteinander, sondern wisperten, als steckten sie unter einer Bettdecke und könnten alles Verstörende mit dieser dünnen Stoffschicht fernhalten: Sie flüsterten, denn nur verwandte Seelen wollen flüstern. Im Grunde aber waren sie mehr als verwandt, ihre Seelen waren Reflexionen des jeweils Anderen, und sie hatten sich in diese Spiegelung verliebt, weil sie Trost versprach –

und hielt. Ein Blick, ein Wort waren wie eine Umarmung, ein Gespräch war wie das Zurücksinken in ein geborgenes Dasein, das sie so, in dieser Weise, nicht gekannt hatten, und sie stürzten sich in diese Liebe, weil sie nichts hinterfragte, weil sie nichts hinterfragen musste, sie waren im Grunde ein und dieselbe Person, sie hatten die gleiche Geschichte, die gleichen Geschichten erlebt, sie mussten einander lediglich die Anfänge erzählen, und der andere konnte sie fortsetzen, er würde sie um Details ergänzen, gewiss, aber bei diesen handelte es sich bloß um Nebensächlichkeiten; und sie stürzten sich in diese Liebe, da sie sie das sein ließ, was sie sein wollten –

bis Alice schwanger wurde, mit einem Mädchen, das den Namen Sara erhalten sollte, wie sie schon in den ersten Wochen ihrer Schwangerschaft entschied. Noch bevor der Säugling entbunden war, erschoss sich Konrad. Und Alice, die ihm und Sara zuliebe ihre Ausbildung abgebrochen hatte, lebte von diesem Zeitpunkt an vom Erbe der Familie Mørch: Sie verkaufte Edvards Haus, ließ Edvards Schiff renovieren, sie lernte, mit Konrads Hunden umzugehen, ihnen Befehle zu erteilen, sie von Kunnas Schlitten aus zu lenken, sie lernte zu schießen, in der Natur zu lesen, sie lernte den Umgang mit dem Messer, sie lernte, die Beute zu häuten, sie auszunehmen und zuzubereiten, und sie ging regelmäßig in die Wildnis, in der allein sie sich lebendig fühlte, seit sie den Schuss gehört und die Entdeckung gemacht hatte, die ihr Leben in einem Ausmaß beschädigt hatte, das nicht einzugrenzen war, denn täglich schien der Schmerz zu wachsen. Und sie blieb verschwunden für einige Wochen, niemand wusste, wohin sie ging, niemand folgte ihr, niemand bot ihr an, sie zu begleiten, sie war immer allein unterwegs, und anfangs hatte sich Alices Nachbarin Sorgen gemacht, ob ihre Freundin allein zurechtkommen würde, doch Alice tauchte jedes Mal wieder auf, manchmal nach drei, manchmal nach fünf Wochen –

von diesem Jagdausflug aber, der in die Woche fiel, als Sara fünf Jahre alt wurde, kehrte Alice nicht mehr zurück. Sie blieb verschwunden, und man suchte nicht einmal nach ihr, denn man würde sie nicht finden, nicht in dieser Weite und Leere, in der Amarâq ein Inseldasein führte.

Alices Nachbarin brachte Sara zu ihrer Tante, die damals neben dem *Hotel Amarâq* in einem kleinen Häuschen mit ihren zwei Söhnen lebte. Sara und ihre Cousins spielten morgens, vor Schulbeginn, und abends, nach Schulende, immer draußen, vor dem Haus, ihre Spielsachen lagen zwischen den Gräsern verstreut, und weil es nicht viele waren, gingen sie auch nicht verloren –

bis eines Tages das Ehepaar Lund auftauchte und einen Nachmittag mit Sara verbrachte, ihr half, die Puppe an- und auszukleiden, wobei sich ihr Mitleid, das sie von Beginn ihrer Reise nach Grönland an begleitet hatte (denn es war Mitleid gewesen, das sie überhaupt dazu bewogen hatte, Amarâq aufzusuchen), in Liebe verwandelte, nicht in eine selbstlose Liebe, sondern in eine, die nicht nur an Bedingungen geknüpft war, sondern in der vor allem die eigene Eitelkeit ausgelebt werden sollte, die Selbstgefälligkeit des Wohltäters. Ohne zu fragen, mit aller Selbstverständlichkeit, nahmen sie Sara an der Hand und mit nach Kopenhagen, wo das Mädchen bis zu ihrem zwanzigsten Lebensjahr als Adoptivtochter Sara Lund lebte. Und sie sollte über Umwege erfahren, dann aber mit aller Unerbittlichkeit, was ihren Großeltern zugestoßen war, und ihr wurde verschwiegen, dass ihr Vater sich selbst getötet hatte, lediglich vom geheimnisvollen Verschwinden der Mutter, der Halbwilden, hörte sie hin und wieder, und in ihrer Vorstellung wuchsen das Bild der Mutter und Amarâqs zusammen und bildeten eine Sehnsucht, in der Ferne zum Synonym für Heimat wurde.

Das Telefon klingelt, Lars sieht nach, es ist Magnus.

Hej.

Keine Antwort, aber ein Rauschen.

Hej, alles in Ordnung?

Immer noch Rauschen, aber keine Antwort. Lars möchte auflegen, als er doch eine Stimme hört: Magnus.

Wenn wir die Schnur mit einem Handtuch polstern, sollte es nicht wehtun.

Wird es dann nicht zu eng?

Dumme Frage. Es soll doch eng anliegen.

Kurzes, ausgehustetes Lachen.

Wir wickeln das Handtuch um die Schnur, so rutscht es nicht heraus, und die Schnur befestigen wir am Bettpfosten, hab ich doch schon gesagt.

Am Bettpfosten?

Ja. Es sollte auch im Liegen klappen.

Kurze Stille.

Das ist bequemer.

Lars drückt auf die Auflegetaste, er spürt sie unter seinem Zeigefinger, sie wird unter der Fingerkuppe größer, härter, und er muss sich zwingen, kräftig zuzudrücken.

Bettpfosten, Schnur, Handtuch. Das Gespräch, das er belauscht hat, beunruhigt ihn. Er geht in die Küche, setzt Wasser auf, greift nach einem Beutel Schwarztee. Bettpfosten, Schnur. *Es sollte auch im Liegen klappen.* Das Wasser kocht, es brodelt unter dem Plastikdeckel. Er nimmt die Kanne vom Untersatz, begießt den Beutel gleichmäßig von allen Seiten. Er weiß, dass er weiß, worüber sie sprachen, Magnus und Ole, er hat das Wissen bloß noch nicht gefunden. Er sieht sie vor sich, wie sie in Magnus' Dachkammer sitzen, Mondlicht fällt durch das schräge Fenster auf den Teppich, der so abgenutzt ist, so abgetreten, dass der Flor wie abrasiert scheint, ein gezähmter Teppich, fällt ihm in diesem Moment ein, so müsste sich ein gezähmter Teppich anfühlen, und er muss über den Gedanken lächeln, als ihm mit einem Schlag klar wird, was die zwei meinten, als sie sagten: *Es sollte auch im Liegen klappen* –

er lässt seine Tasse stehen, schnappt im Hinauslaufen seine Jacke und beginnt den Berg hinunterzurennen.

Im Fenster beobachtet Sara den Schatten eines Mannes, der die Straße in Richtung Hafen läuft. Er zerfließt zwischen den Häusern, als hätte ihn die Dunkelheit verdünnt, ihm alles Körperhafte geraubt, wäre nicht der Monolog der Schuhe, das Treten der Erde und Steine mit den Absätzen, ein hartes, scharrendes und schabendes Geräusch, das allein daran erinnert, dass es sich um ein Lebewesen aus Fleisch und Knochen handelt –

und nicht um einen Geist.

3 Ein Jahr vor Saras Geburt wurden Per und Poul geboren, Per in Amarâq, Poul in Ittuk. Kurz nach Pouls Geburt zog sein Vater Boas mit ihm nach Amarâq, um in der Hauptstadt zu leben, wo innerhalb weniger Jahre baufällige Häuser repariert oder neu errichtet sowie quaderförmige Wohnblocks auf dem gefrorenen Boden aufgestellt wurden, Wohnsaurier mit niedrigen Decken und kleinen Fenstern, die die Wärme im Inneren gefangen hielten. Das weißglitzernde Verwaltungsgebäude, in dem Boas angestellt wurde, vervollständigte das Aussehen des modernen, frischgestrichenen Amarâq: einer Stadt, die einer Ansichtskarte Ehre machte. Die zweite Modernisierungswelle, die den Westen Grönlands bereits ein Jahrzehnt zuvor erfasst hatte, machte auch vor dem entlegenen Osten nicht halt, aber die Welle war bereits am Auslaufen, und der Osten blieb im Grunde wie er war, er wurde nur bunt, umfrisiert und neu besiedelt, mit Lehrern aus dem Mutterland, die als Hubschrauberladungen an Land gingen, Idealisten mit alten Ideen und Karrieristen mit neuen. Eines aber hatten sie alle gemeinsam, sie wollten Amarâq verbessern, denn so wie es war, war es unzureichend.

Der heimliche Vater: Bis er in die Schule kam, wusste Poul nicht, dass jedes Kind eine Mutter hatte, er hatte immer geglaubt, es wäre optional, denn niemand hatte ihm jemals von seiner erzählt. Boas der Stille, der seine Hunde immer nachmittags gegen zwei Uhr versorgt hatte, indem er dem Holzverschlag in der Mitte des Dorfes eine verwesende Robbe entnommen, ihr zunächst die Flossen abgeschnitten, sie danach zerteilt und stückchenweise den jaulenden, bellenden Hunden zugeworfen hatte, ließ seine Vergangenheit als Jäger in Ittuk zurück und zog mit seinem Sohn, einer Plastiktasche mit Kleidung und dem geflickten Stiefelpaar, das er seit zwanzig Jahren trug, nach Amarâq, wo eine kleine, neue Kastenwohnung auf ihn wartete, eine Küche mit Herd und Spüle sowie zwei leere Zimmer, die leer bleiben sollten bis auf eine Matratze und den Kleiderstoß, der in der Mitte des größeren Raumes lag, als warte er auf einen weiteren Umzug.

Boas war verlässlich, und als guter Jäger wurde er von allen respektiert, seine Meinung zählte, aus diesem Grund hatte man ihn in die Politik geholt, er sollte die Jäger Ostgrönlands vertreten, und ihm wurden Papiere vorgelegt, die er, obwohl er schreiben und lesen gelernt hatte, nur mit Mühe entziffern konnte. Manchmal verzweifelte er daran, denn es wollte ihm einfach nicht gelingen, die Wörter wichen zurück, je weiter er sich ihnen näherte, dann schob er die Buchstaben beiseite und starrte aus dem Fenster auf die Berge, und obwohl er den Fjord nicht sehen konnte, konnte er ihn spüren und riechen, und die Vorstellung wurde so stark, dass es ihm schien, er knie am Ufer, seine Hand sei in das kalte Wasser getaucht und er könne beobachten, wie die Wellen seinen Handrücken umspielten.

Alice musste ihn mehrere Male rufen, bis er reagierte. Sie brauchte seine Unterschrift, und da sie schon einige Stunden damit verbracht hatte, um das ihr zustehende Geld zu streiten, war sie kampflustig in sein Büro getreten, tatsächlich hatte sie ihn nicht gerufen, sondern angebrüllt, aber er hatte sie nicht gehört. Zunächst hatte sie das noch mehr geärgert, und sie war näher gekommen, dann hatte sie den Ausdruck auf seinem Gesicht bemerkt und verstanden, und sie hatte nicht mehr geschrien, sondern geflüstert; in diesem Moment war Boas erwacht –

er half ihr mit den Formularen, danach ging sie in ihr, er in sein kahles Haus.

Wenige Stunden nachdem man die Vermutung ausgesprochen hatte, Alice sei verschollen, sie habe sich vermutlich bei der Jagd verletzt und sei gestorben, oder sie habe sich verirrt, machte sich Boas auf die Suche nach ihr. Sie war ihm im Traum erschienen und hatte um Hilfe gebeten, sie habe sich ein Bein gebrochen und könne sich nicht bewegen, und er glaubte, die Gegend erkannt zu haben, die sich im Hintergrund langsam geöffnet hatte, heller geworden war, als würde sie beleuchtet werden. Vielleicht brach er auch auf, weil er ihr sagen wollte, dass er ohne den Gedanken, sie lebe in diesem kleinen roten Haus mit den gelben Vorhängen und abgetretenen Stufen drei Dächer weiter, nicht glücklich sein könne, und er brachte Poul zu seinen Kollegen, aber er erzählte niemandem, warum und wohin er ging, außer seinem Sohn, und dieser hörte zu und merkte sich jedes Wort, auch wenn er ihre Bedeutung nicht verstand.

Als Boas nicht mehr zurückkehrte, wurde Poul ins Waisenhaus gebracht, wo er ein paar Monate später ein Mädchen kennenlernte, das unbekümmert zwischen den Spielsachen und in der Bastelecke spazieren ging, während es den einen und anderen Filzstift in ihrer Jackentasche verschwinden ließ, obwohl sich in ihrem kleinen Koffer, den sie stets mit sich herumtrug, eine ganze Palette Farbstifte befand, hübsch zusammengehalten von einer Schleife: die kleine Henriksen.

Seine Vorliebe für minderjährige Mädchen, vorzugsweise zwischen elf und sechzehn Jahren, musste Jesper Sørensen zum Verhängnis werden. Um sie ausleben zu können, hatte er sich mit Anfang dreißig für die Stelle am Rande Grönlands beworben. Er hatte sich ausgerechnet, dass es ihm dort leichter fallen würde, der Justiz zu entgehen, zumal es in Amarâq selbst weder ein Gericht noch ein Gefängnis gab und er als Vertreter der weißen Oberschicht sowieso unantastbar war, und er freute sich, als man ihm die Stelle gab, weil er für die Unannehmlichkeiten, die ihm durch den Umzug ans Ende der Welt entstanden, zusätzlich finanziell entschädigt wurde, monatlich ein halbes Gehalt mehr. Über die Grönländerinnen hatte ihm ein Freund erzählt, dass sie *sexuell aggressiv* seien, er hatte dieser Beschreibung begierig und mit wachsender Erwartung gelauscht und bald nach seiner Ankunft am eigenen Leib erfahren, was dies bedeutete: dass sich manche, wenige allerdings, anboten. Zu seinem Unglück waren es erwachsene Frauen, die daran interessiert waren, mit ihm zu schlafen, und keine Mädchen, aber als Arzt war es bloß eine Frage der Zeit, bis er mit einem Opfer allein im Untersuchungszimmer war, ihm erklärte, es habe eine Krankheit, die regelmäßig untersucht werden müsse, es gewisse Körperstellen freimachen ließ und sich diesen näherte, behutsam noch. Mit der Zeit verschwand seine Vorsicht, vor allem, da sich keines der Mädchen zur Wehr setzte, sondern, im Gegenteil, jedes ergeben mit sich spielen ließ, so dass es bald kaum noch ein weibliches Wesen unter achtzehn Jahren in Amarâq gab, das er nicht auf der Untersuchungsliege bestiegen hätte. Erst als die erste Kindfrau, denn so nannte er sie, *Kindfrauen*, schwanger wurde und das einfältige Geschöpf ihn als Vater angab, noch dazu gegenüber einer *frisch importierten Kollegin*, wurde der Vorfall zum Skandal –

dabei hatte er die einzige Zeugin, die von seiner *Liebhaberei* wusste, Laerke vom See, wohlweislich beseitigt, und wie *elegant* sich damals alles gefügt hatte, ein Zufall, dass er an jenem Abend Kirsten gefickt hatte, ein Zufall, dass die Alte am Haus vorbeigegangen und das Kind schreien gehört hatte, ein Zufall, dass er hinter ihr herlaufen, das entführte Balg zurückholen und dabei zusehen durfte, wie die Alte zu Boden stürzte, und mit einem Stein nachhelfen konnte, und all das vergeblich, dachte er und fluchte über die weiteren Anschuldigungen, die Suspendierung, schließlich die Untersuchung, die von dem Arzt Thomas Henriksen eingeleitet wurde.

Es war kein Zufall, dass Henriksen nach Amarâq geschickt wurde, denn er war ein Linker, ein Liberaler mit einer Tochter, Mia, er schien somit prädestiniert, streng mit seinem Vorgänger zu verfahren. Mia allerdings war es auch, die ihn durch ihre Entdeckerfreude immer wieder von dieser Arbeit abhielt, da er mehr Zeit, als ihm lieb war, damit verbringen musste, sie zu suchen. Schließlich brachte er sie jeden Morgen ins Waisenhaus, das sich direkt neben dem Krankenhaus befand, und bat darum, auf seine Kleine gut aufzupassen. Am Abend, nach Arbeitsende, holte er sie von dort ab, bei dieser Gelegenheit fiel ihm der Junge auf, in Mias Alter, der sich in den Ecken des Heimes herumdrückte und ihn und seine Tochter beäugte, auf offene Weise verstohlen. Als er herausfand, dass dieser mit Mia befreundet war, nahm er den Buben Poul eines Nachmittags mit zum Abendessen, und bald sah Henriksen in ihm sowohl einen Spielgefährten und Kameraden seiner Tochter als auch ein Kind, das er gerne in seine Familie aufnehmen wollte, allerdings nicht als Sohn, sondern als menschliches Haustier, das ihn mit seiner seltsam verqueren Logik unterhielt.

Als Poul zwölf Jahre alt war, wurde er krank, er bekam Schnupfen, Halsweh, Bauchschmerzen, die Gelenke taten ihm weh, der Rücken, er musste husten und hatte Fieber. Für Poul war dies mehr als eine Grippe, seinem Verständnis nach lag er im Sterben, und weil er dies so würdevoll wie möglich tun wollte, schleppte er sich ins Krankenhaus und legte sich auf den Boden in Henriksens Büro, schloss die Augen und wartete auf den Tod. Zu Hause hatte er nicht sterben wollen, denn Mia und Per waren in der Schule, und er war einsam. Hier fühlte er sich Henriksen nahe, denn er wusste, dieser würde jeden Moment eintreten und seine Hand halten.

Henriksen, der einen anstrengenden Tag zu bewältigen hatte, nicht nur viele Patienten zu untersuchen (es gab bloß drei Ärzte für alle Einwohner Amarâqs), sondern auch einen mürrischen Kollegen zu befragen hatte, der immer wortkarger wurde, je mehr Anschuldigungen in der Luft hingen, gab dem vermeintlich Sterbenden ein paar Tabletten und schickte ihn nach Hause. Poul weigerte sich zu gehen, da er noch immer davon überzeugt war, dass er im Sterben lag, aber da er Henriksen nicht verärgern wollte, legte er sich auf die Bank im Aufenthaltsraum des Krankenhauses und wartete hier auf seinen Tod. Am Abend, als er längst eingeschlafen war, brachte ihn Henriksen im Krankenwagen, in einem kleinen weißen Bus, nach Hause. Am nächsten Tag war das Sterben verflogen –

bis zum nächsten Monat, als die Welt zusehends undeutlicher wurde, immer mehr verschwamm. Zunächst dachte Poul, das Universum löse sich auf, die Tage würden heller, die Nächte dunkler und Sterne gäbe es überhaupt keine mehr, erst da fiel ihm auf, wie viele Umrisse die Welt besessen hatte und dass ihre Auflösung an den Konturen anfing, und er begann, sich Sorgen um Amarâq zu machen, bis er auf den Gedanken kam, dass mit der Auslöschung des Ortes auch sein Leben zu Ende sei. Diese Idee führte zur nächsten, nämlich, dass es vielleicht gar nicht die Stadt war, die sich auflöste, sondern er selbst: dass er im Sterben lag. Und er legte sich in sein Bett, zog die Decke bis ans Kinn und schloss die Augen, und er kam nicht zum Abendessen, auch nicht zum Frühstück und ignorierte die Fragen Pers, Henriksens und Mias. Es war einfacher und schmerzloser, jedes Gespräch zu verweigern.

Wie seine Familie diesen Gedankengang nachvollzogen hatte, war ihm ein Rätsel; es mochte eine Rolle gespielt haben, dass Henriksen sich daran erinnerte, was sich Poul im Monat zuvor eingebildet hatte, auch war ihm schon seit längerem aufgefallen, dass dieser, wann immer er in die Ferne blickte, die Augen zusammenkniff. Eines Tages lag auf Pouls Nachttisch eine Brille mit silberner Drahtfassung, rund, klein, und Per, dem Pouls Sterblichkeit langsam zu viel wurde, setzte sie seinem Freund auf und zwang ihn, die Augen zu öffnen –

dass sich die Dinge wieder voneinander absetzten, dass die Welt erneut eine Silhouette besaß, dass sie nicht nur von Schatten durchdrungen war, sondern auch von Licht, versetzte Poul in einen Zustand der Euphorie, und er bewegte sich tagelang tanzend durch Amarâq, sprang durch alle Seitenstraßen, und an jedem Ende sang er ein Lied, stets das gleiche, denn er kannte ausschließlich das eine.

Von diesem Moment an glaubte Poul, er wäre unsterblich.

Poul war es, der Per eine Familie gab.

Poul, kurz wie sein Name und so dünn, so schmal, dass man versucht war, ihn um etwas herumzuwickeln, die Augen so dunkel, so groß, dass man sich in ihnen spiegelte: Wenn man Poul ansah, sah man sich selbst. Und Poul konnte so heftig lachen, dass er sich dabei auf dem Boden wälzte, egal, wo er sich befand, sei es im Schnee im Winter, sei es auf dem Steinboden in der Kirche, und wenn Poul lachte, hörte alles andere auf zu existieren. Sein größtes Talent war es, den Augenblick intensiv zu erleben, er musste ihn nicht festhalten, er wurde geradezu von ihm verfolgt, fast konnte man meinen, er verfüge, bestimme über ihn –

manchmal allerdings, selten, schien es, als wäre es umgekehrt, und Poul, ohne Vergangenheit, ohne Zukunft, hing an einer Gegenwart, die ihn mit der Zeit zerriss.

Per lernte Poul kennen, wenige Minuten nachdem ihn Keyi aus seiner Hütte geschmissen hatte. Er spielte mit den Steinen auf der Erde, schleuderte sie in die eine, dann in die andere Richtung, ohne zu überlegen, er schwamm dermaßen in seiner Wut und in seinem Zorn, dass er nichts anderes sehen und fühlen konnte, so bemerkte er auch den kleinen Jungen nicht, der sich ein Spiel daraus machte, den Steinen, die Per warf, auszuweichen, und jedes Mal, wenn es ihm gelang, vor Freude quiekte.

Hör auf.

Per zielte nun auf Poul, der vor Begeisterung quakte.

Hör auf, du nervst.

Per suchte nach größeren Steinen, mit denen er Poul bewerfen konnte. Poul grinste breit, bis Per traf.

Au! Das hat wehgetan.

Dann geh doch weg.

Poul ließ sich auf die Erde fallen, vergrub seinen Kopf in den Armen und weinte, Per hörte ein leises Schluchzen.

Weinst du?

Poul nickte und heulte lauter.

Hör auf!

Per ging zu Poul, packte ihn an den Schultern und rüttelte ihn.

Hör doch damit auf!

Poul stieß ein noch lauteres Geheul aus, linste mit einem Auge aus dem Nest, dann tauchte das ganze Gesicht auf, nass vor Tränen und doch mit einem Grinsen verziert, das weit über die Mundwinkel hinausging und Pers Lippen ansteckte.

Wie heißt du?

Per nannte Poul seinen Namen, Poul schenkte Per seinen: Er schenkte ihn ihm, er überreichte ihn, Per hatte von diesem Tag an die Erlaubnis, ihn auszusprechen, und er wollte es gerne tun, der Name schien sein Leben, so begrenzt und eng es vorher gewesen war, zu vergrößern, und obwohl Poul die Gegenwart in Person war, gab es ab diesem Moment in Pers Leben neben dem Vergangenen und Gegenwärtigen auch eine Zukunft.

Sie wurden Zwillinge, unzertrennlich, schliefen im selben Zimmer und bestanden darauf, ihre Betten eng aneinanderzuschieben, der ungeliebte Spalt wurde durch flinke Überquerungen geschlossen, ein Fuß, ein Bein, ein Arm, ein Mund, der zum benachbarten Ohr wanderte, flüsterte, murmelte, kicherte: Zwillinge, unzertrennlich. Und wenn sie die Berge erkundeten, denn das war es, was sie taten, sie *explorierten*, waren sie Forscher, sie müssten die Welt auskundschaften, sagte Poul, sie müssten sie beschreiben, sammeln, was zu sammeln sei, und bewahren, warum, fragte Per, sei es nicht gerade umgekehrt, sie würden von der Welt aufbewahrt? Er hatte sich die Welt immer als einen Behälter vorgestellt, als eine Schüssel, und vielleicht wäre es möglich, die Wände hinaufzukriechen, und das, hatte Per gedacht, wäre der Rand der Welt, und es wäre möglich, diesen Rand entlangzubalancieren, und man würde alles sehen, nichts wäre verstellt, und mit einem Schlag würde einem klarwerden, warum alles war, wie es war, denn man würde die Verbindungen sehen. Nein, widersprach Poul, natürlich nicht, die Welt müsse geschützt werden, deswegen sei Henriksen hier. Und warum sei Mia hier, fragte Per. Mia müsse Henriksen beschützen, antwortete Poul, aber wie, fragte Per, sie sei doch viel kleiner als Henriksen. Mia habe ihre eigenen Kräfte, sagte Poul, und von diesem Tag an sah Per Mia, die Kleine mit den roten Haaren, mit anderen Augen, gerade die Haare, die im Sonnenlicht zu glühen schienen, waren seiner Meinung nach die Quelle für diese geheimen Kräfte, von denen Poul gesprochen hatte, und Per folgte Mia, erforschte sie, zeichnete sie, beschrieb sie, und er übersah, dass er all die Dinge tat, von denen es hieß, sie müssten sie tun, um die Welt zu schützen, stattdessen schützte er Mia.

Es hätte alles so bleiben können, nichts hätte verändert werden müssen, wenn es nach dem männlichen Teil der familiären Gemeinschaft gegangen wäre, nur Mia war mit diesem Arrangement unzufrieden.

Sie hatte ihren Vater schon seit längerem gebeten, sie zurück nach Kopenhagen zu schicken, wo sie bei ihrer Mutter leben wollte. Als Scheidungskind fand sie, stehe ihr das zu, und mit Henriksen war es in der letzten Zeit schwierig gewesen, sie hatte gegen seine Anordnungen, *Befehle*, wie sie sie nannte, rebelliert, er hatte sie strenger als sonst zurechtgewiesen, sie mit Arbeiten im Haushalt, einkaufen, putzen, Staub wischen, versucht zu bestrafen, doch sie hatte ihn ignoriert und war aus dem Fenster in die Freiheit geklettert, die, wie sie jedes Mal wieder feststellte, schrecklich beschränkt war –

sie brachte sie nicht weiter als bis ans Ende der Straße. Henriksen hatte damit gerechnet und ihr die Musikanlage weggenommen, der Krieg zwischen ihnen lief schon seit mehreren Monaten, und eine Versöhnung war nicht in Sicht. Was Mia mehr ärgerte als alles andere, war, dass sie ihren Vater nicht aus der Fassung bringen konnte. Vielleicht war es der Versuch, genau dies zu erreichen, eine Reaktion, die über das Übliche hinausging, vielleicht verliebte sie sich in diesen Tagen tatsächlich, jedenfalls tauchte sie immer öfter in Pers und Pouls Zimmer auf, und Per begann, Dinge vor Poul zu verheimlichen, den ersten Kuss, den er mit Mia tauschte, die ersten Berührungen und schließlich das erste Mal, dem viele weitere Male folgten.

Henriksen bekam zunächst nichts von Mia und Per mit, er wunderte sich nur, dass seine Tochter ruhiger geworden zu sein schien, er interpretierte ihre Verlegenheit falsch, auch jene Pers, der nicht mehr mit ihm allein in einem Raum sein wollte, und eines Tages, Henriksen beendete seinen Arbeitstag früher als gewöhnlich, er spürte eine herannahende Erkältung, erwischte er seine Tochter und Per in Mias Bett. Henriksen zeigte keine Reaktion, schloss die Tür und verließ das Haus, und er sprach nicht, weder mit Mia noch mit Per oder Poul. Letzterer versuchte erst gar nicht, ihn anzusprechen, sondern schlich um ihn herum, mit hängenden Augen. Henriksen zog sich völlig in sich zurück, bis er eines Nachts Per aus dessen Bett zerrte, ihn aus dem Haus jagte und erst ein paar Stunden später mit einer blutverschmierten Hand zurückkehrte. An diesem Abend packte er seine und Mias Sachen, verließ am nächsten Morgen mit seiner Tochter Amarâq und kam nie wieder zurück.

Per aber, der später verschreckt und eingeschüchtert vor Henriksens Haus auftauchte, wurde noch am selben Tag verhaftet und nach Nuuk geflogen. Man sagte ihm, er sei ein Vergewaltiger, Mia habe ihn angezeigt. Er verbrachte zwei Jahre in der Hauptstadt, nachts schlief er in einem kleinen weißen Würfel, Kopf an Kopf mit den anderen Insassen, tagsüber säuberte er Straßen, fuhr Lieferungen aus und versuchte Poul zu erreichen, seine Lieferroute führte immer an der Post vorbei und der öffentlichen Telefonzelle, doch es hob niemand ab.

Als er nach Amarâq zurückkehrte, war nichts mehr so, wie er es verlassen hatte. Das Haus gehörte einem Ehepaar, das aus Ittuk in die größere Stadt gezogen war, und Poul war nicht zu finden. Erst durch mühsames Herumfragen fand Per heraus, dass sich Poul nach Pers Verhaftung erhängt hatte, und man drückte ihm ein Foto in die Hand, das man in dessen Hosentasche gefunden hatte, eines, das ihn und Henriksen zeigte, in einer Umarmung.

Anders sitzt vor der Disko auf der Erde, er raucht und versucht, die Rauchwolken und seinen Atem mit der rechten Hand einzufangen. Er ist sich sicher, dass er Kopfschmerzen hat, aber er kann seinen Kopf nicht fühlen, er fragt sich, wann er ihn das letzte Mal fühlen konnte, und er versucht ihn zu bewegen, aber er spürt ihn nicht. Es beunruhigt ihn, dass er nichts mehr zu fühlen glaubt, er meint, er sei emotional taub geworden, und nur wenn er Dinge berührt, wenn er sich verletzt, sich schneidet, wenn er geschlagen oder verprügelt wird, spürt er noch etwas, doch selbst in diesen Situationen erstaunlich wenig. Manchmal meint er, gehörlos zu sein, dann öffnet er seinen Mund und schreit, um etwas zu fühlen, und sei es bloß die Stimme, die den Körper verlässt.

Geht es dir nicht gut?

Zwei Beine bleiben neben ihm stehen, ein Paar rosarote Sportschuhe, die Stimme auf Augenhöhe.

Geht es dir nicht gut?

Idi hockt sich neben Anders auf den Boden. Sie tastet nach seiner Hand, drückt sie sanft, einmal, zweimal und ein drittes Mal, Anders reagiert nicht, steckt seinen Kopf zwischen die Knie und presst sie zusammen, als wollte er ihn vom Hals abtrennen.

Hör auf.

Idi schlägt gegen Anders' rechtes Bein.

Du tust dir weh.

Sie greift nach dem Knie, biegt es nach außen, so dass Anders' Nacken freikommt.

Was ist mit dir los?

Anders schüttelt Idi ab, dreht sich weg, verrät nicht, dass ihn die Welt in seinem Kopf zu ängstigen begonnen hat, dass sie sich in einer Sprache und mit Bildern ausdrückt, die ihm Rätsel aufgeben. Er müsste sagen, man habe sein Gehirn geentert, dann würde er noch hinzufügen, dass seine Gedanken geraubt wurden und er beobachten kann, wie sie langsam weggeführt werden, doch er kann sich nicht rühren –

wie in diesen Träumen, würde er sagen, in denen man sich nicht mehr bewegen kann, aber alles andere um einen herum rührt sich schon, man sieht und hört alles, kann aber nicht eingreifen, obwohl genau das notwendig wäre, um den Diebstahl zu verhindern, stattdessen muss man zusehen, wie die Gedanken verschleppt werden, und an manchen Tagen ist der Abstand zwischen einem selbst und ihnen kleiner, sie sind fast zum Greifen nahe, als hätte jemand die Zeit angehalten, an anderen Tagen aber wird die Entfernung schnell größer, als würde sie jemand fortblasen.

Nichts.

Anders stößt Idi zur Seite.

Lass mich in Ruhe.

4 An einem braunen fransigen Strick hängen zwei Fischhäute samt Köpfen zum Trocknen, außerdem ein blaues Plastiknetz, eine Neonröhre, ein Bohrer und in einem Stoffsack unterschiedlich lange und dicke Seile zum Fischen und zum Vertäuen des Bootes. Ein Schistock für Erwachsene und einer für Kinder lehnen an der Wand sowie ein Besen, davor liegen Kehricht, Gummihandschuhe und diverse Plastikflaschen in verschiedenen Größen, sie werden zum Angeln eingesetzt, als Bojen, um die Lage des Netzes zu markieren. Er hat die Fischer oft bei ihrer Arbeit beobachtet, zu einer Zeit, als er glaubte, selbst Fischer und vor allem Jäger werden zu wollen. Ein Kanister Benzin und eine verrostete Stoßstange stehen neben der Tür. Per drückt sich an ihnen vorbei ins Innere des Hauses, der Durchgang ins Wohnzimmer ist mit einer blauen Wolldecke abgehängt.

Er bleibt stehen und horcht, denn er glaubt, ein Atmen zu hören. Richtig, jemand atmet, laut, aber flach, ein Röcheln, er stolpert über die Stiefel, die auf dem Boden vor dem Wohnzimmer verstreut liegen, stößt mit den Füßen gegen Sportschuhe, Wanderschuhe und tritt auf steife Plastiktaschen, das Atmen hört auf, er überlegt, ob er umkehren soll, als es sich wieder meldet, gleichmäßig, schleppend, und er schleicht, diesmal auf Zehenspitzen, leise, leise, den schmalen Gang entlang, zwischen der Waschmaschine und der Treppe in Richtung Küche, Straßenlicht fällt auf die Theke, auf die Schüssel mit den eingelegten Fischteilen. In diesem Moment hört er das Knarren einer Tür, das Geräusch kommt aus dem ersten Stock, das Ganglicht wird angeknipst und jemand schreit: Mach, dass du wegkommst!

Plötzlich regnet es Bücher, Per muss sich ducken, beugen, springen, um dem Hagel zu entgehen, Hefte, Schuhe, Kinderschuhe, Damenschuhe, aber auch Mützen, Schals, Handtücher, und Per ruft zurück, er sei kein Dieb, dann brüllt er, um zu brüllen und auch, weil er sich erschreckt hat, und in seiner Angst greift er nach einer der beiden Jagdflinten, die an der Wand hängen, lang, braun, mit hölzernem Schaft, er klemmt sie sich unter den Arm und schreit: Ich werde euch alle erschießen –

und flieht, rutscht im Vorraum aus, die Waffe noch immer unter dem Arm, sie fängt den Sturz ab, er fällt auf ein Knie, rappelt sich schnell auf, noch immer wirft der Alte Gegenstände nach ihm, er steht auf der Treppe und wirft, und Per sprintet durch die Haustür, mit erhobenen Armen.

Ole hält die Schnur unschlüssig in den Händen.

Die ist sehr dünn. Sie wird einschneiden.

Nein, wird sie nicht, ich werde sie dir polstern.

Und wer soll deine polstern?

Das schaffe ich selbst.

Das Handtuch wird durchrutschen.

Ole schielt auf das Telefon, die Anzeige ist erloschen.

Du hast recht. Diese Schnüre sind ungeeignet.

Magnus lässt seine Augen durch den Raum wandern.

Aber es gibt nichts anderes. Ich habe überall gesucht, und ins Schlafzimmer meiner Großeltern kann ich nicht, nicht heute Nacht.

Er seufzt, verhalten; die Pause bleibt, weil sie eine Leerstelle ist.

In diesem Moment hören sie Schritte im Nebenraum,

das Öffnen von Schranktüren und Schubladen, sie hören ein Rumoren, ein Rumpeln und Pochen, dann hören sie, wie die Tür mit einem Ruck geöffnet wird, und Kuupik schreit: Mach, dass du wegkommst!

Magnus läuft zur Zimmertür, öffnet sie einen Spaltbreit. Ole folgt ihm, hockt sich neben ihn, er linst oben, Magnus unten durch die Ritze.

Ich werde euch alle erschießen!

Poltern. Jemand stolpert. Türenknallen. Danach Stille. Kuupik murmelt, schlurft zurück ins Zimmer, schließt die Tür.

Magnus kriecht durch den Spalt in den Flur.

Schau doch!

Ole folgt ihm.

Zwischen Büchern, Schuhen und Socken liegen, auf dem Boden verstreut, Strümpfe, zusammengeknotet und lose, Paare und Einzelteile, Mützen, Handschuhe, Schuhe und Schals, lange dünne, kurze dicke, lange dicke, in allen Variationen, Längen und Farben.

Magnus lächelt.

Genau das, was wir brauchen.

Wo warst du?

Jørn spricht im Halbschlaf, er hält seine Augen geschlossen, und auch die Lippen murmeln nur halboffen. Er schläft mit dem Kopf in der Spalte zwischen seinem und Mikileraqs Kissen und hat sein Gesicht in den Stoff gegraben. Mit kaltem Gesicht könne er nicht einschlafen, meinte Jørn, als er das erste Mal bei ihr übernachtete, in Kopenhagen, wo sie am Gymnasium und er, ein grönländischer Auswanderer, als Mechaniker in einer Werkstatt arbeitete und sie ihn kennenlernte, weil sie mit dem Auto eines Freundes eine Mauer gerammt hatte und es reparieren lassen wollte, ehe dieser den Schaden entdecken würde.

Jørn konnte den Wagen nicht rechtzeitig flicken, und Hennings Mutter, denn es war ihr Fahrzeug, zeterte und schimpfte, aber, dachte Mikileraq, das war es wert, denn sie fand, als ihr Jørn begegnete, ein Zuhause, das sie von diesem Tag an überallhin begleiten sollte.

Unten bei Maja. Schlaf weiter.

Es war eigenartig, Jørn zu treffen, denn er trug den gleichen Namen wie der Junge, in den sie sich mit zwölf Jahren verliebt hatte, zum ersten Mal in ihrem Leben. Fast glaubte sie es ihm nicht, als er ihr seinen Namen verriet, in dieser zugigen Werkstatt, die selbst dringend geflickt werden musste. Sie zählte die Zufälle, die es brauchte, um sie zueinanderzuführen, die Schulen, die abgeschlossen, die Prüfungen, die bestanden, die Studienplätze, die ergattert, die Flüge, die genommen, und die Idee, die geboren werden musste, die Küste am Øresund entlangzufahren, nachdem ihr die dänischen Kolleginnen erklärt hatten, dass sie, eine Grönländerin, niemals imstande sein würde, ein technisches Wunderwerk wie ein Automobil zu beherrschen, sie wäre doch zu sehr ein Kind der Natur! Und wie recht sie gehabt hatten, sie hatte Frau Løvgreens Klapperkiste nicht bändigen können, sie war in die Mauer gesprungen, und in ihrer Verzweiflung hatte sie alles auf dem Beifahrersitz liegenlassen, war aus dem Auto geklettert und um die Ecke gerannt in der Hoffnung, jemand würde ihr helfen, und tatsächlich hatte es dort eine Werkstatt gegeben, an dieser Ecke, eine mit roten Ziegelmauern, die Flügeltüren weit geöffnet, und Jørn in einem blauen Overall, der seine dunklen Augen hinter der Motorhaube versteckt hielt, sie aber, als er ihre Stimme hörte, benutzte, als täte er dies zum ersten Mal.

Hör auf, dir Sorgen zu machen, es geht ihr gut.

Eigentlich, erzählte er ihr später, nachdem er sich endlich getraut hatte, sie zu fragen, ob sie mit ihm einen Kaffee trinken würde, obwohl er keinen Kaffee trank, weil ihm vom Geruch zermahlener Kaffeebohnen übel wurde, hätte er an diesem Tag gar nicht in der Werkstatt sein sollen, denn es war sein freier Tag gewesen, aber seine Katze war am Vortag entlaufen, so dass er ihr nachrennen musste, um sie einzufangen, er verbrachte damit den halben Tag und musste deshalb am Urlaubstag die versäumte Arbeit nachholen. Die Katze sei entkommen, fügte er hinzu, weil eine Taube im Sturzflug gegen sein Fenster geflogen, die Scheibe zunächst gesprungen, danach zerbrochen war, aber bloß in der Mitte, dort war ein großes ovales Loch entstanden.

Er zählte die Zufälle und lachte über sie, so ein Unsinn, aber insgeheim verstärkte es sein Gefühl, dass es fast unmöglich gewesen war, Mikileraq zu finden, und diese Unmöglichkeit, dieses Gerade-Noch schuf einen Moment, in dem er nicht anders konnte, als sich in sie zu verlieben.

Ich weiß. Schlaf weiter.

Mikileraq zieht ihre Kleider aus, legt sie über die Bank am Fuß des Bettes, leise öffnet sie die Badezimmertür, die Zehenspitzen berühren die kalten Fliesen und ihr ganzer Körper zuckt, zieht sich noch mehr zusammen als bisher, sie denkt, sie sei ausgetrocknet, wie eigenartig, und noch während sie sich wäscht, sich einseift und die Seife im Duschstrahl abspült, die Nacht abwäscht, fühlt sie sich keineswegs verschmutzt, sondern verdorrt.

Lars rennt, zwischendurch bleibt er stehen, weil ihm die Luft ausgeht, dann sagt er sich, dass nicht eintreten wird, was er befürchtet, dass sie in fünfzehn Minuten darüber lachen werden –

dass seine Fantasie mit ihm durchgegangen ist. Als er sich auf diese Art beruhigt hat, geht er weiter und spürt, wie es in seiner Seite sticht. Er ist kein Sportler, schon als Kind zog er es vor, bei den Fußballspielen gegen Ittuk und die anderen Siedlungen im Zuschauerbereich auf der Regenjacke zu sitzen und zuzusehen, wie die Spielerinnen und Spieler bedächtig über das Fußballfeld stapften, als hingen Gewichte an ihren Fesseln: Ein Sturz auf dem Steinfeld war schmerzhaft.

Sobald es ihm gelungen ist, zu Atem zu kommen, und er die Straße wieder vor sich sieht, die Straßenlaternen, die Amarâq ausschnittsweise beleuchten, als wäre die Stadt ein Museum, beginnt sich wieder Angst in ihm zu regen und zu wachsen. Sie steigt bis in die Kehle und schnürt seinen Hals zu, und er glaubt, nicht mehr atmen zu können, so beginnt er zu traben, zu laufen, schließlich zu rennen –

ein hastiges Rennen, mehr ein Stolpern, das ihn kaum vorwärtsbringt, weil sich seine Beine verhaspeln und er sich ständig mitten in der Bewegung auffangen muss, um nicht zu fallen, und es frustriert ihn, dass sein Körper nicht so tut, wie er möchte, nicht heute Nacht, im Grunde nie, und die Furcht überflutet seine Gedanken, weicht sie vollkommen auf, und er rennt, so schnell er kann, er benutzt die Arme, um Schwung zu holen, vielleicht, denkt er, läuft es sich auf diese Art leichter, aber er übertreibt es, strauchelt, stürzt, muss sich hinsetzen und nach Luft schnappen, sein Bein schmerzt, der Knöchel, doch er kann es sich nicht leisten, sitzen zu bleiben, also humpelt er weiter, zunächst zaghaft, vorsichtig, bis er wieder anfängt zu laufen, zu rennen.

Sara liegt auf dem Bett. Obwohl sie die Augen geöffnet hat, meint sie, sie hätte sie geschlossen, wären nicht die Schatten, die mit den Lichtern an den Wänden spielen.

Sie denkt an ihre Ankunft in Amarâq vor drei Wochen; diese Erinnerung, noch ein bewegliches Bild, wird sich bald in ein unbewegliches verwandeln, und dies wird ein Zeichen dafür sein, dass sie begonnen hat, sich festzusetzen. Ab diesem Moment wird sie blasser werden, lautlos, farblos, schemenhaft, endlich wird es nur noch ein Gefühl von ihr geben, aber auch das wird zerfließen. Schließlich wird Sara zwar wissen, dass sie eine Erinnerung an diesen Ort hatte, an diese Begebenheit, aber es wird bloß dieses Wissen existieren, nichts anderes; es wird im Grunde ausgehöhlt, leer sein, nicht wieder befüllbar, denn es wurde schon einmal benutzt: Gebrauchte Erinnerung ist unberührbar.

Sara liegt auf dem Bett und spricht mit sich selbst. Sie sagt, meine Erinnerungen haben die Sphäre der Beliebigkeit verlassen, sie sind, auch wenn sie in Vergessenheit geraten, besonders, selbst dann hinterlassen sie Spuren, die mir bewusstmachen, dass mir etwas Wichtiges abhandengekommen ist, und dieser Verlust ist einer, den ich nicht so leicht ertragen kann. Sie sagt, ich versuche mich zu erinnern, beginne in meinem Kopf zu kramen, vielleicht krame ich nicht ausschließlich in ihm, sondern auch darin, was man gemeinhin als Herz bezeichnet: Ich durchwühle meine Gefühle, denn auch sie sind Informationsträger, auch sie enthalten und verraten Erinnerung.

Sie setzt sich auf.

Doch nun ist alles ganz anders, sagt sie. Nun versuche ich nicht mehr, sie zu finden und festzuhalten, im Gegenteil, ich lasse alle Erinnerungen frei.

Sie denkt, sie möchte sie nicht mehr sehen, nie mehr, sie denkt, sie sind belanglos geworden, *verraucht*, denn Sara selbst ist zerschnitten, das findet sie, wenn sie über sich nachdenkt, in viele Stücke zerteilt, und es stört sie nicht, sie hat sich damit abgefunden, früher verzweifelte sie noch über dem Zusammensetzen der einzelnen Teile, als wäre sie ein Puzzle und erst dann vollständig, wenn alles an seinem Platz lag.

Seit ihrer Abreise aus Kopenhagen ist diese Verzweiflung einer Ruhe gewichen, die sie zum ersten Mal empfindet, seit sie vor sich selbst floh –

plötzlich ist Sara zum Lachen zumute, und sie lacht. Im nächsten Moment ertappt sie sich dabei, wie sie an ihren Erinnerungen vorbeischlüpft und zum Abschied winkt.

Anders, wohin gehst du?

Idi hält ihn am Arm zurück, doch Anders schüttelt sie ab.

Dass er seinen Kopf, also den Schädel samt Haaren und Gesicht, in einem Puppenwagen mit Aussichtsplattform vor sich her schieben muss, um zu sehen, wohin er tritt, ob er sich auf dem richtigen Weg befindet oder von ihm abgekommen ist, ist keinesfalls hinderlich für seinen Plan, die Bank auszurauben, die sich in der Post befindet. Er schiebt vorsichtig, schließlich spürt er alle Unebenheiten der Erde, sie drücken gegen den Hals, aber auch gegen die Ohren, wo sie sich in dumpfen Tönen entladen, die in hohe, helle münden, mehr ein Signal als ein Ton, ein nicht enden wollendes Freizeichen, das in der Luft hängt, weil ihm die Nummer entfallen ist.

Anders wühlt in den Taschen, er wühlt, ohne zu schauen, sein Blick ist zum Himmel gerichtet, zu den Sternen, zum Mond.

Vielleicht hat er seinen Kopf auch geerntet, dieser Gedanke taucht in ihm auf, er kann sich nicht erklären, woher, aber dass er ihn geerntet haben soll und nun mit sich führt, in diesem Wagen, dem Wagen seiner Schwester ganz offensichtlich, denn sie bekam ihn zu ihrem sechsten Geburtstag geschenkt, eingetauscht gegen ein Paar Schihosen und eine Schijacke, vielleicht hat er seinen Kopf geerntet, vorsichtig von den Wurzeln abgetrennt, diese wollte er nicht verletzen, denn sie sollen auch in Zukunft Köpfe tragen, und dann in den Wagen gebettet, auf die Puppenbettwäsche, als er vorschlug, die Bank auszurauben.

Wie denn?

Der Kopf schweigt.

Was hast du gesagt?

Idi bleibt stehen. Sie überlegt, ob sie Anders allein lassen und nach Hause gehen soll, er ist eigenartig, denkt sie, vielleicht ist er verrückt, aber wie Anders so dasteht, den Kopf hoch erhoben, einen Arm von sich gestreckt, als würde seine rechte Körperhälfte schlafwandeln und nur die linke wach sein, bekommt sie Mitleid mit ihm, und sie greift nach seiner Hand und führt ihn heimwärts.

Er braucht Schlaf, denkt sie, er ist müde.

5 Per läuft am Krankenhaus vorbei. Abrupt bleibt er stehen. Die Schule mit dem neuen Hof, dahinter der große *Pilersuisoq,* der Allesmarkt, und die Sporthalle, die nur zu sehen sind, weil sie jeweils von einer Straßenlaterne beleuchtet werden. Dahinter das Waisenhaus mit dem eingezäunten Spielplatz, mehr ein Käfig, die Gitter reichen bis in den Himmel.

Er fühlt sich hilflos, als er vor dem Haus seiner Kindheit steht, im Grunde ein Bau und kein Gebäude, ein Koloss, und ihm scheint, dass, wohin er auch geht, alle Wege an diesen Ort zurückführen, an dem er landete, weil ihn sonst niemand aufnehmen wollte. An dem seine *Familie* lebte, die ihn aber ablehnte, ihn, der kein Mitglied war, sondern ein Gast, der Unannehmlichkeiten bereitete, Forderungen stellte, die unerfüllbar waren, ganz gleich, wie gering sie auch waren, und er erinnert sich, dass er aus dem Fenster immer die Kinder beobachtete, die mit ihren Eltern spielten oder spazieren gingen, und er sich dachte, dass er sich mit einem Bruchteil dessen begnügen würde, und er erinnert sich, dass er glaubte, in Poul den ewigen Spaziergänger gefunden zu haben, einen Bruder und Freund, der immer für ihn da wäre –

aber auch Poul verließ ihn, noch dazu auf eine Art und Weise, die ein Wiedersehen unmöglich machte.

Sein Blick bleibt an den Bergen um Amarâq hängen, sie sind das Publikum, die Stadt ist die Bühne und ihre Bewohner sind Schauspieler, tagsüber. Bei Nebel ist das Theater geschlossen und der Vorhang fest zugezogen, und nachts leuchtet einzig das Licht im Olymp, am Gipfeleis, das in einem etwas helleren Schwarz am Himmel schwebt –

ein Polarlicht der anderen Art.

Polarlichter, erzählt man sich in Amarâq, sind die Spur der Seelen, die den Körper verlassen haben, auf der Suche nach einem neuen Wirt.

Per überlegt, bei wem er heute Nacht unterschlüpfen könnte.

Magnus nimmt so viele Gürtel und Tücher, wie er zusammenraffen kann, und legt sie auf das Bett, während sie Ole nach Länge und Belastbarkeit sortiert.

Du kannst aufhören. Wir haben genug.

Auf dem Haufen liegen fünf Tücher und zwei Gürtel. Letztere schiebt Magnus in die Mitte.

Sie sind sehr hart und alt, sie könnten reißen.

Es sind die Besitztümer seiner Mutter, ihr Name, die Bezeichnung *Mutter*, ist für Magnus ein Sinnbild für tiefes, leeres Schweigen. Bis heute weiß er nicht, was ihr zugestoßen ist, warum sie ihn niemals besuchte, ob sie noch lebt oder ob sie starb. Als Kind durchforstete er die Gespräche seiner Verwandtschaft und schrieb die Sätze auf, die über sie gesprochen wurden, damit er sie nicht vergaß. Er schrieb sie in ein kleines quadratisches Heft, das er in ihren Sachen fand, in ihrem Zimmer, das nun seines ist. Es war unbeschrieben, die Seiten waren zum Teil zerknittert, sie musste es bei sich getragen haben, es hatte Eselsohren und auf der Innenseite des Umschlags Kulistriche, als hätte sie ausprobiert, ob der Stift etwas taugte.

Mit der Zeit wuchs seine Zitate-Sammlung, aber selbst nach mehrmaligem Lesen, das oft in ein Nachbuchstabieren der Sätze mündete, wusste er nicht mehr über ihr Leben als zuvor. Manchmal schien es ihm, als sei sie gleich nach seiner Geburt weggegangen, in die Hauptstadt in den Westen, dann glaubte er herauszulesen, dass sie in Kopenhagen sei, dann wieder sprachen die Großeltern und Janus in einer Vergangenheitsform von ihr, als sei sie schon lange tot –

die Stille aber, die zwischen den Sätzen stand, schien zu sagen, es habe sie niemals gegeben.

Nehmen wir diese zwei.

Magnus nimmt den roten und den blauen Schal. Sie sind, bis auf die Farbe, identisch und aus dünner Baumwolle, er zieht an den Enden, um den Stoff zu prüfen: reißfest.

Ich denke, die werden halten.

Mikileraq lässt das Badetuch sinken. Sie steht reglos in der Mitte des Raumes, auf der weißen Badematte, weicht der Reflexion im Spiegel aus und glaubt sich doch gefangen im Glas, so senkt sie den Blick, während die Tropfen, zunächst Tausende, Abertausende von ihrem Rücken, den Haaren, den Schultern, den Brüsten und der Hüfte abperlen, zu Boden fallen; der Rest verdunstet, verschwindet.

So wie das Wasser auf der Haut langsam an Fläche verliert, lösen sich auch ihre Gedanken auf. Ihr Kopf ist leer, nein, er ist gelähmt, er bewegt sich nicht, würde sie sagen, weil er nicht kann. Es ist wie in diesen Träumen, man weiß, dass der Verfolger immer näher und näher rückt, aber man kann sich nicht bewegen, und jeden Augenblick wird seine Hand einen zuerst antippen, danach packen, und die Angst vor diesem Moment lässt einen zusätzlich erstarren. Wenn man schließlich zur Besinnung kommt und doch noch einen Versuch wagt, ist es bereits zu spät –

ein Schuss.

Der Laut dringt zu ihr durch, doch noch immer kann sie sich nicht bewegen. Sie registriert Stimmen auf der Straße, sie träufeln in ihr Ohr, mit jeder Minute werden es mehr, schließlich ein Stimmenteich, Rufe, Schritte, die sich entfernen und wieder nähern, Mikileraq hört diese Geräuschkulisse, es ist ein einziger Ton, der an- und abschwillt, eigenartige Höhen und Tiefen birgt, eine Sprache, die aus Stimmen und Geräuschen besteht. Ihrer Haustür, die sich öffnet und schließt. Bestürzung. Ungeduld. Und nun erkennt sie ein Wort. Arzt. Und dann ein zweites. Tot. Sie wickelt das Tuch um ihren Körper, als sie bemerkt, dass sie fröstelt; sie geht zum Fenster, löst den Riegel und öffnet es. Erkennt auf der Straße eine Gruppe von Leuten, die sich über etwas oder jemanden beugen, sie mutmaßt, es müsse wohl ein Mensch sein.

Sie streift sich ihr Nachthemd über und verlässt das Badezimmer.

Vor dem *Pakhuset* steht die nächste Gruppe und wartet auf Einlass. Lars sieht sie von weitem, er erkennt sie an den glimmenden Zigaretten in der Dunkelheit, die Punkte, die hin und her wandern. Auf den Stufen vor der Bank und Post findet die Party derjenigen statt, die gar nicht erst versuchen werden, in die Bar eingelassen zu werden, sie haben ihr eigenes Bier mitgebracht und streiten um die letzte Dose, die in der Runde weitergegeben wurde, aber unter geheimnisvollen Umständen, noch bevor sie ausgetrunken werden konnte, verschwand.

Hej, du!

Lars dreht sich nicht um, geht weiter.

Hej! Du bist gemeint!

Lars spürt, wie jemand ihn am Arm packt und festhält.

Hast du Bier?

Er schüttelt den Kopf.

Hast du welches? Na sag schon!

Nein.

Er räuspert sich.

Nein!

Hast du Geld?

Nein.

Die Gruppe umringt ihn. Es sind auch Jugendliche dabei, die ihn im Heim besuchen, alte Bekannte, aber sie halten sich im Hintergrund, sie haben Angst, denkt Lars. Er hätte auch Angst.

Dann verschwinde.

Er macht sich bereit, um den Kreis, in den er eingeschlossen ist, zu durchbrechen, vorsichtig durch die Menschenkette durchzutauchen, als er an der Schulter festgehalten wird.

Warte.

Er hat das Bier ausgetrunken.

Der erste Schlag, weiß Lars aus Erfahrung, schmerzt am meisten, ein Schmerz, der noch Tage, manchmal Wochen nachhallen, in der Erinnerung stärker werden wird. Der zweite ist schlimm, nicht so schlimm wie der erste, aber schlimm genug, auch er wird im Gedächtnis bleiben, dort mit dem ersten verschmelzen, so dass dieser heftiger scheinen wird, als er eigentlich war. An die anderen wird er sich später kaum noch erinnern, weil er zu sehr damit beschäftigt war, sich vor ihnen zu schützen, das Einzige, dessen er sich entsinnen wird, ist, sich gekrümmt, den Rücken gewölbt und mit Händen und Armen die Schläge und Tritte abgewehrt zu haben, die von allen Seiten auf ihn einprasselten.

Ein Geräusch weckt Sara, sie meint, es könnte ein Schuss gewesen sein.

Sie geht zum Fenster und sieht hinaus. Sie sieht nichts weiter als das Dunkel, das in Amarâq zwar klarer, aber dichter zu sein scheint als in Kopenhagen und das die Welt um sie herum neu erschafft.

Sie knipst das Licht an, setzt sich an den Schreibtisch und beobachtet den Sekundenzeiger der Wanduhr. Erst in diesem Moment wird ihr bewusst, dass die Bewegung das Ticken auslöst, sie hat es nie so gesehen: Für sie waren Ticken und Bewegen immer separate Vorgänge, zwei Einheiten, die sich für einen Augenblick finden, getrennt werden, wieder finden und getrennt werden, und im Takt des Findens hatte sie die Choreographie eines wunderschönen Zufalls gesehen, der diese Begegnung ermöglichte, unendlich oft.

Sie wendet sich von der Uhr ab und ertappt sich dabei, dass sie wartet; sie fragt sich, worauf. Sie steht auf, öffnet die Seitentasche ihres Rucksacks, entnimmt ihr eine Schachtel. Geht ins Badezimmer, lässt kaltes Wasser in den Zahnputzbecher laufen.

Eine Gruppe Jugendlicher nähert sich Anders und Idi.

Komm, gehen wir.

Idi fasst Anders am Arm, zieht ihn mit sich. Er folgt ihr ein paar Schritte, weigert sich dann aber weiterzugehen, denn er beobachtet seinen Freund Morten, der eine Dose Bier in die Hand gedrückt bekommt und aus ihr trinkt. Er nähert sich ihm.

Hej Morten!

Hej Anders!

Morten lacht, schlägt Anders auf den Rücken, Anders zuckt zurück.

Kann ich auch?

Klar.

Morten gibt ihm die Dose. Anders nimmt einen Schluck, spuckt ihn aus. Morten wird in die Menge gezogen, Anders hört sie diskutieren, sieht sie in den Hosentaschen wühlen. Er schüttet das Bier weg, stellt die Büchse auf die Erde.

Komm jetzt!

Idi stupst Anders an. Anders ignoriert sie, lacht aber und winkt, als er Lars sieht.

Hej Lars!

Lars, der ihn immer grüßt, immer ein paar Worte mit ihm spricht, ignoriert ihn heute Nacht.

Komm endlich!

Idi verschwindet im Dunkel, und mit ihr Anders; von weitem hört er die Gruppe noch streiten.

In diesem Moment steht Per vor dem Haus seiner Kindheit und kann den Gedanken nicht abschütteln, dass alle Wege zu diesem einen Gebäude führen, zum Waisenhaus; dass die Straße, nein, dass ganz Amarâq so gebaut wurde, dass man auf dieses Haus zusteuern *muss*, selbst wenn man es nicht will und man noch so sehr versucht, ihm auszuweichen –

am Ende steht man doch wieder davor, vor der geschlossenen Tür.

Das Gewehr ist geladen.

Er hält den Lauf gegen seine Brust und drückt ab.

01:00

02:00

1 Die Illusion, glücklich zu sein an diesem Ort, der scheinbar mit drei Farben auskommt, Blau, Braun und Weiß, der bloß aus Wasser und Erde besteht, aus Fjorden und Bergen, aus Flüssen und Wolken, die ständig in Bewegung sind, so dass man, wenn man sich auf eine Beobachtung einlässt, mit der Zeit ihren Rhythmus entdeckt, ihren Atem, den Lauf einer Welt, die in ihrer Endlosigkeit dem Betrachter mit einer hartnäckigen Beständigkeit einflüstert, nichts anderes zum Leben zu brauchen als das, was man ist, somit einen auf sich selbst zurückwirft, auf eine Art und Weise, die so elementar ist, so brutal, dass sie einen bis auf die Knochen spüren lässt, was es bedeutet, unberührbar zu sein. Vielleicht ist es diese Unberührbarkeit, die nächste Stufe der Einsamkeit, die einem Angst einflößt, da sie den Anschein erweckt, diese Natur, die gerade aus ihrer Unerreichbarkeit Schönheit schöpft, wäre aus einem bestimmten Grund unberührt, doch dieser liege jenseits des Vorstellbaren –

nur manchmal, wenn sich die Wolkendecke hebt, das Licht der Sonne die Erde seziert, enthüllt sich die Stadt, entkleidet sie sich und wird je nach Anschauung detailreicher, farbiger, werden die Linien schärfer, die Konturen deutlicher, und etwas kommt zum Vorschein, das eine Sehnsucht stillt, von der man schon immer wusste, dass man sie besaß.

Amarâq ist sowohl ein Ort, der Sehnsucht entstehen lässt, als auch eine Projektionsfläche für jede Art Sehnsucht, weil ihm jede Eigenschaft zugeschrieben werden kann: Weil Amarâq alles ist, ist es zugleich nichts. Nichts, weil sich jeder in seiner Vorstellung von Amarâq bewegt und mit der Zeit die Fähigkeit verloren hat, das wahre Wesen der Stadt zu sehen.

So zog sie sich zurück und zeigt ausschließlich nachts, wie sie wirklich ist: wenn die Chronologie des Sehens aufgehoben ist. Im Schutz der Dunkelheit jedoch bleibt ihre echte Gestalt schemenhaft, skizzenhaft, so dass man lediglich vermuten kann, dass Amarâq ganz anders ist, aber festzustellen, worin diese Andersheit besteht, liegt jenseits des Vorstellbaren –

nur manchmal, wenn sich eine Wolkendecke bildet, die das Licht des Mondes gleichmäßig über der Erde bricht, verrät sich die Stadt, legt ihre Tarnung ab, und etwas kommt zum Vorschein, das eine Sehnsucht nährt, von der man nicht wusste, dass man sie besitzt.

Die Decke wirkt gebogen, wie in einer Höhle, auch die Wände laufen schräg aufeinander zu, und obwohl sie weiß gestrichen sind, haben sie die Farbe des Schattens angenommen, der in diesem Haus, auf diesem Flur heimisch ist, in den Ecken gezüchtet wird und von dort aus die Zimmer befällt. Feucht ist es hier, modrig, es riecht nach Regen, und wenn man genau hinhört, könnte man meinen, man höre Tropfen prasseln, denn die Zimmerdecke scheint bewölkt und immer einem Gewitter nahe. Still ist es, einsam, verlassen, unberührt die Oberfläche der Kommoden, Staub wächst in den Winkeln und auf der Sofahaut, die Kissen sind eingesunken, und zwischendurch tickt die Wanduhr, sie hinkt den Sekunden hinterher und doch bemüht sie sich, sie einzuholen, noch immer. Unter ihr lehnt eine Trommel, breit, aber flach, von der Magnus' Großmutter erzählte, sie habe seiner Urgroßmutter Frida gehört und sei hervorgeholt worden, wann immer der Pastor weggefahren sei, in eines der umliegenden Dörfer, um die Messe abzuhalten, oder nach Kopenhagen, um über die im Wachsen begriffene Schar der Gläubigen zu berichten, dann habe man ihm vom Hafen aus zugewunken und kaum sei er aus dem Blickfeld verschwunden, habe man begonnen, die Trommel zu schlagen, und es habe tagelang nichts anderes gegeben als Tanz und Gesang.

Das Leben habe sich normalisiert, für eine begrenzte Zeit, seufzte Kiiki und befingerte die Knöpfe des Radios, das noch ihre Eltern gekauft hatten und das in ihrer Kindheit jeden Tag gesprochen oder gesungen, von allen Ecken Grönlands berichtet hatte, nun aber, selbst wenn der Lautstärkeregler bis zum Anschlag aufgedreht war, schwer zu verstehen war: die Laute zusammengeschrumpft auf ein Wispern –

wie Kiiki selbst bloß noch ein Laut ist, ein Raunen aus jener Ecke des Raumes, die am weitesten vom Fenster entfernt ist, versteckt zwischen den Bücherregalen, die noch nie Bücher gesehen haben, dafür Zierteller mit blauen Zeichnungen vom dänischen Königspaar und von Singvögeln, ein schwarzer Gesang, so beschrieb einmal Magnus Kiikis Atmen, das die Melodie immer wieder unterwandert und mehrere Stimmen enthält, aber von nur einem Mund gesungen wird. Es wird von ihren Händen dirigiert, die sich zum Auf und Ab der Töne bewegen, und manchmal meint Magnus zu erkennen, dass Kiiki im Traum näht oder strickt, während sie die Geister begrüßt, die die Löcher im Stoff als Korridor in die menschliche Welt benutzen, und er erinnert sich, wie wichtig es Kiiki war, ihre Familie stets richtig gekleidet zu sehen, *es sei lebenswich-*

tig, betonte sie und erzählte von Frida, die die neuerbaute Kirche stets in einem Nachthemd reinigte, das von der Pastorsfrau ausgemustert worden und auf diese Weise in Fridas Besitz gelangt war, ein gelbes Kleid mit Rüschen und Schleifen, allerdings zu durchsichtig, um es nicht über dem Alltagsgewand, der zerschlissenen Hose und der mit Flecken übersäten Bluse, zu tragen; perfekt getarnt für die Kirche, so sah es Frida, praktisch unsichtbar inmitten der feinen, dänischen Sonntagsgewänder. Kiiki nähte Frida vor ihrem Tod noch ein Kleid und brachte an der Innenseite so viele Knöpfe wie möglich an, denn jeder einzelne würde den Übergang in die nächste Welt vereinfachen.

Sie revanchierte sich: Frida hatte Kiiki als Kind immer in Bubenkleidung gesteckt, denn Kiiki war kränklich gewesen, und verkleidet als Junge, hatte Frida gemeint, würde der Tod sie nicht erkennen.

Als Kiiki vor einem Jahr krank wurde und es klar war, dass sie sich nicht mehr erholen würde, beschloss Kuupik, sie zu Hause zu pflegen. Die ersten Monate verbrachte er im Wohnzimmer auf der Couch neben ihrem Bett, und bei jedem Geräusch richtete er sich auf und beobachtete gespannt ihr Gesicht: Wenn sie schlief, strich er kurz mit den Fingerkuppen über ihre Lider und Nase, erst dann legte er sich wieder schlafen. Tagsüber saß er ihr gegenüber und wartete auf einen Blick von ihr, das Aufeinandertreffen ihrer Augen, eine Begegnung, die ihm für den Rest des Tages genügen würde. Doch diese Treffen wurden weniger, Kiikis Augen leerten sich, sie selbst tauchte in ihnen kaum noch auf, Kuupik versuchte sie herbeizurütteln, an den Schultern, am Kopf, die Augen zum Öffnen zu bewegen, aber selbst dann lag in ihnen ein Dunst, der alles verdeckte; schließlich konnte ihr Blick nur noch enthüllen, dass es nichts mehr zu verdecken gab, denn Kiiki war gegangen, lange schon.

An diesem Tag packte Kuupik seine Sachen und zog ins Schlafzimmer. Er versorgte den Körper seiner Frau, wusch ihn, fütterte ihn, behandelte die rauen Stellen der Haut, lagerte ihn um, jede Stunde, aber er suchte nicht mehr den Kontakt. Er sah sie nicht, auch wenn er sie berührte: als wäre die Kranke schon tot. Dabei vergaß er, sich selbst und seine Familie zu versorgen. Die Tage, an denen Magnus auf die Essensrationen in der Schule angewiesen war, wurden häufiger. Kuupik zog sich immer mehr in einen Kokon zurück, in dem nichts anderes Platz hatte als die Vergangenheit. Die Gegenwart, den Schmerz, sperrte er aus –

und mit ihm seinen Enkel.

Magnus presst sein rechtes Ohr an die Zimmertür seines Großvaters und lauscht.

Er flüstert: Wir können anfangen. Er schläft.

Das Bett ist leer, Jørn ist nicht da, Mikileraq kriecht unter die Bettdecke, dicht an den Rand der Matratze, gräbt ihr Gesicht ins Kopfkissen. Stellt sich schlafend, als sie den Schlüssel im Schloss hört, das Abtreten der Schuhe auf der Matte, die Schritte auf der Treppe, Jørns Schritte, sie würde seinen Gang jederzeit erkennen.

Miki? Schläfst du?

Sie atmet tief ein und aus, bemüht sich um Gleichmäßigkeit.

Miki, wach auf.

Sie überlegt, wie lange es möglich ist, dem Gespräch auszuweichen, sie weiß, er kann sehr hartnäckig darauf bestehen, seine Gedanken zu besprechen, die Ereignisse des Tages.

Schrecklich ist das, schrecklich.

Was?

Sie gibt nach, dreht sich ihm zu, langsam, umständlich.

Hast du den Schuss nicht gehört?

Nein.

Sie verbessert sich.

Vielleicht. Ich habe geduscht.

Jørn gleitet von der Bettkante, er geht auf und ab, während er spricht, die Hände sitzen mal in den Taschen, mal gestikulieren sie wild, wie unabhängig von den Worten, die er spricht.

Ein Selbstmord, mitten auf der Straße.

Sie versucht, sein Gesicht im Dunkel zu erkennen, das Licht, das durch die Jalousien fällt, reicht kaum aus.

Wer hat versucht sich umzubringen?

Er war nicht einmal zwanzig Jahre alt, oder gerade zwanzig.

Hat er überlebt?

Nein.

Die Nächte sind jetzt erfüllt von Wind und Zerstörung, erinnert sie sich gelesen zu haben, und sie ergänzt für sich selbst: Die Nächte haben sich gefüllt, der Sommer ist zerstört, die Winde kehren zurück.

Jørn setzt sich wieder neben sie. Plötzlich dreht er sich ihr zu, sieht sie lange an, unverwandt.

Er ist noch auf der Straße verblutet. Hat sich in die Brust geschossen.

Sie wendet sich ihm zu.

Wer?

Wie hieß er doch gleich?

Jørn trommelt mit den Fingern auf dem Kissen.

Per, glaube ich.

194

In diesem Moment gibt es bloß den einen Gedanken, den einen Satz, der in Mikileraqs Kopf immer lauter und lauter wird: Die Nächte haben sich gefüllt, der Sommer ist zerstört, die Winde kehren zurück.

Ein bewusstlos geschlagener Mensch unterscheidet sich äußerlich von einem schlafenden Menschen durch nichts, außer durch das Blut im Gesicht, selbst seine Haltung, zunächst noch gekrümmt, löst sich in der Bewusstlosigkeit auf. Der Schmerz, der im wachen Zustand im Körper wütet, wird vom erzwungenen Schlaf geschluckt –

und doch gibt es einen Unterschied, denn die Stille, die über Lars liegt, ist eine andere. Sie ist lauernd, als wüsste sie genau, dass sie jederzeit durchbrochen werden kann, denn sie ist unnatürlich. Sie hinterlässt Spuren, und dies ist ihre Achillesferse, sie ist viel zu sichtbar, darin liegt ihre Zerbrechlichkeit und Endlichkeit.

Wenn Lars erwacht, wird sie zerstäuben, dann aber wird der Schmerz ihren Platz übernehmen, und erst, wenn er ihn abgeschüttelt hat, wird er aufstehen können, die Füße aufsetzen und die ersten Schritte gehen, denn er wird sich erinnern, dass er etwas Wichtiges vorhat –

er wird sich beeilen, obwohl jeder Schritt eine Qual ist, aber ein Bild wird ihn zum Laufen bringen, eines, das sich hinter seiner Traurigkeit verbirgt. Er fürchtet, dass es sich wiederholen wird, aber er glaubt, dass er dies verhindern kann, also rennt er trotz der Schmerzen, er rennt, weil er Magnus und Ole retten will, und vor allem sich selbst.

Anders und Idi kommen am Buchgeschäft vorbei, das Emilia durch einen Anbau aus Holz vergrößern ließ. Er kam mit der üblichen Ladung Baumaterial mit Sommerbeginn aus Island gesegelt und ist halb so groß wie das ursprüngliche Häuschen, in dem es nicht nur Bücher gibt, sondern auch eine Theke mit Süßigkeiten, französische Kaffeetische aus schwarzem, geschwungenem Stahl und eine Tiefkühltruhe, die ausschließlich Äpfel und Birnen beherbergt, daher auf Sommertemperatur läuft, einer Temperatur, die Emilia nach jahrelangem Experimentieren als optimal befand, um eine möglichst lange Haltbarkeit und Genießbarkeit der Früchte zu erreichen.

Emilia ist groß, riesig nach ostgrönländischen Maßstäben, und blondgelockt, die Locken sind rund und breit, so dass man durch jeden einzelnen Kringel hindurchsehen kann. Ihr Gang erinnert an ein Schiff, das sich durch wütende Wogen kämpft, aber ihre Stimme ist so leise und heiser wie die der Großmutter, die sich, nachdem sie jahrelang in die Ohren ihrer Umgebung geschrien hat, von einem Tag auf den anderen in sich zurückzog. Emilia hieß früher Emil und war Richter in Dänemark, bevor sie nach Amarâq kam, um die zu sein, die sie in Århus nicht hatte sein können. Sie lebt allein, hier am Ende der Welt, und immer helfen in ihrem Laden Arbeitslose aus, auch Anders war unter ihnen, ehe er das Bestücken der Regale, das Fegen des Bodens und das Bedienen der Kaffeemaschine von einem Tag auf den anderen aufgab.

Hinter dem Buchladen führt ein schmaler Pfad am Seiteneingang der Kirche vorbei zur Schule und zu ihrem Nebengebäude, einem schwarzbraunen Glashaus mit flachem Dach und einem unscheinbaren, weißgetünchten Verbindungsgang. An einer Stelle stößt das Haus an den Hügel, der es umgibt, Anders hat sie gesucht. Mit einem Fuß bleibt er auf dem Hang stehen, während er mit dem anderen nach dem Glas tritt, die Scheibe bricht. Er steckt seine

Hand durch das Loch, tastet nach dem Griff, drückt ihn hinunter, das Fenster öffnet sich.

Momente der Klarheit: So selten sind sie, dass sie, wenn sie da sind, unwirklich erscheinen, unwirklicher als die Wachträume, die Anders als seine Wahrheit akzeptiert, nun, da seine Wirklichkeit ihr Aussehen geändert hat, ihren Geschmack, ihren Geruch, ihre Struktur. Doch jedes Mal, wenn er auftaucht und nach ihr schnappt, ihr, die ihm trotz allem vertraut ist, scheint sie ein Stück weiter weggerückt zu sein.

Komm, Idi.

Er steigt auf den Tisch, springt von der Tischplatte auf den Boden, geht ein paar Schritte nach rechts, seine Beine wissen genau, was sie tun, er tastet die Wand ab, ein Knipsen, das Licht geht mit einem nervösen Blinken an: Sie sind umgeben von Computern auf breiten, grauen Tischen. Sie sind im Internetcafé der Schule, das Café ist der Getränkeautomat in der Ecke.

Er fährt einen Rechner hoch und grinst.

Setz dich.

Drei Wochen sind vergangen, seit Sara aus dem Hubschrauber stieg. Sie konnte sich kaum noch an diesen Teil ihrer Kindheit erinnern, die endlose Weite der Landschaft verunsicherte sie, und es verwirrte sie, dass das Land nicht leer, sondern in einem erstaunlichen Ausmaß gefüllt war. Fast schien ihr, sie sei geschrumpft oder habe eine Zeitreise gemacht und sei in der Vergangenheit gelandet, als sie noch weniger als einen Meter maß.

Während sie sich genauer umsah, Erde und Steine in die Hand nahm, die Luft tief einsaugte, als wäre diese ein Getränk und ihre Nase ein Strohhalm, traf sie die Erkenntnis, dass sie nicht in der Vergangenheit, sondern in ihrem Inneren angekommen war: Dieses Land war magisch, es verband, verknüpfte eines mit dem anderen, etwas geriet an die Oberfläche, etwas, das in der Vergangenheit viel bedeutet hatte, und Vergangenheit war es, die sie fand, das Tor zu einer Zeit, die damals noch Glück versprochen hatte. In ihrer Seele müsste es so aussehen, wenn man sie bereisen könnte, dachte sie, genau so und nicht anders, es gäbe klar definierte Flächen, Berge, die trotz ihrer Höhe, aber wegen ihrer Breite wie Ebenen aussehen, die ineinandergreifen und auseinanderklaffen, endlose Flächen von Wasser, die nicht nur Fenster wären, durch die man in die Tiefe sieht, sondern auch Öffnungen, durch die man aus der Tiefe angesehen wird: Augen.

Als Sara auf der einzigen Straße Amarâqs durch die Stadt trabte, sie ging nicht, sie lief, denn sie hatte es eilig, das zu sehen, was sie all die Jahre mit Heimat verbunden hatte, glaubte sie diesen Geruch wiederzuerkennen, den Geruch nach Feuchtigkeit, Regen, Fjord und Fischen, den Geruch nach feuchtem Holz und etwas, das sie nicht identifizieren konnte, einen eigenartigen Duft, der in so geringer Menge vorhanden war, dass er lediglich auffiel, wenn man mitten in ihm stand, und trotzdem etwas in ihr auslöste, das sie Erinnerung nennen wollte –

und während sie lief, erinnerte sie sich auch an das Haus ihrer Kindheit, an seine rote Farbe, die sieben Stufen, die auf die Straße führten, und als sie die Tür des Hotelzimmers öffnete, glaubte sie sich in ihr altes Zimmer versetzt, sie sah das Gestell, in dem die Bücher über-, unter-, neben- und aufeinandergestapelt und -gesteckt waren, als versuchten sie, sich mit aller Kraft ins Regal zu zwängen, sie erinnerte sich an den von ihrem Onkel mit Rest-

holz gezimmerten roten Anhänger in Form einer Blockhüt-
te, in dem sie so gerne übernachtet hatte, und sie erinnerte
sich daran, mit einem Roller, den sie eines Tages bei den
Kühlschränken an der Küste gefunden hatte, auf den großen, flachen Steinen im Wasser gefahren, weniger gefahren, als vielmehr im Fjord gestanden zu sein, aber immer
wieder mit einem Bein Schwung geholt zu haben, als würde diese kleine Bewegung den Roller, nein, den ganzen
Stein zum Schwimmen bringen, mit dem sie wegsegeln
würde, weit, weit weg –

plötzlich gefiel es ihr, zu beobachten, wie sich die Welt
mit jeder wiedergefundenen Erinnerung veränderte, vervollständigte, und sie genoss es, ihnen nachzuspüren, als
wären sie Pflanzen, die an verborgenen Plätzen wachsen,
verstreut, da und dort waren sie zu sehen, manchmal lediglich die Blätter, Stacheln, Härchen, der Rest lag im
Schatten. Als sie wusste, wie die Blume in ihrer Gesamt-
heit aussah, hörte sie auf, nach den Bestandteilen zu suchen: Sie hatte endlich das Dunkel entziffert.

Es ist kurz nach eins. Sara steckt die Tablette in den
Mund und lässt sie auf der Zunge zergehen. Sie möchte
die Bitterkeit schmecken, ehe sie sie schluckt.

2 Sie wickeln die Tücher um die Bettpfosten, machen einen Knoten. Setzen sich auf den Teppich, dicht an die Pfosten, schlingen die Enden jeweils einmal um ihren Hals und knoten sie unter dem Kinn zusammen. Sie arbeiten synchron, die Bewegungen sind koordiniert, geübt.

Magnus räuspert sich und schluckt.

Das sitzt wirklich fest.

Er lächelt.

Ole nickt aus Versehen. Hustet.

Sie sehen einander aus den Augenwinkeln an. Wagen es nicht, die Köpfe zu wenden.

Ich hätte das Licht löschen sollen –

flüstert Magnus, beginnt am Knoten zu nesteln, der sich widerwillig löst. Er steht auf, er steht unsicher, die Beine zittern ein wenig.

Er knipst das Deckenlicht aus, bleibt unschlüssig stehen.

Wir wollten Lars anrufen. Sollen wir das jetzt machen?

Ja.

Magnus greift nach dem Telefon, wählt Lars' Nummer, lässt es so lange klingeln, bis sich der Anrufbeantworter meldet.

Er hebt nicht ab. Sollen wir ihm eine Nachricht hinterlassen?

Ich weiß nicht. Was meinst du?

Nein. Er wird mit deinem Messer und meinem Foto ohnehin nichts anfangen können.

Ole senkt den Blick.

Gut.

Magnus setzt sich wieder auf den Boden, rutscht zum Bettpfosten, nimmt den Schal, wickelt ihn um das Bettende und um seinen Hals, verknotet ihn unter seinem Kinn, Straßenlicht fällt auf die Wand, auf die Abbildungen, die Magnus aus Zeitschriften und Schulbüchern geschnitten hat, Fotos von *unfassbarer Schönheit*, wie er fand, bis vor einem Jahr, als er damit aufhörte, weil er sich nicht mehr erinnern konnte, warum er damit angefangen hatte. Es ist immer das gleiche Motiv: ein Sandstrand, im Hintergrund das Meer, so blau, dass es direkt in den Himmel überzugehen scheint, aber kein Horizont –

auf allen Bildern fehlt der Horizont.

Mikileraq weiß nicht mehr, wie sie in die Sportschuhe, in Jørns Jacke und auf die Terrasse kam. Dann entdeckt sie die Zigarettenschachtel in ihrer Hand sowie das Feuerzeug, und erinnert sich vage, dass sie murmelte, sie müsse eine rauchen, und schnell das Schlafzimmer verließ, bevor sich etwas in ihrem Gesicht spiegelte, das sie verraten würde. Er sah ihr verwundert nach, aber er wusste, dass sie sehr heftig reagieren konnte, und der Tod eines jungen Menschen genügte ihm als Erklärung. Er fragte noch, ob er sie begleiten solle, sie antwortete nicht.

Sie raucht nicht. Steht vor dem Haus und starrt in den Himmel. Sie kann gerade jetzt, gerade heute die Enge Amarâqs schwer ertragen.

Sie erinnert sich, dass sie sich als Jugendliche so sehr nach einem anderen, wie sie glaubte: freieren, Leben sehnte, dass sie die Zeitschriften aus dem Gepäck der Touristen klaute und die Fotos stundenlang betrachtete, als könne ihr Blick allein sie in diese Welt katapultieren. Wie wun-

derschön ihr all das erschien, was in den Magazinen erstarrt war, und diese Schönheit war unvergänglich. Vielleicht aber war es nicht Schönheit, die eingefangen worden
war, sondern die Sehnsucht, die in all der Schönheit versteckt gewesen und für einen Moment an die Oberfläche
gekommen war, einzig für das Auge der Kamera, und es
war ihr unerträglich, dass sie das Schöne lediglich aus einem Heft kennen sollte.

Als sie sich bei einem Sturz den Arm brach, bot sich ihr
ein Ausweg. Kein Sturz eigentlich, das hatte sie niemandem anvertraut, Sørensen hatte es dennoch gewusst, kein
Sturz, sondern der klägliche Versuch, das Sehnen zu beenden und sich von der Sucht zu befreien, wie leicht war es
ihr erschienen, in der Theorie. In der Praxis hatte sie die
Furcht überwältigt und ausrutschen lassen, der Fall wurde
abgefedert und bloß ein Knochen verletzt. Eigenartig, auf
diesem Felsen auszurutschen und sich zu verletzen, sagte
er, eigenartig bei einer so geschickten Person wie dir, und
er streichelte ihren Oberschenkel, bei jeder Visite glitten
seine Hände ein Stückchen weiter hinauf, und sie sagte
nichts, denn es erschien ihr harmlos, für diese Art von
Aufmerksamkeit war er bekannt.

Während er seine Hände wandern ließ, befragte sie ihn
nach dem Leben außerhalb, er antwortete ihr, fütterte ihre
Träume, bis sie nicht anders konnte, als seinen Vorschlag
anzunehmen, im Tausch gegen ein Telefonat. Er kenne
wichtige Menschen, er werde sie kontaktieren, um ihr ein
Stipendium für Kopenhagen zu verschaffen, sagte er, sie
brauche nur stillzuliegen.

Vier Monate später war sie schwanger.

Während Idi unter Fluchen, Lachen und mit verbissener Miene Außerirdische abschießt, die Schüsse dringen trotz Kopfhörer nach außen, umtänzeln ihren Kopf, ein akustischer Heiligenschein, weniger ein Schein, vielmehr ein Igelkopf, denn die Töne rattern, pieksen und stechen, erwandert Anders die Schule von der Ecke der Bibliothek aus, in der sich die Rechner mit Internetanschluss befinden, allesamt ausgemusterte Modelle, die ans Ende der Welt geschickt wurden, um aus Absendern Wohltäter zu machen.

Seine Absätze schmatzen auf dem glatten Steinboden. Durch die Glasfront, die auf den Spielplatz hinausgeht, dringt das Licht der Nacht, eine Mischung aus Monden- und Lampenschein, und verwandelt die Geräte auf dem Platz, die Schaukel, die Kletterburg und die Rutsche, in bizarre Bäume und zu Schatten erstarrte Tiere, und Anders tritt, mit jedem Blick, den er in diese Welt ausschickt, in sie ein und wird zu einem Teil von ihr. Bald glaubt er, die Kiste ausrauben zu müssen, die direkt hinter der Schaukel steht: Mikileraqs Kiste mit den verdorrten Stiefmütterchen. Er leert den Blumentopf aus, schüttet die Erde und Steinchen in einen Plastikbeutel, den er in seiner Brusttasche verwahrte, und freut sich, dass er nicht beim Diebstahl erwischt wurde –

wie Svea-Linn, die geschnappt und in ein Gefängnis gebracht wurde, aus dem sie nie wieder zurückkam; allerdings war sie keine Diebin gewesen, sondern eine Mörderin.

Wenn Sara ehrlich wäre, müsste sie zugeben, dass sie nicht nach Amarâq gekommen war, um ihre Heimat zu finden; sie kam wegen Henning Løvgreen zurück.

Sie lernte Henning in Kopenhagen kennen, nach der Messe der grönländischen Gemeinde, er schien auf jemanden zu warten, sie sprach ihn an, fragte, ob sie ihm helfen könne, er antwortete, er wolle sich bloß umsehen, und fragte, ob sie mit ihm einen Kaffee trinken würde, und sie sagte, ja, gerne, obwohl sie wusste, dass in ihrem Leben, so wie es ihr Plan vorsah, kein Platz für eine zweite Person war, und doch rückten sie an diesem Nachmittag enger zusammen, als sie es sich jemals gestattet hatte.

Bald wuchs in ihr eine Zärtlichkeit für Henning, die sie in dieser Form für noch niemanden empfunden hatte, eine Zärtlichkeit ohne Ziel, ohne Zweck, die immer dann auftauchte, wenn sie an ihn dachte oder ihn ansah, aber mit einer Traurigkeit unterlegt war: Durch ihn erfuhr sie, dass Unerreichbarkeit schmerzt. Eigentlich war Unerreichbarkeit nicht das richtige Wort, er war ständig in Bewegung, mal kam er ihr so nahe, dass sie glaubte, seine Gedanken sehen zu können, mal entglitt er ihr, und sie konnte nichts dagegen tun, aber es bedrückte sie, denn er schien nur fern von ihr wirklich glücklich.

Äußerlich war er das Gegenteil von ihr, hell, fast durchsichtig, die Augen hatten die Farbe von Luft, wenn sie vom Licht der Sonne so stark verdünnt wird, dass lediglich ihre Essenz übrig bleibt, und wenn er sich bewegte, war er kaum zu hören. Er erinnerte Sara an einen Unsichtbaren, der nur von Zeit zu Zeit und durch Zufall sichtbar wird: die Art, wie er sprach, wie er bestimmte Wörter betonte und am Ende des Satzes in ein Schweigen rollte.

Manchmal meinte sie, er wäre ihre Erfindung, ein imaginärer Freund, den lediglich sie sehen konnte, so imitierte sie seine Art zu sprechen, ein Wispern, Rascheln von

Wörtern, aber nur still war es möglich, dieses Geheimnis zu wahren, also schwieg sie, wenn sie allein war.

Mikileraq beobachtet den Rauch, der, aus einem Schornstein befreit, kompakt durch die Luft schwebt, und sie fragt sich, ob sie trauern soll, und kommt zu dem Schluss, dass dies nicht notwendig ist, denn sie gab das Kind auf, sie gab den Sohn auf, von dem sie annimmt, dass es Per war, sie entschied sich gegen ihn und für eine Zukunft, ein Leben mit ihm wäre keines gewesen, und sie weiß, dass sie, als sie ihn aufgab, nichts aufgab.

Sie lässt die Zigarette sinken, steckt sie zurück in die Packung, klopft die Erde von den Sohlen. Sie wird sich zu Jørn ins Bett legen, sie wird schlafen, nichts wird sie aus der Ruhe bringen, die sie sich erlog, als ihre Tante sie fragte, wer der Vater des Kindes sei, und sie antwortete, und es erschien ihr damals nicht als Unrecht, denn er hatte sich einen Tag zuvor umgebracht, dass es Iven sei. Ihre Tante bemitleidete sie und beklagte es nicht, dass sie das Kind aufgeben wollte.

Warum bin ich zurückgekommen, fragt sie sich, während sie die Jacke an den Haken hängt, sie hatte nichts anderes gewollt, als wegzugehen, warum die Reise zurück, warum der Entschluss, sich an dem Ort anzusiedeln, den hinter sich zu lassen sie nicht hatte erwarten können?

Jede Nacht stand ein Bild vor ihren Augen, die Ebenen, so unüberschaubar, so unendlich weit, und anfangs wunderte sie sich über sich selbst, sie hatte nicht damit gerechnet, die Heimat zu sehen, doch mit der Zeit wandelte sich das Bild, es begann sich zu bewegen, zu der Ruhe der Täler kam das Geräusch des Wassers, schließlich die Klänge des Windes, und ab diesem Moment stand Mikileraq nicht mehr am Rand des Hügels und sah den Abhang hinab, sondern sie breitete die Arme aus und flog über ihn hinweg.

Diese Art von Freiheit suchte sie vergeblich in Dänemark, eine Freiheit, deren Ursprung in der Unendlichkeit liegt –

mutierte Endlichkeit: Hinter jedem Berg, hinter jedem Anstieg lauert ein Ende, eine Steilküste mit einem Abgrund, der in etwas führt, das noch keinen Namen trägt, von dem jedoch ein Schweigen ausgeht, das in alles kriecht, was zu Amarâq gehört, und sich schließlich in Ungerührtheit verwandelt, in gefrorene Zeit, sie vergeht, da gefroren, unendlich langsam.

Amarâq gaukelt Unendlichkeit vor, weil die Natur, die es umgibt, alles in seiner Nähe Befindliche mit ebendieser ansteckt. Der Teil Amarâqs, der Stadt ist, ist unendlich, weil sich nichts in ihm jemals ändert. Die kleinen Veränderungen, die passieren, verändern nicht den Zustand der Dinge, jede Veränderung wird von der Zeit verschluckt und bleibt unbemerkt. Selbst die Existenz des Menschen ist unendlich, da das Individuum und die Gemeinschaft eins sind und der Einzelne unsterblich durch die Gruppe –

Magnus lässt sich zuerst in die Schlinge fallen. Drückt seinen Rücken durch, die Schultern fallen nach vorne, der Kopf hält sein Gewicht, noch. Ole beobachtet seinen Freund beim Sterben, unfähig mitzumachen, wie es abgesprochen war, aber auch nicht fähig, die Augen abzuwenden. Nun, da die Gefriertruhe aufgehört hat zu brummen, füllt der Tod den Raum und erzeugt eine Enge, die es noch einmal so schwer macht, aufzustehen, die eigene Schlinge zu lösen und die des Freundes. Stattdessen starrt Ole auf Magnus, den kleinen Magnus, wie er in Amarâq genannt wird, doch er sieht ihn längst nicht mehr, seine Augen haben ihre Funktion aufgegeben, und nicht nur sie, sein ganzer Körper ist erblindet.

Die Schulküche ist eine Höhle aus Schnee und Eis, der Schnee lediglich fester, weißer, glatter, das Eis bläulich, seine Oberfläche trocken und warm, und hinter den Eisfassaden liegt der Wintervorrat in Papierpaketen und Dosen, eingewickelt in Zellophan oder in Plastikbeuteln, die verschneiten Ebenen aber sind leer, unberührt. Es ist hier leicht, seine Spuren zu verwischen.

Anders liegt auf den weißen Fliesen und starrt zur Decke, er blinzelt, denn er meint, schneeblind zu werden bei all dem Weiß, das ihn umgibt, zugleich wächst während des Zwinkerns die Arktis weiter, wird bevölkert von Tieren, die sich, noch zu scheu, erst später zeigen werden, Pflanzen, winzig kleine, verdeckt vom Schnee, schlafend, wartend auf den Frühling, arktischer Mohn, gelbblütig, Glockenblumen, blaublütig, schwarze Krähenbeeren, die dunkelroten Blüten der Rauschbeere und Wollgräser mit wuscheligen Köpfen, und er fügt Geräusche hinzu, verschiedene Schattierungen polarer Stille, Abstufungen von Wassergeräuschen, das Tosen, Plätschern, Pritscheln und Tropfen; schließlich ist seine Welt fertig.

Wenn er auf die Decke blickt, spürt er den Wind und die Kälte, die sich durch seine Jacke frisst, aber nicht bei den Finger- und Fußspitzen beginnt, sondern am Rücken und sich von dort bis zu den Zehen vorarbeitet, als Erstes jedoch durch die Haare in den Kopf eindringt und ihn schläfrig macht, und Anders denkt, ich schlafe gerne im Winter, dann schläft es sich anders, etwas leiser ist es, es dominieren vereinzelte Wolkenstimmen, das Rauschen der Luft ersetzt das Rauschen des Fjordes, und die Kühle des Eises drückt sich durch die Kleidung in den Körper und friert die Gedanken ein –

und er streckt sich, spreizt die Beine, breitet die Arme aus, versuchshalber, sie sind übersät mit blauen Flecken, Schrammen, Quetschungen, und an seinem Hals ist eine Narbe zu sehen, der verheilte Abdruck eines Stricks.

Henning war es, der Saras Leben eine Chronologie gab, der es Stück für Stück zusammensetzte. Als Däne öffneten sich ihm Türen, von denen Sara nicht einmal gewusst hatte, dass sie existierten. Er stöberte in den Archiven, ließ sich unter Verschluss gehaltene Dokumente vorlegen, indem er den Verantwortlichen seinen Studentenausweis unter die Nase hielt und erklärte, er betreibe Eskimostudien in diesem Sackgassenhaus in der Strandgade, Sie wissen schon, das nächste saubere Klo für die Verrückten in Christiania, Henning senkte seine Stimme verschwörerisch, natürlich, breites Grinsen, hier hast du, aber lass es ja nicht herumliegen. Diese Papiere erklärten, wer Saras Großeltern gewesen waren, außerdem, wer Edvard und Kunna ermordet haben könnte.

Schon 1977 war Qertsiak stark geschrumpft, weil die Bevölkerung in Scharen, so sahen es zumindest die Bewohner Amarâqs, in die Hauptstadt zog, in der Hoffnung, vor Ort Arbeit zu finden oder in den Westen gebracht zu werden, wo sie in einer der zahlreichen neuen Fischfabriken angestellt wurde. Dänemark hatte vier Jahre zuvor in einem Referendum gegen den Willen Grönlands für den Beitritt in die Europäische Gemeinschaft gestimmt, seither hatte es eine Auflage nach der anderen für grönländische Fischer und Jäger gegeben, so dass in diesen Tagen, vor allem im Osten Grönlands, diejenigen, die entweder nicht anders konnten oder wollten, die Reste der Gesellschaft, so wurden sie genannt, die *Unverbesserlichen*, in den Dörfern aufgefangen wurden, als wären es Siebe für alle Asozialen.

In Qertsiak blieben lediglich fünf Familien übrig, ein Clan, der alle und alles kontrollierte, und Kunna. Kunna war die Letzte ihrer Familie, ihre Geschwister, Eltern und nahe, aber auch ferne Verwandte waren im Lauf der Zeit gestorben, viele an Krankheiten und viele, vor allem der männliche Teil, so glaubte sie, waren Opfer der Blutrache geworden. Dass sie und die vermeintlich rachsüchtige Familie Nachbarn waren, ließ Kunna gleichgültig, denn sie glaubte sich durch ihre Heirat mit dem Dänen, der sie und ihre Landsleute trotz allem und mit großem Genuss als Wilde bezeichnete, sicher –

diese sahen es anders: Kunna hatte sie verraten.

Eines Tages schlich ein Schüler Edvards und Mitschüler Konrads auf das Schiff und erschoss mit der Mørch'schen Faustfeuerwaffe das Ehepaar und, nachdem er in eine abgelegene Bucht gefahren und an Land geklettert war, in den Bergen, im Schutz der menschenhohen Steine auch sich selbst. Man entdeckte den Toten kurz vor Kristina Olsens Abreise und versuchte den Fund vor der Pathologin geheim zu halten, doch diese riskierte es, eine weitere Woche in Qertsiak festzustecken (das Frachtschiff wollte nicht warten), und führte die Autopsie durch, aus der sie schloss, dass die drei Todesfälle aufgrund des Todeszeitpunkts und der Art der Schusswunden wahrscheinlich zusammenhingen.

Familie Tukula schien der Tod des ältesten Sohnes nicht zu berühren, sie kämpfte weiterhin für die Unabhängigkeit Grönlands; an Todesfälle war sie gewöhnt.

Das Fenster ist gekippt, im Moment ist es windstill. Die Kälte dringt langsam ein, Zentimeter für Zentimeter, dann kommt der Abendwind auf, zerbläst den Wolkenvorhang, und der Mond taucht den engen Raum in bläulich weißes Licht, das, in Finger verwandelt, nach Magnus und Ole greift, man könnte glauben, es hätte die Holzdecke aufgebrochen.

Sobald der Atem des Windes verklungen ist, jaulen die Hunde, ausgesetzt an den Ufern des Flusses, sie leben in Erdlöchern und singen im Rudel, angesteckt vom Solisten, dessen Gesang, noch vereinzelt, noch dünn, zur Dunkelheit gehört wie das Rauschen des Windes und die Unsichtbarkeit: Die Nacht lässt vieles zu, was im Tageslicht unmöglich erschien, auch das Sterben –

als stürbe es sich im Finstern leichter, im Licht muss man sich dafür schämen.

Ole lässt sich in die Schlinge fallen.

3 Mikileraq begegnete Iven am Hafen, er vertäute
sein Boot, blickte kurz auf, als sie vorbeiging, und grüßte.
Sie zögerte kurz, bevor sie seinen Gruß erwiderte, dies war
das erste Mal, dass er sie ansprach. Normalerweise hätte
sie ihn ignoriert, denn sie war zu schüchtern, um mit
Fremden zu sprechen, doch sein Blick hielt sie fest, zwang
sie, etwas zu erwidern, vielleicht war es die Dringlichkeit,
mit der er sie ansah, als hätte er ihr etwas Wichtiges zu
sagen. Sie murmelte *hej* und ging schnell weiter, mit abgewandtem Blick, beschämt, dass sie sich so linkisch benommen hatte.

Vier Tage später fand sie heraus, dass die Übelkeit, die
sie morgens minutenlang ins Bad sperrte, eine Nebenwir-
kung der von Sørensen verschriebenen Schwangerschaft
war; am selben Abend, nachdem sie auf dem Heimweg
vom Krankenhaus gehört hatte, dass sich Iven in der Nacht
zuvor erhängt hatte, gestand sie ihrer Tante, dass sie ein
Kind erwarte, aber dass sie es nicht behalten werde, denn
sie wolle in Kopenhagen studieren. Was der Vater des Kindes dazu sage, fragte die Tante. Nichts, antwortete sie, und
ehe sie es überdenken konnte: Er ist tot.

Erst als die Schwangerschaft schon so weit fortgeschrit-
ten war, dass eine Abtreibung nicht mehr in Frage kam,
begann sie sich Sorgen zu machen, was wohl geschehen
würde, wenn man entdeckte, dass das Kind wie ein Däne
aussah. Ihre einzige Sorge war, Sørensen zu schützen, nur
dann würde er sein Versprechen halten. Sie tröstete sich
damit, dass sie selbst einen hellen Teint und eher europä-

ische Gesichtszüge hatte, man sich also das Aussehen des Säuglings so erklären könnte, und überhaupt, dachte sie, Neugeborene sehen alle gleich aus, und später, später würde es sie nicht mehr kümmern, denn sie wäre entkommen.

Sie wird das Licht nicht anknipsen, sie fühlt sich in der Dunkelheit wohl. Sie öffnet den Küchenschrank, räumt Töpfe und Pfannen heraus, stapelt sie auf der Theke. Greift in die hinterste Ecke und holt ein Päckchen hervor, eingewickelt in ein braunes Kuvert. Sie befühlt die Verpackung, aber lässt sie verschlossen.

Lars kann sich nicht dazu entschließen, an Kuupiks Haustür zu klopfen, was, wenn er sich alles eingebildet hat und die Jugendlichen friedlich schlafen, was, wenn er dem Alten, der ohnehin durch die Krankheit seiner Frau mitgenommen ist, zusätzliche Sorgen bereitet, was, wenn ...?

Er umrundet das Haus, sieht hinauf zu Magnus' Fenster, es ist dunkel, und er denkt, dass dies ein gutes Zeichen sei, das Licht würde wohl noch brennen, hätten die zwei getan, was er befürchtet, und er dreht sich um und will wieder nach Hause gehen, er glaubt, sich von der Harmlosigkeit der Situation überzeugt zu haben, vielleicht glaubt er auch, Opfer eines Streiches geworden zu sein, als er doch einen Blick durch das Küchenfenster riskiert und die Schuhe bemerkt, einzelne und Paare, wild durcheinandergeworfen, Sockenknäuel, Tücher, Kleider und Bücher bedecken den Boden, so dass er den Schluss ziehen muss, es habe einen Kampf gegeben, zumindest eine Auseinandersetzung, und doch kurz klopft, zaghaft zunächst, dann mutiger, kräftiger, und schließlich, als er noch immer keine Antwort erhält, die Tür öffnet und eintritt.

Ein leises Pochen aus dem ersten Stock, eine Spur zu

unauffällig, zu bedacht auf Tarnung, dringt an seine Ohren. Fast hätte er es überhört, abgelenkt durch den Teich von Gegenständen, durch den er watet, dann aber schießt es ihm durch den Kopf, dass der Laut aus Magnus' Zimmer kommt und es genau die Art von Geräusch ist, die er verhindern wollte.

Er hastet die Stufen hinauf.

Idi strolcht in der Küche herum, öffnet den Kühlschrank, holt eine Packung Orangensaft heraus, setzt die Öffnung an den Mund, nimmt einen großen Schluck und stellt sie wieder zurück. Lässt sich zu Anders auf den Boden fallen.

Hej. Gehen wir?

Anders antwortet nicht, er liegt auf den Fliesen vor der Glaswand, der Oberkörper leicht aufgerichtet durch die aufgerollte Jacke.

Mir ist langweilig.

Idi legt sich neben Anders, versucht die Jacke unter ihm hervorzuziehen, Anders rutscht ab, Idi lacht, sie ringen um den Anorak, der Ärmel reißt ein.

Scheiße.

Ich näh's dir.

Du kannst nähen?

Anders steht auf, inspiziert den Riss.

Es geht schon, es wird niemand merken, wer auch.

Anders geht voraus, lässt die Tür in Idis Gesicht fallen.

Au, pass doch auf!

Pass du doch auf –

und eine Verfolgungsjagd beginnt, Idi jagt Anders durch die Schulkorridore, ihre Schritte hallen zwischen den Mauern, ihre Schatten, mit Dunkelheit ausgemalte Schablonen, überholen sie auf den weißgestrichenen Wänden, und es läuft sich viel besser in dieser Art von Nacht, die in ihrer Überschaubarkeit so vertraut ist, dass es möglich ist, in ihr zu rennen und sich im Laufen zu vergessen –

nicht wie in der ungezähmten Nacht, in der jeder Schritt ein Wagnis darstellt.

Auch was den Ursprung der Blutrache betraf, hatte Henning eine Theorie. Er schilderte sie Sara, während sie zwischen den grasenden Enten im Garten von Schloss Rosenborg spazieren gingen.

Sie hatten in der Bibliothek zu wispern begonnen, waren aber vom Bibliothekar, einem Hünen mit wallenden weißen Haaren, aus der Stille und Wärme vertrieben worden, vorwurfsvolle Blicke hatten sie zum Ausgang begleitet. Sie waren dem Verlauf des Kanals gefolgt, zuerst in die falsche, dann in die richtige Richtung, hatten sich durch das Labyrinth des Stadtkerns gearbeitet, immer der Nase nach, und, verführt vom Kaffeegeruch, eine Pause eingelegt.

Im späten achtzehnten Jahrhundert, erzählte Henning, während er in der Tasse rührte, lebte im Südwesten Grönlands ein Mann namens Habakuk, ein erfolgreicher, in seiner Siedlung angesehener Jäger, der eine nach der noch immer recht jungen Religion verbotene Affäre mit seinem Hausmädchen hatte. Früher hätte er sie zu seiner Zweitfrau gemacht, als Protestant war ihm dies nicht erlaubt, und er musste vorsichtig sein und die Liebschaft tarnen. Als seine Frau Maria Magdalena sagte, sie könne ihn nicht auf die Jagd begleiten, sie müsse sich um ihren Sohn, damals noch ein Säugling, kümmern, war Habakuk damit einverstanden, er liebkoste den Knaben, versicherte, er verstehe das, er werde Kara an ihrer Stelle mitnehmen, denn er brauche Hilfe beim Zerlegen der Beute. Von diesem Moment an war Kara seine Jagdbegleiterin, und das Paar verbrachte Monate in der Einsamkeit Westgrönlands.

Es war nur eine Frage der Zeit, bis dieses Arrangement aufflog, üblicherweise hielten Geheimnisse dieser Art bis zum sechsten Monat, wenn sich die Schwangerschaft nicht länger verbergen ließ, in diesem Fall fand außerdem eine übernatürliche Intervention statt –

Maria Magdalena sah einen Geist: In einer Vision erschien ihr die Seele Margarethes, einer erst kürzlich verstorbenen Geschichtenerzählerin, so fromm, dass sie nach ihrer Taufe ihr Talent ausschließlich für das Nacherzählen von Szenen aus der Bibel eingesetzt hatte, und so begnadet, dass an diesen Tagen keine Menschenseele auf dem Dorfplatz anzutreffen gewesen war, sondern sich das ganze Dorf in ihrem Haus versammelt hatte. Margarethe hatte ihre Popularität jedoch weniger ihrem schauspielerischen Talent zu verdanken, als ihrem Namen, der, so erzählte man sich, einer Frau gehört hatte, die der als Drache verkleidete Teufel mit glühenden Ruten gefoltert und der er das Fleisch von den Knochen geschält hatte; in einer anderen Version war die gefolterte Margarethe vom Teufel in Drachengestalt kurzerhand verschlungen worden.

Dass ihre Namenspatronin die Schutzheilige für alle Schwangeren und Gebärenden war, hatte Margarethe in den Augen der Dorfbewohner göttlich gemacht; dass der Missionar den Namen deswegen ausgewählt hatte, weil Margarethe zur Hebamme ernannt worden war, hatten alle vergessen, für sie war sie die Reinkarnation einer Heiligen und als solche unantastbar.

Taumelnd vor Glück und Ekstase, lief Maria Magdalena durch die Siedlung und rief, sie habe beim Heidelbeerpflücken eine Botschaft empfangen, Margarethe habe ihr gesagt, dass die Toten nicht sofort ins Totenland kämen, sondern in ein Übergangsreich, das sich zwischen Himmel und Erde befinde und aus dem sie wieder ins Reich der Lebenden zurückkehren könnten, wenn es ihnen Gott befehle. Margarethe sei zurückgeschickt worden, um ihr, Maria Magdalena, zu sagen, dass jemand Nahrung verstecke und ihren Mann Habakuk verführe, Unzucht, schrie Maria Magdalena, es herrsche Unzucht und sie sei nicht die Einzige, die davon betroffen sei! Schuld sei diese Frau, sie habe das Böse in die Siedlung gebracht, und sie schrie, das Böse, und ließ sich auf die Knie fallen. Sie danke dem Himmel, rief sie, sie danke ihm, denn er habe ihr den Namen dieser verruchten Person verraten, sie wisse nun, wie sie das Böse ausmerzen könne, denn sie wisse, wer das Böse sei. Kara, brüllte sie, Kara, und die Bewohner, die sich um Maria Magdalena versammelt hatten, brüllten mit ihr, Kara, und die Prophetin griff nach ihrem Stab, den sie stets bei sich trug, denn er enthielt einen Helfergeist, dem Pastor hatte sie nichts davon erzählt, er hätte ihn ihr abgenommen und verbrannt wie alles andere, was seiner Ansicht nach heidnisch war.

Sie nahm ihren Stock, sagte Henning, sie packte fest zu, sie spürte die Furchen des Holzes auf ihrer Handfläche, als sie sich leicht auf ihn stützte, während sie in ihre Hütte ging, Kara an den Armen packte, vor die Tür zerrte und vor den Augen des Dorfes auf das Mädchen eindrosch, bis es tot zu Boden fiel.

Erst jetzt ließ sich Maria Magdalena selbst auf die Erde sinken, sie legte sich hin, räkelte sich mit geschlossenen Augen und empfing eine zweite Vision, der eine dritte, eine vierte und eine fünfte folgten, und alle diese Visionen waren ansteckend, sie breiteten sich aus, bald wurden die wundersamen Klänge, das Lachen und Kichern der Toten, die sie begleiteten, nicht bloß im Südwesten vernommen, sondern auch im Norden und Osten Grönlands, und es blieb nicht bei den Stimmen, sondern die Toten wurden dabei beobachtet, wie sie auf die Erde herabstiegen, während sie Lieder sangen und Glocken läuteten –

ihre Seelen schwebten über Schnee und Eis, unter Abertausenden von funkelnden Sternen am pechschwarzen Himmel, in einer Stille, die durch nichts gebrochen werden konnte.

Maria Magdalena war deine Vorfahrin, sagte Henning, und Kara die verfeindete Tukula.

Das Wasser fließt langsam in den Becher, in einen Plastikbecher, viel zu groß für Maja, obwohl Mikileraq ihn extra für sie gekauft hat, denn das Mädchen fürchtet sich vor Glas. Es glaubt, dass sich im durchsichtigen Material Ungeheuer verstecken, Jørn erzählte ihm von Ajumaaq, der mit seinen glatten, schwarzen Beinen in die Häuser huscht und alles, was er berührt, tötet, und von seinem Gefährten, dessen Haare in Stacheln vom Körper abstehen und der seine überlangen Arme sowie seine sechs Finger benutzt, um traurige Gedanken abzuwürgen. Majas Monster ist unsichtbar, schüttelt aber seine Unsichtbarkeit ab, sobald sie zu trinken beginnt, hängt sich dann an ihre Zunge und beißt so oft zu, bis diese durchlöchert ist und sie nicht mehr sprechen kann.

Nie wieder –

aber Maja, unterbrach Mikileraq sie lachend, woher hast du diese seltsamen Geschichten, und während sie ihr in ihren Armen Unterschlupf gewährte, lediglich diese Art der Umarmung ließ das Mädchen zu, erforschte sie sein Gesicht, die Augen, die eine Ernsthaftigkeit in sich trugen, die sie nie verlieren würden, dachte Miki.

Sie hatte sich zunächst geweigert, ihren Sohn im Arm zu halten, ihre Meinung aber kurz nach der Geburt geändert, ein einziges Mal wollte sie ihn berühren, und als Justine den Säugling in ihre Arme legte, konnte sie sich nicht sattsehen, und sie bekam Angst, dass sie es nicht schaffen würde loszulassen. Von diesem Moment an lehnte sie es ab, ihn auch nur anzuschauen, bis die Schwester sie nicht mehr fragte. Doch am Tag ihrer Entlassung ging sie nicht direkt zum Ausgang, sondern am Säuglingszimmer vorbei. Sie dachte, sie würde den Abschied fürchten, sie würde sich nicht trauen, den Raum zu betreten, in dem ihr Kind lag, aber als sie vor der Tür stand, hatte sie, im Gegenteil, Angst davor, das Krankenhaus zu verlassen, ohne sich von ihrem Sohn verabschiedet zu haben; hastig trat sie ein und ging die Reihen ab.

Sie suchte nach ihrem Baby, konnte es aber nicht finden, ihre Augen verirrten sich ständig, und die Säuglinge sahen einander zu ähnlich, als dass sie sie hätte unterscheiden können. Gerade als sie glaubte, ihn gefunden zu haben, brach draußen ein Tumult los, sie hörte Schreie, Rufe, aufgeregte Stimmen, und ohne ihren Sohn ein letztes Mal anzusehen, floh sie aus dem Zimmer, als hätte man sie bei einer Missetat ertappt.

Eine Menschentraube stand im Flur, verstellte die Sicht auf eine Blutlache und auf Sørensen, der am Boden kniete. Mikileraq tippte Justine auf die Schulter und fragte, was geschehen sei. Svea-Linn sei durchgedreht, gab diese zur Antwort, sie habe sich auf May gestürzt, sie mit einem Messer attackiert, dem Jagdmesser, das sie immer bei sich trage, seit Iven sich umgebracht habe, außerdem, fügte Justine hinzu, habe sie geschrien, dass er sie geliebt habe, sie, Svea-Linn, nicht May, und dass diese ihn niemals bekäme, nur über ihre Leiche.

Und dann, flüsterte sie, habe sie noch geschrien, schon gar nicht sein Kind.

Lars löst die Schlingen, er zittert, während er sie entknotet; er findet keinen Puls.

Nachdem er Magnus aus dem Tuch befreit hat, bettet er ihn auf den Teppich, bei Ole geht es etwas schneller, der Knoten ist weniger fest. Er packt Ole unter den Achseln und zieht ihn zu Magnus, dann legt er ihre Köpfe auf seine Oberschenkel, in dieser Haltung, im Schneidersitz, verharrt er, und er fühlt nichts außer dem Gewicht ihrer Köpfe, und ein Satz pocht in seinem Kopf, *es ist deine Schuld,* und übertönt alles, jeden Schmerz, jede Trauer, er sitzt zwischen den Toten und wartet, und dieser eine Satz leistet ihm Gesellschaft, seit damals –

Sivke rief an, sie konnte kaum sprechen, mal flüsterte sie, mal wisperte sie, dann wurde ihre Stimme von einem Schluchzen erstickt, er verstand nicht viel, aber so viel, dass sich Janus getötet hatte. Sie bat ihn, nach Hause zu kommen, er sagte, er könne nicht, er habe nicht das Geld für die Reise, sie sagte, das sei eine Ausrede, er könne, wenn er wolle, und sie bat weiter, inständig, zwischendurch ließ sie den Hörer sinken, dann war ihr Weinen leiser, es war erträglicher, und er bemerkte, dass es ihn nicht berührte, was sie sagte, dass er sich wünschte, sie würde auflegen, und er sagte, dass sie ein anderes Mal telefonieren könnten, aber sie weigerte sich, nein, sagte sie, sie müsse ihm noch etwas sagen, aber sie wolle ihm das per-

sönlich sagen, er müsse unbedingt kommen, er müsse einfach kommen, nein, diesmal unterbrach er sie, er könne
nicht, er habe weder Zeit noch Geld, wenn sie etwas zu
sagen habe, solle sie es jetzt tun, und sie schrie, gut, er
wolle es nicht anders, Janus habe sich ihretwegen umgebracht, er habe von ihnen gewusst, von ihm und ihr und
von dem Kind, aber, sagte sie, er, Lars, sei weggelaufen
und habe sie damit alleingelassen –

es ist alles deine Schuld.

4 Ein Puls.

Ein schwaches Klopfen am Hals.

Lars springt auf, sucht in den Taschen nach seinem Telefon, kramt in der rechten, dann in der linken, es ist nicht da, er stöbert so lange, bis er es endlich gefunden hat, und gerade noch schafft er es, die Nummer des Krankenhauses einzutippen, er vertippt sich, mehrere Male, ein verpasster Anruf wirft ihn aus der Bahn, endlich hat er es geschafft, aber es hebt niemand ab, und er sieht sich gezwungen aufzulegen, es von neuem zu versuchen, diesmal geht das Tippen besser, diesmal meldet sich eine Frau, und er brüllt sie an, er brauche einen Arzt, einen Arzt!, aber sie versteht ihn nicht, wer spricht da?, wen willst du sprechen?, und er schreit, er brauche Hilfe, sofort, sie müsse einen Arzt schicken, sofort! Sie notiert sich den Namen, die Adresse ist nicht notwendig, jeder weiß, wo Kuupik wohnt, und legt auf, und Lars läuft zum Nebenzimmer mit dem Telefon in der Hand, er hält sich an ihm fest, als könnte es ihn stützen, hämmert mit der Faust an die Tür und schreit, Kuupik, wach auf, wach doch endlich auf, und in der kleinen Pause, die er braucht, um Luft zu holen, öffnet sich die Tür, Kuupik steht da, im Pyjama, und fragt, einigermaßen verärgert, was denn los sei?, was nicht warten könne?, und Lars nimmt seinen Arm, zerrt ihn zu seinem Enkel und dessen Freund und fragt, ob er sie nicht hören konnte?, warum er sie nicht gehört habe?, sie hätten sich nebenan erhängt, was er denn getan habe, geschlafen?, und Kuupik erwidert, seine Stimme ist fest, überzeugt von der Richtigkeit seiner Antwort, ja, er habe geschlafen.

In diesem Moment wird die Haustür aufgerissen, Lars hört Schritte im Flur, Stimmen, wo seid ihr? Hier, schreit er erleichtert, hier sind wir!

Komm, gehen wir.

Anders zieht Idi aus dem Türrahmen.

Wohin? Ich möchte noch nicht nach Hause.

Gehen wir zum Kaufhaus.

Und wie kommen wir hinein?

Anders kramt in der Hosentasche, holt einen Schlüssel hervor und hält ihn Idi vors Gesicht.

Du hast den Schlüssel? Gestohlen?

Anders schüttelt den Kopf und grinst.

Ausgeborgt. Komm, gehen wir.

Sie überqueren den Schulhof, nicht ohne auf der Schaukel eine Runde hin- und herzuschwingen, gehen querfeldein auf den Eingang des großen *Pilersuisoq* zu, Nachfahre der Kolonialhandlungen, zu denen Urahne Tukula keinen Zutritt gehabt hatte, so berichtete zumindest Anders' Großtante. Kaffee und Spirituosen habe er sich erschleichen müssen, erzählte sie, ein Matrose habe sich immer gefunden.

Er begriff schnell, dass es den Dänen nicht gefällt, wenn wir ihnen zu ähnlich werden.

Sie schenkte sich Schwarztee aus der Thermoskanne nach und nahm einen großen Schluck. Da er gezwungen gewesen sei, an den Verwalter der Kolonie Fuchsfelle, Waltran, Robbenfelle und Fische zu liefern, wobei er im Tausch für seine Waren dänischen Ramsch habe akzeptieren müssen, der doch bloß als Dekoration an der Hauswand endete, malerisch drapierte Regenschirme, Kartoffelstampfer und Gemüsereiben, sei ihm diese Welt verschlossen geblieben.

Aber auch ihnen habe der Plunder Rätsel aufgegeben, seufzte sie, vor allem der Kartoffelstampfer, der bis ins zwanzigste Jahrhundert ein sinnloses Dasein gefristet und erst von ihrer Mutter zum ausrangierten Röhrenfernseher in eine Kiste gestopft worden sei, und mit diesen Worten schlüpfte sie wieder in ihre Winterjacke und nahm die Wäsche von der Leine, die zwischen zwei Steinen befestigt war, gerade hoch genug, damit die Unterwäsche nicht am Boden schleifte. Später zog sie in den Westen, und man erzählte sich, dass sie in der Hauptstadt ein Café namens *Hongkong* eröffnet hatte, ein blaues Häuschen, auf dessen Dach ein gelbes Schild saß mit einer kleinen grinsenden Asiatin mit zwei Rattenzöpfen, einer Schüssel Reis und einem dampfenden Huhn. Hongkong war für sie das, was für ihre dänischen Gäste die Karibik war: ein Sehnsuchtsort, unerreichbar, geheimnisvoll und magisch. Und wenn der Schneesturm die Stadt für einige Stunden ausradierte, nicht dem Erdboden, sondern dem Himmel gleichmachte, glaubte sie, die Wolkenkratzer, Werbetafeln und Lichter Hongkongs zu sehen –

Fernweh ist, obwohl das Gegenteil von Heimweh, dennoch sein Zwilling.

Anders steckt den Schlüssel ins Schloss, dreht ihn zweimal im Uhrzeigersinn, es knackst, die Tür öffnet sich, Idi wirft Anders einen Blick zu, kichert und schlüpft ins Innere.

Es ist dunkel. Anders schaltet alle Lampen auf einmal ein. Ein Surren hebt an, als würde sich ein Bienenschwarm nähern.

Idi läuft durch die Regalreihen, greift nach einer Packung Lakritze in der Süßigkeitenabteilung, bleibt bei den Mixern, Toastern und Nähmaschinen stehen, eine ähnliche hat ihre Mutter vor drei Jahren gekauft, sie stottert noch heute den Kaufpreis ab. In der Zwischenzeit hat es sich Anders beim Bier gemütlich gemacht. Er öffnet die erste Dose.

Tobias Boest schüttelt den Kopf.

Lars beharrt darauf, er habe etwas gespürt, den Puls, er habe den Puls gespürt, ganz sicher, noch keine drei Minuten sei das her, aber der Arzt schiebt ihn von sich, nimmt seine Tasche und steigt ins Erdgeschoss –

obwohl Lars auf ihn einredet, ihn anfleht, ihn zu seinem Auto begleitet, den Fuß in die Tür klemmt, damit er sie nicht schließen und davonfahren kann, weigert sich Boest, die Kinder weiter zu untersuchen, er könne nichts mehr für sie tun.

Gehen Sie nach Hause. Sie haben getan, was Sie konnten.

Dass sie heute Nacht Kopfschmerzen hat, wundert Sara. Sie bricht eine zweite Tablette aus dem Plastik, während sie sich an den Schreibtisch setzt, nach dem Tagebuch greift und eine neue Seite aufschlägt.

Das Papier ist gelblichgrau, dick, weich, es saugt die Tinte gierig auf, eine Patrone ist schnell verbraucht, *ausgetrunken*, wie Sara sagen würde. Es ist fast so, erklärte sie den Vorgang des Schreibens einer Fremden im Zug, als würde ich das Papier tätowieren, wenn ich es beschreibe, sie hätte gerne hinzugefügt, dass man Geschriebenem nicht trauen dürfe, die Fiktionalisierung setze ein, sobald sich ein Satz im Kopf forme und ins Papier geritzt werde. Gerade in einem Tagebuch oder Brief, hätte sie gerne gesagt, spricht ein fiktives Ich, die dramatisierte Version meiner selbst, die niemals genau das wiedergibt, was ich in diesem Moment spüre, aber, hätte sie gesagt, bin ich nicht das, was ich fühle? Stattdessen schwieg sie, betrachtete die Bäume am Rand des Gleisbetts, das dunkle Grün, durchsetzt von hellgrünen Spitzen, Frühling, und wie sich diese grünen Gestalten verwischen ließen, einfach so, aber wie sie in dieser Bewegung lebendiger aussahen als je zuvor –

als zeigten sie jetzt ihr wahres Gesicht.

Sie war auf dem Weg nach Nyborg, ins Ferienhaus der Familie Lund. Bis vor kurzem hatte sie es als ihr Zuhause angesehen, ein Stück heile Kindheit, das ihr niemand nehmen konnte, so hatte sie gedacht, bis Henning begonnen hatte, ihre grönländische Familiengeschichte auszugraben, die Auswanderung in den Osten, immer die Küste entlang; von den zwanzig Personen, die losmarschiert waren, kam lediglich eine ans Ziel. Ihr Urahne ließ sich in der Nähe Amarâqs nieder, zu einer Zeit, als es Amarâq noch nicht gab. Sein Urenkel wurde Kapitän auf einem der ersten Schiffe, die von Amarâq aus in den Westen fuhren, im Sommer, wenn das Packeis gebrochen und eine Durchfahrt möglich war, hatte Henning erklärt, und mit jeder Information, die er gefunden hatte, hatte sich sein Verhalten ihr gegenüber verändert: Sie war in seinen Augen grönländischer geworden und er dänischer, und das hatte an ihrer Vertrautheit zu nagen begonnen, bis nichts mehr von ihr übriggeblieben war. Sie war die Exotin geworden, die Grönländerin, und nur als diese wollte er sie lieben; sie aber lehnte das ab –

seit Sara zurückdenken kann, ist ihr ihr Spiegelbild unheimlich; sie erkennt sich nicht sofort, wenn sie sich im Spiegel sieht. Jedes Mal, wenn sie ihr Bild erblickt, zuckt sie zusammen, weil sie meint, eine Fremde zu sehen, im Grunde ist sie davon überzeugt, dass es einen Irrtum gab und jemand ihrer Spiegelung ein falsches Gesicht, eine Verkleidung übergestreift hat. Als Kind stibitzte sie den Kosmetikspiegel ihrer Adoptivmutter und musterte ihr Gesicht hinter verschlossener Tür, niemand sollte sehen, wie wenig sie wusste, wie sie aussah. Als sie dabei ertappt wurde, gab sie vor, eitel zu sein, und die Verstellung gelang ihr, sie wurde sogar gutgeheißen, und Sara bekam einen Taschenspiegel geschenkt, den sie fortan befragte, ihr heimliches Orakel: *Bin das wirklich ich?*

Sie weigerte sich, weiter mit Henning über ihre Vorfahren zu sprechen, sie blockte alle seine Versuche ab, er aber verstand nicht, dass sie nicht ihn zurückwies, sondern die Reste ihres grönländischen Lebens, die sie von Zeit zu Zeit überfielen und einen bitteren Nachgeschmack hinterließen.

In der darauffolgenden Woche saß sie einer Psychotherapeutin gegenüber und sagte, sie habe das Gefühl, keine Kontrolle über ihr Leben zu haben, sie glaube, nur dann eine ausüben zu können, wenn sie ihren Tod plane, sie finde den Gedanken, den Zeitpunkt des Sterbens selbst bestimmen zu können, trostreich, und die Therapeutin runzelte die Stirn, drehte den Kugelschreiber zwischen den Fingern, die Sonne tauchte den Raum in gelbes Licht, und Sara wich dem kalten Blick aus, indem sie auf die Pflanzen in der Ecke starrte, daraufhin sagte die Therapeutin, sie könnten keine Therapie beginnen, wenn Sara keine Erklärung unterschreibe, jeden Selbstmordversuch während der Behandlung zu unterlassen, und Sara stand langsam auf, streifte ihre Sohlen am Teppich ab und erklärte, und sie bemühte sich, die Verachtung, die sie in dem Moment empfand, durchklingen zu lassen: ein Leben zu erhalten, indem der Wille eines Menschen gefesselt würde, woran? An eine Unterschrift?

Sie sagte, sie könne und werde das nicht unterzeichnen, sie würde etwas verraten, woran sie glaube, sie, die Therapeutin, könne das nicht verstehen, denn ihr Leben folge einem anderen Prinzip, dann nahm Sara ihre Jacke und ging aus der Praxis, erleichtert, einem unmöglichen Versprechen entkommen zu sein.

Eine Stufe ist durchgebrochen, das Holz ist morsch, stellenweise von Schimmel überzogen. Die Tür ist angelehnt. Das Haus ist eine Hütte, es besteht aus zwei kleinen Zimmern, Küche und Plumpsklo. Im Schlafzimmer liegt eine Matratze auf dem Boden, im Wohnzimmer eine Decke, das ist die gesamte Einrichtung.

Lars musste Oles Eltern verständigen. Da es in ihrem Haushalt, wie in den meisten Hütten in diesem Teil Amarâqs, keinen Telefonanschluss gibt, musste dies persönlich geschehen, aber bei jedem Schritt hatte er das Gefühl, dass sich sein Körper dagegen sträubte, seine Füße wollten sich nicht von der Erde lösen, er brauchte viel zu lange für das kurze Stück bis zum Supermarkt und würde, wenn er in dieser Geschwindigkeit weiterkröche, die ganze Nacht –

als ein Auto neben ihm stehen blieb, ein Polizeiwagen. Möchtest du mitfahren?

Lars blickte auf, versuchte vergeblich, das zur Stimme gehörige Gesicht zu erkennen, der Wagen schluckte das

bisschen Licht, das die Straßenlaterne spendete, spuckte
es aber zugleich wieder aus, so dass er die Augen zusam-
menkneifen musste, um etwas zu sehen. Er komme vom
Krankenhaus, erklärte der Fahrer, er habe von Magnus und
Ole gehört.

Stimmt das, sie sind beide tot?

Von den Eltern sind lediglich einzelne Körperteile
sichtbar, Gittes Arm, Marks Bein, ein schwarzes Haarknäu-
el zwischen einem Haufen leerer Bierdosen, unter einem
Pullover, auf einem Paar Schuhe, braune Haarspitzen auf
einem Kissen, die Stickerei braun und rot verklebt, Es-
sensreste, Tierknochen. Sie schlafen oder sind bewusstlos,
das Resultat ist dasselbe: Sie sind unansprechbar.

Lars stupst den Fuß an, der gerade noch mit einer So-
cke überzogen ist, Gitte regt sich nicht.

Sie sind beide tot.

Das tut mir leid.

Der Sprecher beugte sich aus dem Wagen, Lars erkannte ihn kaum wieder. Jens sah müde aus, bleich, er hatte
noch dieselben herabhängenden Mundwinkel, dieselben
Falten zwischen den Augenbrauen, und doch war etwas
an ihm verändert, Lars konnte zunächst nicht sagen, was,
er konnte es nicht an einer Sache festmachen, nicht an den
Augen allein, die den Schock noch in sich trugen, auch
nicht an der Stimme, die heiser war und ab einer bestimmten Lautstärke versagte und dennoch danach drängte, die
Stille wegzureden, nein, all dies war es nicht. Dann fiel es
Lars auf, an der kleinen Bewegung, mit der dieser ihn auf-
forderte einzusteigen: Jens hatte Angst.

Noch immer keine Reaktion, obwohl Lars an Marks
und Gittes Schultern rüttelt, sie am Kinn fasst und ihre
Köpfe hin- und herbewegt, ihre Körper zu Boden fallen

lässt, Rücken voran. Gitte rührt sich, sie murmelt und macht sich schwer, Mark bewegt sich nicht. Lars beugt sich zu ihm, untersucht ihn. Er hat eine Platzwunde auf der Stirn und riecht nach Erbrochenem, es klebt an seinen Lippen und an der Wange, Lars öffnet Marks Mund, weicht zurück. Bringt sein Ohr, so nahe es ihm möglich ist, ohne sich selbst übergeben zu müssen, an Marks Lippen. Kein Atem. Lars sucht nach einem Puls. Kein Puls.

Jens brachte Lars bis an Oles Haustür. Bevor Lars ausstieg, fragte Jens, ob Lars von Julie gehört habe? Lars schüttelte den Kopf.

Julie ist tot.

Rückblickend, sagte er, sei es eigenartig gewesen, dass ein Mensch, so jung wie sie, so viel über die Unsterblichkeit nachgedacht habe, aber vielleicht sei das gerade die Voraussetzung.

Nur jemand, der so jung ist, glaubt an ihre Existenz.

Erst heute Morgen habe er sich daran erinnert, sagte Jens, dass sie einmal ihre Nase an seiner gerieben habe, er habe gesagt, ach, der Eskimokuss, sie habe energisch den Kopf geschüttelt und gesagt, die Nase sei die direkte Verbindung zur Seele, durch das Reiben ihrer Nase an seiner könne sie seine Seele riechen und sie habe ihn mit ihrer Nasenspitze angestupst und gesagt, seine Seele rieche gut, er sei ein guter Mensch.

Lars stieg aus. Jens wendete den Wagen, steckte seinen Kopf aus dem Fenster und sagte: Als sie damit drohte, sich umzubringen, habe ich sie ausgelacht.

Mikileraq stellt das Glas Wasser auf den Couchtisch, setzt sich auf das Sofa, nimmt die Tabletten aus der Schachtel und drückt die erste Pille aus dem Plastik –

ob May und Iven ein Paar gewesen seien, fragte Justine. Mikileraq schüttelte den Kopf, wenn ja, dann haben sie das geheim gehalten, niemand habe davon gewusst, auch sie nicht, und May sei eine gute Freundin gewesen, die beste, und sie verzog den Mund, als Ausdruck der Trauer über Mays Tod, und um das mulmige Gefühl im Magen zu vertreiben, als sie sich daran erinnerte, dass sie auf Svea-Linns Frage, ob es wahr sei, dass Iven eine andere geschwängert habe, nickte und sagte, ja, es sei wahr, und blitzschnell hinzufügte, May, denn von ihr hatte sie gerade erst gehört, dass diese im zweiten Monat schwanger sei –

die zweite und dritte Tablette drückt sie gleichzeitig auf ihren Handteller, lässt sie hin- und herrollen –

am nächsten Tag packte sie für ihre Reise nach Dänemark, obwohl sie erst in einem Monat fliegen würde. Sie ordnete ihren Besitz, verschenkte die Dinge, die ihr nichts bedeuteten und die sie nie wieder brauchen würde, andere wiederum warf sie weg, manches, alte Kleidung und Schuhe, sammelte sie in einem Beutel und gab ihn Jørgen, der beschlossen hatte, in Amarâq eine Zufluchtsstätte für Kinder und Jugendliche aufzubauen, ein Kinderheim. Es war ihr bewusst, dass sie plante, nie wieder zurückzukommen.

Die Tüte liegt auf der Tischplatte vor ihr, neben dem Glas. Sie nimmt die restlichen Tabletten, schluckt sie mit Wasser, stülpt sich den Beutel über den Kopf und verknotet ihn unter dem Kinn –

die Abschiede verliefen ruhig, sie hatte nicht viele Freunde, die wenigen begleiteten sie und ihre Tante zum Heliport, sie umarmte sie und stieg ein, setzte die Kopfhörer auf, die den Lärm abhalten sollten, die Türen schlossen sich, die Rotorblätter setzten sich in Bewegung, und der

Hubschrauber hob ab. Von oben sah Mikileraq zum ersten Mal, wie Amarâq sich in diesen Teil der Welt einfügte, wie Land und Wasser zusammenhingen, die Fjorde, die Seen und die Flüsse, sie sah die Linien Grönlands und begann zu verstehen, ein Prozess, der damals einsetzte und erst ein Jahrzehnt später abgeschlossen war.

Sie gestand sich auch ein, während der Helikopter, vom Wind mitgerissen, hin und her pendelte, dass es ihre Schuld war, dass Svea-Linn May erstochen hatte, genauso wie sie dafür verantwortlich war, dass ihr Sohn ohne Familie würde aufwachsen müssen, und dass sie sich von ihm zumindest hätte verabschieden können.

Hätte Mikileraq an jenem Tag bloß eine halbe Minute mehr Zeit gehabt, hätte sie bemerkt, dass an dem Bettchen, in dem ihr Sohn lag, nicht ihr Name stand, sondern ein anderer. Das Kind, das als ihres angegeben war, lag drei Betten weiter und war ein Mädchen –

Justine hatte sie angelogen.

Justine Kuitse, eine von vier Krankenschwestern im Krankenhaus von Amarâq, war zum Zeitpunkt von Mikileraqs Entbindung zweiundvierzig Jahre alt und hatte die alleinige Aufsicht über die Neugeborenen. Sie selbst war kinderlos und lebte in einem kleinen roten Blockhaus in der Nähe des Hafens.

1925, als die Bevölkerung Amarâqs durch eine Hungersnot dezimiert wurde, schneller und gnadenloser als all die Jahre zuvor, ergatterten Justines Großeltern als eine von zehn Familien einen Platz auf dem Schiff, das in den Nordosten Grönlands fuhr. Dort, hatte man ihnen versprochen, würden sie nicht mehr hungern müssen, denn es gäbe viele Moschusochsen und Eisbären zu erjagen. Dass

Dänemark gerade mit Norwegen um die Vorherrschaft im Norden Grönlands stritt und sich durch die Um- und Neuansiedlung der Grönländer einen entscheidenden Vorteil zu verschaffen erhoffte, verschwieg man und tarnte die Maßnahme als Rettungsaktion –

allerdings ließ man zehnmal so viele Familien in Amarâq zurück, von denen die meisten verhungern sollten.

Kaum waren die Jäger samt Frauen und Kinder in Aputiq angelangt, in winzigen, schlecht beheizbaren Hütten, in denen es so kalt wurde, dass die Wände vereisten und die Räume mit den Tagen enger wurden, weil das Eis immer dicker wurde und das Zeitungspapier, eine Spende der benachbarten Polarforscher, nicht zum Isolieren ausreichte, kam eine Sonderanweisung aus Kopenhagen, dass der Moschusochse eine vom Aussterben bedrohte Spezies sei, die nicht gejagt werden dürfe. Daraufhin ließ Olaf, der Kolonieverwalter, allen Jägern mitteilen, dass jeder, der einen Moschusochsen tötete, nach Amarâq zurückgeschickt werden würde –

eine furchtbare Strafe, obwohl die Situation vor Ort nicht viel besser war: Auch hier verhungerten immer mehr Menschen. Viele Tiere waren weiter in den Nordwesten gezogen, die Jäger mussten immer größere Strecken zurücklegen, um sie aufzuspüren und zu erlegen, doch selbst dann reichte die Beute kaum für alle. Die Moschusochsen aber waren in erreichbarer Distanz, außerdem waren sie zutrauliche Tiere, die die Nähe der Menschen nicht verschreckte, unmöglich, nicht der Versuchung zu erliegen, sie zu erbeuten, wenn tagtäglich die Schwächsten Aputiqs starben: Daniel, der mit elf Jahren in einen tiefen Graben fiel, aber zu schwach war, um aus dem Loch zu klettern, weil er seit Wochen kaum zu essen bekommen hatte, und schließlich dort verhungerte; Katinka, die an Tuberkulose erkrankte, aber nicht geheilt werden konnte, weil es weder Medizin noch einen Arzt gab; Jonas, der in seiner Hütte erfror, weil das Brennmaterial, das man den neuen Einwohnern gegeben hatte, nicht ausreichte; der Großteil stapelte sich in Olafs Küche.

Als die Jäger auf ihren Streifzügen durch das vereiste Land, durch gefrorene Zeit, nichts deutete daraufhin, dass es hier, an diesem Ende der Welt so etwas wie eine Vergangenheit gab oder eine Zukunft, Gebeine fanden, die sich von den üblichen Funden unterschieden, brachten sie das Gerücht in Umlauf, die Dänen seien schon vor ihnen nach Aputiq gekommen und hätten die Ureinwohner getötet, und Jakob legte als Beweis einen menschlichen Schädel mit einem Einschussloch auf den vereisten Boden.

Zu dieser Zeit führte Olaf ein Moschusochsentagebuch, in das er alle Verstöße gegen die Sonderanweisung eintrug.

Wann?

Juli 1932.

Warum?

Meine Hunde waren zu schwach, um weiterzulaufen, zwei von ihnen starben. Ich konnte nicht mehr weiterjagen, ich musste den Ochsen erlegen, sonst hätte meine Familie nichts zu essen gehabt, und sie hungert schon seit Monaten.

Wer?

Knud Kuitse.

Justines Großvater, der wiederholt das Verbot missachtet hatte, wurde schließlich, im August 1932, samt Frau, Tochter, Söhnen, Brüdern und Schwestern zurück nach Amarâq geschickt. Nur Justines Vater und eine Tante überlebten die Hungersnot.

Viele Jahre danach, als der Hunger in der individuellen und kollektiven Erinnerung eine Anekdote geworden war, wurde Justine als Putzfrau im neugegründeten Krankenhaus angestellt. Später, als es *politisch korrekt* war, durfte sie sich um die Kranken und Neugeborenen kümmern –

doch Justine betreute nicht, sie half der natürlichen Auslese nach: Viele Mädchen erstickte sie, die Jungen aber verteilte sie an die Familien, egal, wer sie geboren hatte.

So gab es in den Achtzigerjahren in Amarâq viel mehr Buben als Mädchen. Eines der wenigen Mädchen, das Justine am Leben ließ, weil ihre Schwester sich ausdrücklich eine Tochter wünschte, war Inger. Sie schickte sie nach Ittuk, und Inger erfuhr nie, dass sie adoptiert worden war, obwohl sie immer das Gefühl hatte, nicht zu dieser Familie zu gehören, zwar geliebt, trotzdem aber die meiste Zeit nur geduldet zu werden, ein Sonderling, Wunderling, und Ingers leibliche Mutter erfuhr nie, dass der Junge, um den sie so oft weinte, weil sie, die in Island arbeitete, von ihm getrennt leben musste, eigentlich der Sohn einer Fremden war.

5 Am Ende der Welt ist es selbstverständlich, dass alle Enden zusammenlaufen, und es ist natürlich, dass dies während der Nacht geschieht, denn die Nächte in Amarâq sind Abschlüsse, sie sind der Punkt, an dem das Unvermeidbare seine Unvermeidbarkeit einsieht und sich ihr ergibt, weil die Schwärze eine Endgültigkeit in sich trägt, aber auch etwas Trostreiches. Sie bietet Geborgenheit innerhalb einer Verborgenheit, die sich nur dann entwickelt, wenn das Sehen abgestellt wird.

Doch darin liegt die Grausamkeit und Gefahr dieser Nächte. Sie federn nicht ab, sie gleichen nicht aus, sondern sie intensivieren, richten den Fokus auf den Schmerz und betonen ihn, indem sie die Zeit ausradieren, das Vergangene und das Zukünftige, und es mit einem Mal ausschließlich die Gegenwart gibt, das Hier und Jetzt.

Am nächsten Morgen, wenn das Ende nicht mehr übersehen werden kann, am nächsten Morgen vor dem Frühstück, wenn man mit noch empfindlichen Sohlen die Treppe hinuntergestiegen kommt, nach dem einen Menschen ruft, den man vermisst, bevor man wirklich wach ist, ihn auf dem Sofa findet, kalt, steif, mit einem Plastikbeutel über dem Kopf, und er nicht aufwacht, obwohl man ihn daraus befreit, hastig, eilig, danach an den Schultern rüttelt und ruft, er aber nicht reagiert, so dass man schließlich nicht anders kann, als im Krankenhaus anzurufen, obwohl man befürchtet, dass es zu spät ist, denn man hat auch die Schachtel mit den restlichen Schlaftabletten gefunden, wird man sich fragen, warum, und diese Frage

wird alle anderen Fragen, die man noch stellen wollte, alle
Erinnerungen, die man gemeinsam schuf, alle Gespräche,
die einen an den Abenden, als die Nacht noch nicht ange-
brochen war, in den Schlaf begleiteten, überdecken, und
das Leben, wie es bisher gelebt wurde, aus dem Gedächtnis löschen –

noch schläft Jørn, ahnungslos.

Wie bist du eigentlich an den Schlüssel gekommen?
Idi setzt sich zu Anders, tritt mit der Schuhspitze gegen
die leeren Bierdosen. Anders zuckt mit den Schultern,
grinst.
Gefunden.
Du findest aber viele Schlüssel.
Idi grinst zurück, Anders lacht verschwörerisch.
Sie finden mich.
Das Kaufhaus ist ein Ausschnitt der Welt jenseits der
Berge, Fjorde und des Eises; es ist ein Planet für sich. Da
seine Atmosphäre keine Sonnenwärme speichern kann,
gibt es keine Temperaturunterschiede auf der Oberfläche,
es hat immer siebzehn Grad. Es gibt keine Jahreszeiten,
keine Gezeiten, im Erdgeschoss ist immer Nacht, der Tag
beginnt, sobald man einen Schalter betätigt. Es ist ein leerer Planet, die Vegetation muss angeliefert werden, aber es
reicht einzutreten, schon kann man sammeln und jagen,
und das Jagen ist risikolos, es funktioniert nach anderen
Regeln, Anschleichen ist nicht notwendig, Beschatten, die
Beute sitzt an festgelegten, ausgeschilderten Plätzen und
lässt sich bereitwillig einfangen, ohne Gewalt –
außer man kann nicht für das Jagdrecht bezahlen, dann
muss man damit rechnen, von den Hütern verfolgt und
verprügelt zu werden.

Anders fühlt sich hier geborgen, denn nichts scheint in dieser Welt aus den Fugen geraten zu können, alles ist stets an seinem Platz, selbst die Sonnenaufgänge und Sonnenuntergänge lassen sich steuern. Die Hallen mit ihren hohen Decken sind in dieser Form einzigartig in Amarâq, und wenn er die Treppe in den ersten Stock nimmt, ist er inmitten von Schuhen, Spielzeug und Kleidung, die sich steif anfühlt, ungetragen, sie kommt aus Kartons und riecht so fremd, dass er sich nicht traut, sie anzugreifen. Nur wenn niemand hersieht, schlüpft er in einen Schuh, zieht ein Hemd über, um zu sehen, wie es sich anfühlt, etwas zu tragen, das niemandem gehört. Idi wird ihn nicht dabei beobachten, denn sie ist eingeschlafen, bei den Bieren, sie hat sich auf die Seite gerollt und schnarcht leise vor sich hin. Die Dose, aus der sie trank und die sie dann fallen ließ, ist ausgelaufen und hat eine gelbliche Pfütze auf dem Boden hinterlassen, einen kleinen Teich, in dem noch die Reste des Tages schwimmen, eine verirrte Erdnuss, ein Stück Kaugummi und ein Fitzelchen Papier.

Aber was Anders am meisten freut: Die fremden Geräusche, die leisen Rufe, die Echos, das Kratzen an den Wänden, das dumpfe Knacksen über seinen Ohren, mit einem Wort, die Toten, die nach ihm rufen, können ihm nicht in diesen Bunker folgen.

Hennings Besessenheit von Saras Geschichte hing mit seiner eigenen zusammen: Großvater Løvgreen war der Erste gewesen, der eine umfassende Chronik Grönlands von der Urzeit bis ins neunzehnte Jahrhundert geschrieben hatte, drei Bände, die die Verwandlung einer wilden in eine zivilisierte Welt erläuterten, zu einer Zeit publiziert, als die ersten Schritte in Richtung Unabhängigkeit unternommen

wurden, Løvgreen selbst hielt sich fern von den Unter-
schriftenlisten, Podiumsdiskussionen, Expertenkommis-
sionen, er träumte, bis er an Herzversagen starb, von einer
Expedition in ein Land, das er ausschließlich von fremden
Beschreibungen her kannte.

Als Henning nach dem Abitur den Entschluss fasste,
Eskimologie zu studieren, protestierte sein Vater. Was für
eine Zeitverschwendung, was für eine Verschwendung
von Talent und Geld, du wirst niemals eine gute Stelle finden und außerdem, was gibt es dort noch zu erforschen,
alles ist geschrieben, was aufgeschrieben gehört, es gibt
nichts Neues mehr, schon lange nicht, dieses Volk, sagte
der Vater und holte tief Luft, ist einzig durch unsere Unter-
stützung am Leben, unsere Kinder dürfen nicht auch noch
ihr Leben wegwerfen, weil sie sich mit etwas beschäftigen,
das niemals wert war, erforscht zu werden!, und er stürm-
te aus dem Haus, ließ sich den ganzen Tag nicht blicken,
und auch beim Abendessen ignorierte er seinen Sohn und
sprach kein Wort mehr mit ihm, bis Henning das Studium
aufgab, drei Jahre später.

Damals allerdings, noch bevor Henning Sara kennenlernte, las er alles, was er über Grönland finden konnte,
nicht nur, aber auch, weil es seinen Vater in eine Wut versetzte, die ihn amüsierte, nicht nur, aber auch, weil dieser
ihm zum ersten Mal hilflos erschien. Um diesen Zorn zu
steigern, ging Henning regelmäßig ins Grönland-Haus, er
hatte es sich in den Kopf gesetzt, die Sprache zu lernen,
außerdem genoss er den Kontakt mit diesen Menschen,
die in seiner Familie so geringgeschätzt wurden. Die rebel-
lische Ader, die er als Pubertierender unterdrückt hatte,
kam nun zur Entfaltung: Er versuchte, sich mit so vielen
Grönländern wie möglich anzufreunden, und brachte sie

mit nach Hause, unangekündigt, dann verlor seine Mutter die Fassung, nicht nur, aber auch, weil sie Personen bedienen musste, die ihrer Meinung nach selbst zum Dienen geboren waren.

An einem Abend im Mai kam Henning mit einer Grönländerin nach Hause, einer Lehrerin, die sich bereiterklärt hatte, ihm Nachhilfe in Grönländisch zu geben, und wann immer sie da war, führte er sie in sein Zimmer und schloss hinter sich ab. Er selbst setzte sich mit dem Rücken zur Tür und bemühte sich, sie möglichst oft zum Lachen zu bringen, und wann immer dies geschah, hörte er das Heraneilen von Füßen, die nervös vor seiner Zimmertür scharrten.

Lars wartet wieder auf den Arzt, Tobias Boest müsste längst da sein. Er sieht auf die Uhr, beschließt, ihm noch fünf Minuten zu geben, dann wird er gehen, wohin, weiß er nicht, nach Hause wahrscheinlich, er ist sehr müde, vielleicht sollte er noch einmal nach Kuupik sehen, aber Magnus und Ole sind tot, ja, sie sind tot, er vermeidet es, den Satz laut auszusprechen, kann es, will es nicht glauben. Die Tatsache lässt sich nicht leugnen, dass er nicht da war, als es passierte, aber dass er es hätte verhindern können, denn er war schon einmal in einer ähnlichen Situation gewesen –

Janus, er erinnert sich, rief ihn an, die Stimme ganz klein, weit weg, so dass er immer wieder nachfragen musste, was hast du gesagt, ich verstehe dich nicht, kannst du das bitte wiederholen, und verärgert meinte, ich rufe zurück, die Verbindung ist zu schlecht, aber endlich die Worte heraushörte, ich möchte tot sein, verstehst du denn nicht, ich möchte nicht länger leben, sie hat mich betrogen, sie liebt einen Anderen, warum verstehst du denn nicht, ich werde mich umbringen, hörst du, ich werde mich ertränken, ich kann nicht länger leben, und Lars sagte, nein, und ihm kam dieses Wort jämmerlich vor, nein, tu es nicht, sie ist es nicht wert, niemand ist es wert, und er fuhr fort, Dinge zu sagen, die jämmerlich klangen und waren, dumme Einsprüche, leere Argumente, sie ist es nicht wert, wie hatte er so etwas sagen können? Kein Wunder, dass Janus zornig auflegte –

und er dachte damals, er hätte es geschafft, seinen Freund von dieser Idee abzubringen, indem er ihm eine *Wutinfusion* verabreicht hatte.

Anders öffnet alle Schubladen, die er finden kann, streicht durch die Regalreihen, hält Ausschau nach Nischen, in die er schlüpfen kann. Sobald er ein Schlupfloch entdeckt hat, steigt er hinein, je nach Größe mit dem Auge voran, danach mit ein paar Fingern und schließlich mit der ganzen Hand. Bald sind alle geheimen Winkel enttarnt, lauter kleine Noteingänge, denkt Anders, oder vielleicht sind all die geöffneten Türen Flügel, die sich zum Abheben bereithalten, nun warten sie noch auf ein Signal, mein Signal, und würden wegfliegen, aber ohne mich, ich muss hierbleiben, in dieser Welt, in der es weder Tage noch Nächte gibt. Dieser Gedanke lässt ihn in der Bewegung innehalten, mitten im Laufen.

Er rannte durch die Reihen, um schwindlig zu werden, er wollte den Gegenwind spüren, also breitete er die Arme aus, ließ die Luft zwischen den gespreizten Fingern hindurchströmen und simulierte die Geräusche eines Flugzeugs, er war schließlich kein Vogel, auch keine Mücke, aber er wusste, wie es sich anfühlte, in einem Flugzeug zu

sitzen, so stellte er sich vor, selbst eines zu sein und die
Welt von oben zu sehen –

zum ersten Mal gelang der Trick mit dem Fliegen, und
während er lief, den Wind spürte und zu ahnen begann,
was es bedeutete, endlich frei zu sein, durchzog ihn eine
Welle grenzenlosen Glücks.

Da Henning seiner Lehrerin kaum etwas zahlen konnte,
revanchierte er sich, indem er ihr Fahrstunden gab. Jeden
Sonntag nahm er das Auto seiner Mutter, klaute zwei Flaschen Saft, selbstgemachten Kuchen, sie brachte Äpfel
und selbstgetrockneten Fisch mit, und sie fuhren, meist
auf Umwegen, ins Grüne. Sie bat ihn, Landstraßen zu nehmen, die sie an Feldern, Wiesen, Flüssen und Seen vorbei-
führen würden, und manchmal packte sie ihn am Arm,
dann blieb er stehen und beobachtete, wie sie es kaum erwarten konnte auszusteigen, um vom Straßenrand aus auf
das Land zu blicken, und in solchen Momenten erschien
sie ihm wie ein anderer Mensch: Die Leerstellen waren
mit einem Mal gefüllt –

eigenartig, sagte er während einer dieser Fahrten, alles
in dir ist noch so, wie es verlassen wurde, damals, als der
Abschied unvermeidlich war. Es ist, als würdest du darauf
warten, dass der richtige Zeitpunkt wiederkehrt, damit du
dort weiterleben kannst, wo du unterbrochen wurdest. Sie
lachte und sagte, ich verstehe kein Wort. Die Strümpfe, die
man für einen geliebten Menschen kaufte, aber nicht dazu
kam, sie ihm zu geben, weil er vorher starb, antwortete er,
die angebrochene Packung mit Keksen, die dieser nicht
aufaß, seine Notizen neben dem Telefon, seine Stimme auf
dem Anrufbeantworter, und er wollte diese Liste noch länger fortsetzen, als er merkte, dass sie nicht mehr neben

ihm saß, sondern bloß noch ihr Panzer, an dem seine Worte abprallten.

Es war immer er, der sie anrief, sie sehen wollte. Ein einziges Mal rief sie ihn an und fragte ihn, ob er sie in die Kirche begleiten wolle. In die Kirche?, fragte er, ja, sagte sie, und sie trafen sich vor den Toren, die Messe hatte schon begonnen, so setzten sie sich in die letzte Reihe. Er verstand nicht alles, denn der Gottesdienst wurde auf Grönländisch abgehalten.

Ich wusste nicht, dass du gläubig bist, sagte er nachher, als sie vor der Kirche standen und eine Zigarette rauchten, bin ich auch nicht, sagte sie, aber ein Mal im Monat gehe ich in die Messe. Warum, fragte er, warum nicht, antwortete sie und schwieg, fügte aber leise hinzu, als sie seinen Blick bemerkte: Es geht um Reue und Schuld. Das verstehst du nicht.

Erkläre es mir.

Nein.

Sie schüttelte ihren Kopf im Gehen, abwehrend, und er wusste in dem Moment, dass er sie nicht mehr wiedersehen würde, trotzdem folgte er ihr nicht und versuchte, sie aufzuhalten, sondern sah ihr nach und beobachtete, wie ihre Gestalt langsam von der Straße geschluckt wurde.

Wie lange ein Mensch, den man liebt, nach dem Abschied noch in einem selbst weiterlebt, dachte Henning und konnte nicht anders, als ein Mal im Monat in die grönländische Messe zu gehen und nach Mikileraq Ausschau zu halten.

Lars sieht Tobias Boests Auto schon von weitem, es folgt dem Straßenverlauf und bewegt sich auf der Fahrbahn wie ein kleiner Hügel.

Er atmet aus, erleichtert, zieht seine Jacke an und verlässt Oles Haus. Schlendert das Straßenstück hinunter, biegt links vom asphaltierten Weg ab, geht die letzten hundert Meter in Richtung der Berge, weicht den Steinen aus, die zwischen den Büschen liegen, ein Slalom, bis er das Häuschen seiner Großmutter erreicht. Doch er geht nicht hinein, sondern zur Hütte, die daneben liegt. Hier verstaute sein Großvater die Netze, das Angelzubehör, die Plastikflaschen, die Messer, Gummistiefel und Jagdgewehre samt Munition.

Er öffnet die Tür, tritt ein. Zieht sie hinter sich zu, dreht den Schlüssel, der an der Innenseite steckt, zweimal um, schließt sich ein. Er knipst das Licht an, die Hütte ist über und über verstaubt, der Staub, gemischt mit Erde, hat sich auf allen Oberflächen eingenistet und erschwert es, die Gegenstände, die hier gelagert werden, zu unterscheiden. Lars stellt die Schachtel mit den alten Schuhen und Gummistiefeln auf den Boden und greift nach dem Gewehrlauf, der unter ihr hervorlugt.

02:00

03:00

1 Ab drei Uhr morgens wird die Schwärze der Stadt
von einem schmalen Streifen Licht infiltriert, der sie behutsam verdünnt, dann verwandelt sich Amarâq wieder in
einen Raum: Aus der zweiten Dimension wächst die dritte,
aus dem Himmel die Erde.

Mit Herbstbeginn tragen die verschneiten Berggipfel
zunehmend dichte Wolkenmäntel, das ständige Prasseln
des Wassers im Tal der Blumen, das in der Dunkelheit in-
nehielt, nimmt wieder seine Arbeit auf, der kalbende Glet-
scher unterbricht die Schreie der Möwen, die Fontänen
der Wale, und der Nebel lässt die Berge wie eine andere
Maserung des Himmels erscheinen. Langsam beginnt der
Wind, die Kälte zu speichern, die sich im Laufe des Tages
und Abends entladen wird.

Wenn in der Morgendämmerung die tiefen, satten Rot-
töne in allen ihren Schattierungen von einem strahlenden
Gelb durchzogen werden und die Stadt aus dem Zwielicht
steigt, kommen der Fjord und die silbrig schimmernden
Eisberge in die Welt, die Amarâq seit Urzeiten bewohnen,
außerirdisch, unirdisch.

Zwei Stunden später wird die Straße von den ersten Autos
befahren, von einem Bagger sowie einem großen und einem kleinen LKW, die Baumaterial transportieren, Holz,
aber auch Leitungen und Rohre. Sie fahren vom und zum
Lager in der Nähe des Heliports, das an dem einen Ende
der Straße liegt und an der langen Allee der roten, grauen
und weißen Container erkennbar ist, die ein Spalier bis

zur Mülldeponie bilden. Die Deponie wurde nicht extra angelegt, sondern mit der Zeit sammelten sich den Fjord entlang ausgemusterte Gegenstände an, zunächst einzelne Kleidungsstücke und Schuhe, danach kamen Reifen, Schränke ohne Türen oder Rückwand, dreibeinige Tische, teilamputierte Stehlampen und ausgeweidete Kühlschränke, Fernseher und Radios dazu. All das würde kein Bewohner Amarâqs als Müll bezeichnen, sondern als Dinge, deren Zweck noch abgewartet werden muss: Ersatzteillager.

Eine Stunde später mischen sich zwischen die Nutzfahrzeuge die Personenwagen: Alle Ladenbesitzer, Emilia vom Buchgeschäft, Kristian vom Supermarkt, Gerd vom Kiosk und Katrine vom *Kleinen Kaufmann* fahren zum Heliport, um die bestellten Waren entgegenzunehmen. Sie bilden eine kurze Karawane, und wenn sie am Hubschrauberlandeplatz angekommen sind, bleiben sie manierlich, ein Auto hinter dem anderen, stehen. In genau dieser Reihenfolge warten sie auf ihre Lieferungen, die oft nicht größer sind als mittelgroße Pakete. Ihre Wagen sind beschriftet, ein verdrehter botanischer Garten, dachte Mikileraq, als sie das erste Mal den Botanischen Garten in Kopenhagen besuchte und bemerkte, dass dort jede Pflanze ein Etikett trägt, zu Hause ist es anders, dachte sie, da tragen Autos Etiketten, vielleicht ist Amarâq ein Autogarten, und sie musste über diesen Gedanken derart laut lachen, dass die Kopenhagener etwas von ihr abrückten.

Im Sommer ist das Wasser des Fjordes so klar, dass sich die Berge darin spiegeln, dann wirkt er bräunlich grau, durchzogen mit Flecken von Blau. Die Sonne ist schnell, kaum geht sie auf, ist sie schon in voller Größe da, und mit ihrer Anwesenheit erhält der Fjord seine charakteristische Zeichnung.

Etwa um diese Zeit machen sich die ersten Kinder auf den Weg zur Schule, nicht alle kommen an, viele weichen aus, lassen sich vom Trampolin vor Karinas Haus zum Springen, Tanzen in der Luft und lautem Schreien, Singen verführen, Wettkämpfe werden auf ihm ausgetragen, und jedes Jahr, wann immer Karinas Vater gute Beute gemacht hat, verschwindet das alte Trampolin und wird durch ein neues, größeres, aber ebenso blitzblaues ersetzt, das einen noch höher in die Luft katapultiert, so dass sich das Fallen anfühlt wie kurzes Fliegen.

Magnus überlegt, ob er heute die Schule schwänzen soll, es ist Freitag, und er hat keine Lust auf den Unterricht, doch das mürrische Gesicht des Großvaters treibt ihn in die Schuhe und Jacke. Er bricht im Südosten der Stadt auf, Julie im Nordwesten. Sie haben noch nie ein Wort miteinander gewechselt, obwohl Magnus' und Julies Klassenzimmer nebeneinander liegen. Anders wartet auf Idi, die sich noch die Zähne putzt, er wird mit ihr zur Schule gehen, während des Unterrichts auf dem Spielplatz turnen, später aus der Schulküche den Käsehobel, den Dosenöffner und den Schneebesen entführen; man wird sie an jener Stelle finden, an der Idis Klasse ein Blumenbeet anlegen wollte, ihre Griffe fein säuberlich in die Erde gegraben.

Inzwischen haben Inger und Mikkel zu Ende gefrühstückt. Während Mikkel den Tisch abräumt, versucht Inger, Sofie einzufangen. Das Kind muss zur Nachbarin gebracht werden, bevor Inger zur Arbeit geht. Mikileraq ist flinker, sie hat es schon geschafft, Maja anzuziehen. Auf dem Weg zum Kindergarten fällt ihr das Muttermal auf ihrem Handrücken auf, sie meint, es sei gewachsen, ihre Mutter und ihre Großmutter besaßen an der gleichen Stelle ein ähnliches Geburtsmal.

Ole hat fast nicht geschlafen, Mark und Gitte haben sich die ganze Nacht gestritten, Gitte warf mit dem wenigen Geschirr, das sie noch besitzen und mit dem man werfen kann, zwei Becher, zwei Tassen und ein Teller, Mark packte Gitte an den Armen, während er sie in den Unterbauch trat, Gitte heulte und schrie, und Ole hielt seinen Brüdern, die sich im Nebenzimmer duckten, die Ohren zu.

Lars bestreicht, wie jeden Morgen, ein Stück Weißbrot mit Orangenmarmelade, Sara duscht, und Sivke und Keyi schlafen noch, Sivke in ihrem Bett, das seit ihrer Kindheit nicht ausgetauscht wurde, daher am Kopfteil rosarot gestrichen ist, die Liegefläche zu schmal und kurz für eine Erwachsene, und Keyi auf dem Boden der Waschküche.

Um acht Uhr schließt Kristian den Supermarkt auf und räumt seinen Lieferwagen aus. Um diese Zeit fahren die Jäger mit ihrer Beute vor und beginnen, die Robben auf dem Platz vor der Bank und der Post zu zerlegen, die ersten Einkäufer öffnen die Plastikbeutel mit den Lachsen, Lodden und den grün-rot-gelb gestreiften Seesaiblingen, manchmal sind auch die kleinen Grönland-Dorsche dabei, die die Fischer nur ausnahmsweise an Land ziehen, meistens werden sie wieder in den Fjord geworfen. Wenn die Einkäufer den Fisch gefunden haben, den sie wollen, stecken sie die Ware in ihren Beutel und dem Jäger das Geld in die Hosentasche.

Vom Geruch des Blutes und Fleisches angelockt, tauchen die Hunde auf, die nicht ins Tal der Blumen verbannt wurden. Sie kläffen und jaulen, wagen es aber nicht, bis zum Platz zu laufen, sondern lungern so lange an den Straßenecken herum, bis jemand sie verscheucht.

Nun schließen Bendt und Rikke die Bank und die Post auf, legen ihre Jacken ab und machen es sich hinter den Schaltern bequem, die Kunden werden erst im Lauf des späten Vormittags eintrudeln, und auch dann werden nur ein paar wenige Briefe verschickt und Rechnungen bezahlt werden. Wirklich beliebt ist das öffentliche Telefon im Foyer, es wird von vielen Bewohnern Amarâqs genutzt, um Dringendes zu klären oder Alltägliches zu besprechen, innerhalb weniger Minuten formiert sich eine Schlange, die bis vor die Tür reicht. Die Schlange teilt sich, die untere Hälfte geht zum Supermarkt, hier hängt im Eingangsbereich das zweite Münztelefon, ein weiteres gibt es nicht.

Inzwischen sind die Jägersfrauen eingetroffen und haben das Zerteilen der Beute übernommen. Ihre Männer konzentrieren sich auf das Verkaufen, zuerst aber streifen sie die Gummihandschuhe ab und zünden sich eine Zigarette an. Auf dem Marktplatz versammelt man sich für die Morgengespräche, ein Ritual, das davon lebt, dass sich dieselben Menschen am selben Ort um dieselbe Zeit treffen und plaudern, meistens erzählen sie den gleichen Tratsch wieder und wieder, denn der Vorrat an Geschichten ist in einer Stadt mit tausendfünfhundert Einwohnern schnell erschöpft.

Heute Morgen besprechen sie die Anwesenheit der deutschen Journalistin Ella, sie fragen sich, was sie nach Amarâq geführt haben mag, ein Artikel über Ostgrönland, weiß einer, worüber genau, fragt ein anderer, die Natur, den Fremdenverkehr?, ein Raunen hebt an, nein, sagt ein Dritter, sie möchte über die Selbstmorde schreiben, ah ja, sagen alle und verstummen. Wie kam sie überhaupt hierher?, beginnt das Frage-und-Antwort-Spiel von neuem, wer hat sie mitgenommen, warum weiß sie von uns? Sie kam mit der Carlsen, sagt ein Vierter, mit wem?, Sivke Carlsen, sie brachte sie aus Kangerlussuaq mit, als sie dort arbeitete, bist du dir sicher?, wird diese Information angezweifelt, ja, lautet die Antwort, sie kamen zusammen aus dem Westen, und Sivke brachte die Journalistin bei Robert unter, und Robert machte sie mit Mikkel bekannt, der sie seit einem Monat im Fjord spazieren fährt, sie fahren fast täglich hinaus, verbringen sehr viel Zeit miteinander, zu viel!, ruft jemand, aber sie sind beide Europäer, wird widersprochen, sie verstehen einander, sie sprechen die gleiche Sprache, nein, Einspruch, sie spricht Deutsch, und es soll noch mehr vorgefallen sein auf diesen täglichen Ausflügen, munkelt einer ganz hinten, es würde mich jedenfalls nicht wundern, und ein Kichern hebt an, das die ganze Gruppe ansteckt und in ein Lachorchester mündet, denn der Morgen ist sonnig und schön, und niemand hat Inger bemerkt, die in den Taschen der Jäger und Fischer nach dem Abendessen suchte.

Sie schüttelt den Kopf, als sie fragend angesehen wird, dreht sich um und geht, aber ihre Ohren bleiben noch an den Worten hängen: Er wird sie für diese Deutsche verlassen, so muss es doch kommen, es kann gar nicht anders sein, sie haben eine Affäre, und jeder weiß, dass es Mikkel hier nicht mehr lange aushalten wird, er wollte schon vor einem Jahr gehen.

Nach dieser Mitteilung, die für niemanden neu ist, trennt man sich, manche gehen in den Hafen, die meisten nach Hause, und zwei Frauen gehen zu Marie, um sich die Haare schneiden zu lassen.

Maries Küche verwandelt sich jeden Morgen zwischen zehn und zwölf Uhr in einen Frisiersalon, dann holt sie die vier Schachteln aus dem Kleiderschrank im Schlafzimmer, in denen sich Lockenwickler, Dauerwellenmittel, diverse Spraydosen und Schüsselchen mit Gel, Shampoo und Haarbalsam, Scheren, Rasierer, Bürsten und Kämme, Lockenstäbe und Haartrockner befinden, und stellt sie auf den Küchentisch. Die Tischdecke aus Plastik zupft sie zurecht und breitet eine alte Zeitung auf dem Boden aus. Sie kocht Kaffee, setzt Teewasser auf und blättert, während sie wartet, in einer Illustrierten von vor fünf Jahren und überlegt sich anhand von Fotos aus vergessenen und verlorenen Hochglanzmagazinen, wie sie diese vergangenen Frisuren nachschneiden, -föhnen und -drehen könnte.

Die ersten Kundinnen treffen ein, zwei zur gleichen Zeit, die Stadtbewohner sind selten allein unterwegs, meistens in Gruppen oder Paaren. Die Freundinnen wollen keine neue Frisur, sondern bloß die alte nachgeschnitten haben. Sie unterhalten sich über den neuen Maniküresalon in der Nachbarschaft, unterdessen wühlt Marie in deren dauergewellten Haaren.

In Amarâq blühen Geschäfte im Verborgenen, sie sind nicht durch Schilder ausgewiesen: Das Papiergeschäft ist hinter dem Krankenhaus, der Maniküresalon gleich daneben, die Putzfrau lebt in der Nähe des Heliports, die Kindergärtnerin dicht bei der Kirche, der Übersetzer neben der Polizei, die Friseuse beim Waisenhaus. Der Konditor bäckt im rosaroten Haus neben der Kunstwerkstätte SKUNK, die Schuhmacherin arbeitet nur, wenn ihr Mann auf der Jagd ist, die Schneiderin nur, wenn ihr Mann zu Hause ist, sie begleitet ihn auf die Jagd, der Schamane hat Betrieb, wann immer der Pastor auf Reisen ist, das Reisebüro ist in Emilias Buchgeschäft und verkauft ausschließlich Billetts für Fahrten mit dem Frachtschiff *Johanna Kristina*, das zweite Internetcafé der Stadt wird gerade in einem Wohnzimmer aufgebaut, die Couch muss noch getauscht werden, um Platz zu schaffen –

die Kundschaft ist begrenzt, daher gilt das unausgesprochene Gesetz, dass es keine konkurrierenden Läden geben darf.

Um zwölf Uhr, während der großen Pause, wird in der Schule das Mittagessen verteilt, heute gibt es Fischsuppe mit Zwieback und als Nachspeise einen Apfel, Ole schleicht in seine Klasse, um sich eine Portion zu holen, seit Jahren ernährt er sich auf diese Weise. Er verbrachte den Vormittag beim Fluss, im Tal der Blumen, beobachtete Onno, den Jäger, bei der Fütterung der Hunde, beobachtete, wie dieser einen verrottenden Seehund aus der Vorratskiste zog, die Flossen vom Körper abtrennte, und wie, als die Klinge ins Fleisch glitt, aus dem Inneren weiße Maden krochen, flohen, als hätten sie lediglich auf das Öffnen einer Tür gewartet. Die Haut des Tieres ist gelb, seine Augen sind noch erkennbar, und wenn der Wind bläst, wedeln seine Barthaare, dann strömt der Gestank nach Verwesung, ein süßlicher Geruch, eine Mischung aus Blut, Seehund und Kot, ins Tal.

Nach dem Mittagessen versucht Ole, unbemerkt aus dem Schulgebäude zu schlüpfen, wird aber von Susanne Møller, der Schulpsychologin, eingefangen. Vor ihrem Büro warten schon drei Schülerinnen, unter ihnen Julie Hansen. Ole wird von Susanne gefragt, wie es ihm zu Hause gehe, ob seine Eltern ihr Alkoholproblem langsam in den Griff bekämen, Ole versteht ihre Fragen kaum, sein Dänisch ist sehr schlecht, also sagt er ja, ja, und nein, als sie das Gesicht verzieht, verbessert er sich schnell, und zehn Minuten später darf er gehen, nachdem Susanne etwas in eine Akte geschrieben hat.

Julie ist die Nächste, Susanne wird fragen, wie es zu Hause ist, ob sich ihr Stiefvater ihr wieder genähert, ob sie mit ihrer Mutter endlich darüber gesprochen habe, Julie wird antworten, dass Martin schon länger nichts versucht habe, dass sie ihn auch nicht mehr an sich heranlasse, dass sie mit ihrer Mutter noch nicht darüber geredet habe, aber dass sie auch nicht das Bedürfnis nach einem Gespräch habe, und überhaupt sei alles halb so wild, und Julie wird betont gleichgültig aus dem Fenster sehen, Susanne wird innerlich seufzen, sich fragen, was sie hier eigentlich tue, sie wird doch nichts bewirken können, und in dem Moment wird Julie fragen, ob sie bitte gehen dürfe, und Susanne wird antworten, ja, natürlich, wenn es nichts mehr gebe, was sie besprechen wolle?, und Julie wird nicken, aber kurz bevor sie die Tür öffnen wird, wird sie fragen, wie lange Liebeskummer anhalte, Wochen, Monate oder Jahre? Und Susanne wird sie fragend ansehen und sie bitten, sich wieder zu setzen, aber Julie wird abwinken, ach, nein, es sei unwichtig, sie habe sich diese Frage bloß gestellt, weil sie ein Buch gelesen habe, und gehen, und kurz wird Susanne überlegen, ob Julie trauriger wirkt als sonst oder ob sie sich das einbildet, und sie wird in Erwägung ziehen, in Julies Klasse nachzufragen, aber sie wird sich dagegen entscheiden, denn sie muss mit dem nächsten Mädchen darüber sprechen, wie es zurechtkommt, seit es von seinem Onkel geschlagen wurde.

Vieles in Amarâq wächst im Geheimen, Gewalt drängt in winzige Häuser und gedeiht dort, als würde sie auf engstem Raum nicht zählen –

oder übersehen werden wie die Flora, die so klein ist,
dass man sich hinknien, die Nase gegen die Erde pressen
und die Augen ganz nah an die Pflanzen heranschieben
muss, um sie zu erkennen. Ohne dieses Wissen, wirken
die Berge und Täler wie eine Einöde, nichts regt sich,
nichts scheint hier zu leben, nicht einmal Insekten, obwohl es sie gibt, Moskitos, arktische Fliegen mit spindel-
dürren Beinen und schmalen Flügeln, Wasserkäfer und
Wolfsspinnen –

aber sobald man Amarâq entziffern kann, wird man es
lieben, dann wird man es nicht mehr verlassen können,
man wird sich nach dieser bizarren Landschaft verzehren
und jeden Tag von einer Sehnsucht heimgesucht werden,
die alles andere überdecken wird. Doch die Rückkehr
nach Amarâq wird eine Rückkehr in den Stillstand sein,
und vergeblich wird man versuchen, sich mit diesem Ort
zu arrangieren.

Ole wirft einen Blick ins Wohnzimmer, seine Eltern sind
wieder eingeschlafen, er hört seinen Vater schnarchen. Er
schleicht in die Küche, öffnet den Kühlschrank, obwohl er
weiß, dass sich nichts in ihm befindet, vielleicht doch das
Stückchen Salami, denkt er, das ich gestern nicht wollte,
vielleicht ist es noch genießbar, und er greift nach ihm, um
es aus der Haut zu pulen und zu essen, als es ihm aus der
Hand geschlagen wird, mach, dass du zur Bank kommst
und die Sozialhilfe abholst! Gitte, betrunken oder schlaf-
trunken, stößt ihn in den Rücken, mach schon, wir brauchen das Geld noch heute, und auf dem Rückweg besorg
ein paar Dosen Bier, nun mach schon, und sie zieht ihn an
den Ohren, stößt ihn aus dem Haus, und er fällt von den
Stufen auf die Erde.

Inzwischen ist es zwei Uhr nachmittags, Sivke ist auf dem Weg zu Emilias Buchgeschäft, auch hier kann man Schifffahrscheine kaufen, und sie würde gerne wegfahren, obwohl sie nicht weiß, wohin, keine der drei Ortschaften, die zur Auswahl stehen, hat sie Lust zu besuchen, dennoch fühlt sie sich gerade jetzt, gerade heute rastlos, als müsste sie unbedingt fort. Vielleicht möchte sie auch nur einen Kaffee trinken und sich mit einem Menschen unterhalten, der sie nicht meidet, sie nicht behandelt, als wäre sie krank, und bei Inger fühlt sie sich wohl, obwohl sie kaum miteinander sprechen.

Inger ist anders als sonst, sie blickt nicht auf, wirkt zerstreut und verwirrt. Als Sivke sie fragt, ob alles in Ordnung sei, nickt sie und flüchtet ins Büro. Erst als Sivke sich verabschiedet, fragt Inger, ob es wahr sei, dass sie die Journalistin aus Kangerlussuaq mitgebracht habe, nein, sagt Sivke, sie sei allein hergekommen, aber es stimme, sie habe sie in Kangerlussuaq getroffen, im *Polar Bear Inn*, als sie dort als Verkäuferin gearbeitet habe, zwischen Gummischlangen, Keksen, Haltbarmilch, Haltbarjoghurt und Spielzeug aus China, Wasserpistolen, dreidimensionalen Comicfiguren und Stoffbären –

Mittagessen nebenan in *Anis Kiosk und Bar*, an einem der sechs Silbertische: Die Teelichter in den türkisfarbenen Glasbehältern wurden während der Zeit, in der sie in Kangerlussuaq lebte, nie angezündet, die Küche war durch ein großes Fenster vom Essraum getrennt, auf dem Fensterbrett stand die Kasse, an der man eines der vielen Gerichte auf der Speisekarte, Rentierburger mit Pommes Frites oder thailändisches Hühnercurry, bestellen konnte. Den roten Sitzbänken an der Wand standen schwarzgepolsterte Aluminiumstühle gegenüber, und um die Mittagszeit bildete sich stets eine Schlange vor dem Buffet, die Techniker vom Flughafen warteten hier ebenso auf ihre Bestellungen wie die Stewardessen, Tagesmütter und Familienväter.

Ella sei bei den Spielautomaten an der Wand gestanden, sie habe Münzen in den einarmigen Banditen geworfen, lustlos am Hebel gezogen und nie gewonnen. Die Tischfußball-Maschine habe sie auch ausprobiert, es aber schnell gelassen, schließlich habe Sivke sie angesprochen, ob sie allein hier sei, ob sie Gesellschaft wolle, und Ella habe genickt und sich zu ihr gesetzt. Sie habe ihr ein grünes Slush spendiert, danach hätten sie noch einen Erdbeermilchshake getrunken, und Ella habe gelacht und gesagt, dass der Weihnachtsbär am Kühlschrank ein ganz Armer sei, denn er werde fortwährend stranguliert.

Für eine Journalistin sei sie erstaunlich furchtsam und schüchtern gewesen, meint Sivke, an den folgenden Tagen habe sie sie überallhin begleiten müssen, sogar in die Schule, in der sie die dreizehnjährigen Schülerinnen und Schüler nach deren Freizeitbeschäftigung (Freunde treffen, Gitarre spielen, Hundeschlitten fahren, tanzen, Fußball spielen, jagen, wandern, radfahren, Online-Spiele spielen und fernsehen) und Zukunftsplänen (Elektriker, Mechaniker, keine, keine, keine, Koch, weiß nicht und Kindergärtnerin) befragt habe, und die auf Ellas Frage, was im Leben für sie wichtig sei, zu Protokoll gaben: Liebe, zögerlich, aber einstimmig.

Auch zum kleinen Fleischer am Flughafen habe sich die Journalistin nicht allein getraut, der Laden befinde sich in einem weißen Häuschen, das wie ein Klo aussehe und einzig wegen des leuchtendgrünen Müllcontainers, der zweimal in der Woche mit abgeschabten Knochen und blutigen Rippen gefüllt werde, als Fleischerei erkennbar sei.

Ella habe gesagt, sie schreibe eine Reportage über die hohe Selbstmordrate unter Jugendlichen in Grönland, sagt Sivke, deswegen habe sie ihr von Amarâq erzählt, und am nächsten Tag habe Ella ein Ticket in den Osten gebucht und sei hingeflogen.

Mit einem Mal lässt Inger das Geschirrtuch sinken, mit dem sie die gespülten Tassen abgetrocknet hat, bittet Sivke, kurz, zehn Minuten, auf das Buchgeschäft aufzupassen und verlässt den Laden. Sie eilt in Richtung Küste, jene Schulkinder, die nicht nach Hause gehen wollen, deswegen den Nachmittag auf der Straße verbummeln, unter ihnen Julie, laufen an ihr vorbei. Bei den vertäuten Schiffen, den kleinen Yachten und Motorbooten, bleibt sie stehen, und verborgen hinter der Tankstellensäule beobachtet sie das Treiben im Hafen, vor allem die Heimkehrer Ella und Mikkel.

Inzwischen trifft Keyi im *Hotel Amarâq* ein, fragt an der Rezeption nach der Adresse von Malin Olsen. Der Rezeptionist sieht ihn unschlüssig an. Er könne sie ihm nicht geben, Datenschutz. Aber sie sei seine Tochter, sagt Keyi, sie habe vor ein oder zwei Wochen hier gewohnt, sie habe ihn gesucht, vielleicht habe sie sogar eine Nachricht für ihn hinterlassen? Diese Idee kommt ihm gerade jetzt, und sie macht ihn glücklich, Keyi lächelt. Nein, sagt der Rezeptionist, keine Nachricht. Aber, fügt er nach kurzem Überlegen hinzu, sie würden eine Nachricht an Frau Olsen schicken, wenn er dies wünsche. Keyi antwortet nicht, dann schüttelt er den Kopf, er müsse darüber nachdenken, noch falle ihm nicht ein, was er ihr sagen könnte, und nach einem kurzen Blick aus dem Fenster sieht er sich nach dem Ausgang um, stößt wegen der Fliegennetze mit Sara zusammen, sie verheddern sich im feinen Stoff und brauchen eine Weile, bis sie ihre Körper aus den Netzen befreit haben. Sie entschuldigen sich gegenseitig, Sara versteht Keyi kaum und geht auf ihr Zimmer.

Am frühen Abend, wenn das Rathaus schließt, löst sich die Gruppe vor dem Gebäude auf, die Frauen mit ihren Kinderwagen gehen nach Hause, die Männer rauchen zu Ende oder trinken aus, der Jogger beginnt seinen Abendlauf, und am Horizont sind ein paar Kinder zu sehen, die mit ihren Mountainbikes zunächst noch im Gebirge, später auf der Baustelle herumfahren, zwischen dem Generator und dem Bagger. Sie flitzen über die Sandhügel und landen auf der Erde, und mit jedem Anlauf werden die Sprünge höher.

Das Museum hätte schon längst geschlossen sein müssen, doch Sivke verspätet sich, da sie auf Inger gewartet hat. Als diese nicht auftaucht, muss sie die unechte Freundin bei Emilia verpetzen, die nur kurz mit der Zunge schnalzt. Im Eilschritt geht sie zum Museum, steigt die Wendeltreppe hinauf in den ersten Stock, schaltet den Computer aus, steigt die Treppe wieder hinunter und schließt die Tür des Museums ab.

Auf dem Heimweg trifft sie Keyi, der sie am Arm festhält, sie zu sich heranzieht und in ihr Ohr wispert: Wir sind einsam, weil wir unser Wesen nicht verleugnen können, verstehst du?

Sie schiebt ihn von sich, doch er lässt sich nicht unterbrechen.

Je einsamer man sich im Leben fühlt, desto einsamer fühlt man sich im Sterben, verstehst du?

Sivke zwickt ihm in die Hand, er lockert seinen Griff, lässt sie los. Folgt ihr, als sie weitergeht.

Verstehst du denn nicht?

Es fällt ihr schwer, ihn zu ignorieren, denn er ist ein Außenseiter in Amarâq, er wird von allen gemieden, wie sie.

Verstehst du denn nicht?

Sie bleibt stehen, dreht sich langsam um. Sie empfindet Mitleid mit ihm, das Gefühl ist heute stärker als sonst.

Sie öffnet ihr Portemonnaie, schüttet ein paar Münzen in ihre Hand, lässt diese unter seinem hellen Blick in seine Tasche fallen; er wendet sich ab.

Jeden Abend sitzt Keyi in seiner türkisfarbenen Jacke und rot-weiß-roten Schirmmütze auf dem Bergplateau, der Obdachlose (der einzige, den wir haben!, sagte erst neulich der Bürgermeister und setzte stolz hinzu, deswegen sind wir eine Stadt!), und beobachtet den Fjord. Er entdeckte als Erster, dass der kleine Wal, der die Bucht vor Amarâq nicht verlassen wollte, verrückt war und erschossen werden musste, er sagte, der Wal sei depressiv. Auf dem Felsen gegenüber stehen die Namen derjenigen, die sich im Lauf der letzten Sommer umgebracht haben, sie heben sich vom grauen Stein ab, in leuchtendem Blau, Rot und Grün. Einzig die gelben Namen sind verblichen und kaum noch sichtbar.

Um diese Zeit leert sich die Straße, die Menschen gehen nach Hause, um zu Abend zu essen, und für eine Stunde ist es sehr still, bis auf das Rauschen des Windes und das Plätschern des geschmolzenen Eiswassers, das in Rinnsalen den Berg hinunterfließt.

Wenn sich zwei Stunden später langsam die Haustüren wieder öffnen, sind es zuerst die Kinder, die es nach draußen zieht, um durch die Stadt zu wandern, zu dritt oder zu viert, die kleinen mit den großen Geschwistern, sie durchsuchen die Baustellen in der Nähe des Heliports und jene am anderen Ende der Stadt, am Fjordmund, nach Spielsachen: nach kleinen Reifen, Knochen, Stangen, Schrauben und Muttern.

Heute Abend schlurft Oles Nachbar die Straße entlang, er schleppt, gehüllt in einen roten Schianzug, einen Stuhl auf seinen Schultern nach Hause, die Sitzfläche ist durchgebrochen, und durch das Loch hat er seinen Kopf gesteckt. Nun beginnt es zu regnen, die Tropfen durchnässen ihn innerhalb kürzester Zeit, sie sind mittelgroß, manche größer, manche kleiner, ihr Tempo ist schrecklich beständig, und mit der Zeit wird ihn frieren, obwohl er einen wattierten Overall trägt. Er wird von Julie überholt, die, so scheint es ihm, aus dem Nichts auftaucht, die Stuhllehne anrempelt und ohne eine Entschuldigung die Straße entlangschreitet, als hätte sie Angst, sich zu verspäten.

Etwa zur selben Zeit schleicht Ole nach Hause, aber er geht nicht die Stufen hinauf zur Tür, sondern um die Treppe herum und rüttelt an einem Brett in der Wand; es lockert sich, er greift hinein und zieht ein Jagdmesser aus dem Spalt, Laerkes Messer, man drückte es ihm am Tag seines Auszugs in die Hand. Er überlegt noch, ob er es mitnehmen soll, als sein Telefon piepst und er eine Nachricht von Magnus empfängt; schnell steckt er es in seine Jackentasche zum Scheck der Sozialhilfe, er hat ihn nicht eingelöst, das Bier nicht besorgt.

Der Himmel ist bedeckt, die Wolken sind längliche Streifen, übereinandergeschichtet wie Schuppen. Sie hängen tief und sind so zahlreich, dass man meinen könnte, der Himmel selbst sei am Sinken.

Es ist acht Uhr, Lars bekommt Besuch von Niels. Dieser lässt sich gern von Lars zum Essen einladen, denn Lars ist ein großzügiger Gastgeber, heute gibt es Spaghetti mit Tomatensauce, danach hat Niels versprochen, Lars' Träume zu deuten. Während sie auf die Pasta warten, jeder eine Dose Bier in der Hand, sagt Niels: Selbst wenn du weit weg von deiner Familie und deinen Freunden lebst, kannst du herausfinden, wie es ihnen geht, indem du von ihnen träumst.

Sogar wenn sie tot sind?

Niels nickt.

Gerade wenn sie tot sind, reißt die Verbindung nie ab. Wir begegnen ihnen in unseren Träumen.

Inger trifft endlich zu Hause ein, Sofie wartet schon auf sie, die Nachbarin brachte sie vor Stunden heim, und das Mädchen wusste nicht, was es tun sollte, also blieb es vor der Haustür sitzen und wartete an dieser Stelle regungslos und zusammengekauert, bis seine Mutter auftauchte; diese beachtet die Tochter kaum, geht von Raum zu Raum und sammelt die Schmutzwäsche auf, Sofie läuft ihr nach und versucht, sie festzuhalten.

Inger schiebt das Kind aus der Küche, klopft sich die Hände an den Hosenbeinen ab und nimmt eine Packung Fischstäbchen aus dem Gefrierfach. Sie schüttet die Stäbchen in die Pfanne, noch bevor das Öl heiß ist, die Panier saugt es gierig auf. Robbenfleisch ist teuer, Inger hütet die Stücke, die sie vor einer Woche auf dem Markt gekauft hat, wie einen Schatz, hebt sie für besondere Gelegenheiten auf, *besondere Gelegenheiten*, sagt sie laut und runzelt die Stirn. Sie reduziert die Hitze, es eilt nicht, sie sah, wie Mikkel mit Ella im *Hotel Amarâq* verschwand, sie folgte ihnen bis zur Tür. In einer Stunde, denkt sie, wird die Abenddämmerung einsetzen, und sie nimmt das Fernglas, das auf dem Regal neben dem Telefon liegt, öffnet das Fenster und sieht hinaus. Sie beobachtet die Straße, von Zeit zu Zeit entwischt ihr Blick zum Fjord.

Auf der anderen Seite der Stadt macht sich Sivke fertig zum Ausgehen, auf das Abendessen hat sie verzichtet, kein Hunger, kein Appetit. Im Nebenhaus schlüpft Julie in ihre Jacke und Schuhe, lässt zwei weinende Schwestern zurück und eine ratlose Mutter. Der Stiefvater tut so, als wäre ihm alles gleichgültig; er hält sich von Julie fern. Bald wird sie Jens Petersens Haus erreicht haben, dann wird sie an sein Fenster klopfen, sie wird ihm zurufen, dass sie ihn noch immer liebe und immer lieben werde, dass sie ihn sprechen wolle, ein letztes Mal, er aber wird ihr diesen Wunsch abschlagen und danach ihre Rufe ignorieren, jeden einzelnen.

Jede versäumte Gelegenheit, sagt man in Amarâq, ist ein kleiner Tod.

2 Lars legt das Gewehr auf den Boden, schiebt die Kiste mit dem Fuß beiseite. Ein großer Plastiksack kommt zum Vorschein, er nimmt eine Schachtel heraus, öffnet sie: Ein Stoß Fotos befindet sich in ihr, die Bilder aufgenommen im Sommer vor zwei Jahren, als er für einen Besuch zurückkam nach Amarâq, ein ungewöhnlich heißer Sommer mit klaren Tagen, an denen die optische Täuschung noch ausgeprägter war als sonst und alles so nahe wirkte, dass man das Gefühl hatte, überallhin mit Leichtigkeit gehen zu können –

als wäre alles erreichbar, absolut alles: unverhoffte Endlichkeit.

An dem Tag, als die Wolken die Berge zudeckten, sah er Sivke das erste Mal richtig. Er kannte sie seit seiner Kindheit und doch hatte er sie nie wirklich wahrgenommen, an diesem Nachmittag aber, als er die Tür der Uuttuaqs öffnete, mit einem Fuß schon im Haus stand, ein Ellbogen in seinen Rücken gestoßen wurde und er sich umdrehte, sah er direkt in ihre Augen, und es war ihm, als sähe er mehr, denn sein Blick wurde von einem Gefühl erwidert –

eines, das ihm alle Worte nahm, wann immer er ihm begegnete. Im Grunde war es weniger ein Raub, vielmehr das langsame Zerfallen von Sprache, bis nichts mehr übrig war als Stille, und in dieser Leere spürte er ausschließlich den Kontakt, der entstanden war, und nichts anderes brauchte er, für ihn ersetzte er alles, alle Sätze, alle Bekenntnisse. Erst viel später verstand er, dass er begonnen hatte, sich zu verwandeln, *inuk*, Mensch, zu werden, sagte seine Großmutter, als sie das erste Mal die Veränderung an ihm wahrnahm. Und doch war sie ihm nicht geheuer, sie ängstigte ihn, denn sie nahm ihm alles Gewohnte, ersetzte das Bestehende durch etwas Fremdes, das er in dieser Form noch nie erlebt hatte. Seine Möglichkeiten, die Welt zu begreifen, hatten ihre Bedingung geändert, und er musste sie sich neu erarbeiten. Es war, als hätte er alles verlernt oder wäre an einem Ort angekommen, an dem nichts vom Erlernten mehr gültig war; der Lernprozess war mühsam, schmerzhaft, vieles machte er falsch, und es blieb ihm nicht verborgen, dass er sich fehlerhaft, mangelhaft verhielt, so begann er sein Verhalten zu kontrollieren, jede Bewegung, jedes Wort, bis bloß noch leere Phrasen und Gesten übrig waren. Er hatte sich selbst verloren, glaubte er, er wusste nicht mehr, wer er war, konnte sich nicht mehr auf sich verlassen, und nur wenn er mit Sivke zusammen war, gelang es ihm, Kontakt mit sich aufzunehmen, doch selbst dann störte sie die Übertragung.

Er gestand ihr einen Teil seiner Liebe, für das volle Geständnis war die Situation zu unklar. Bald begann er, sich und sie zu belauern, jedes Wort, jedes Gefühl in Frage zu stellen, abzuklopfen, und immer wieder glaubte er sich zu irren, sich selbst missverstanden zu haben, nicht das zu empfinden, was er als Liebe bezeichnen würde, und er wartete darauf, dass sich diese Einbildung verflüchtigen würde, doch sie hielt sich hartnäckig, dachte nicht daran, sich aus dem Staub zu machen, und langsam schien es Lars, als würde Sivke ihm diktieren, was er zu fühlen habe; dass es ihr so ähnlich ging wie ihm, kam ihm nie in den Sinn.

Sie verliebte sich mit einer solchen Heftigkeit, dass sie nicht anders konnte, als zu seinem Schatten zu werden, ein Stück Nacht, das sich an seine Seite heftete und ihn begleitete, Schritt für Schritt. Schließlich schlief sie mit ihm, sie konnte nicht anders, obwohl sie wusste, dass sie ihren Freund betrog, den Mann, den sie liebte, und sie liebte ihn noch, obwohl sie auch Lars liebte, es war, als hätten sich sowohl ihre Gefühle als auch ihre Person verdoppelt, als gäbe es sie zwei Mal, und beide Sivkes liebten unterschiedliche Männer. Lars kam dies gelegen, denn er nahm es als Zeichen, dass das, was zwischen ihnen entstanden war, nicht wirklich, nicht von Dauer war.

Er musste dies glauben, wenn er seine Freundschaft mit Janus erhalten wollte, er sagte sich, dass die Liebe, die er für Sivke empfand, eine jener Lieben sei, die für einen Moment aufflammen, um ebenso plötzlich zu vergehen, wie sie gekommen waren.

Sie sei schwanger, sagte Sivke am Abend, nachdem sie den ganzen Tag in den Bergen an den Seen verbracht hatten. Was werde sie tun?, fragte Lars nach einer langen Pause, er müsse zurück in den Westen, um seine Ausbildung zu beenden, er könne sich nicht um sie und das Kind kümmern, außerdem, sagte er, Janus –

sie unterbrach ihn.

Ich weiß.

Sie müsse Janus die Wahrheit sagen, meinte sie, sie könne ihm nicht mehr verschweigen, dass er und sie ein Paar seien, ein Paar, unterbrach er sie, sie seien kein Paar, und rückte von ihr ab, sie brauche Janus nicht die Wahrheit zu sagen, fuhr er fort, denn sie würden einander ab morgen nicht mehr sehen, morgen werde er abreisen, dann werde es sie, das Paar, nicht mehr geben, wozu den Freund verletzen, und seine Stimme klang hart, selbst in den eigenen Ohren –

und er reiste ab, flog mit dem Hubschrauber nach Ittuk und von dort aus in den Westen, und er hörte lange nichts von Janus und Sivke, erst wieder im November: Sie wolle es abtreiben, schallte Janus' Stimme aus der Muschel, sie wolle es nicht behalten, was?, fragte er, sein Kind, sagte Janus, sie habe ihm vor einer Woche gesagt, dass sie schwanger sei, aber dass sie es nicht behalten wolle, er habe versucht, es ihr auszureden, aber sie sei nicht umzustimmen gewesen. Warum, fragte Janus, möchte sie mein Baby nicht?, und es klang, als fragte er, *warum möchte sie mich nicht?*

Anfang Dezember kam der zweite Anruf von Janus, der sagte, er habe keine Lust mehr weiterzuleben, er werde sich umbringen, und wütend auflegte, als Lars versuchte, ihn davon abzubringen.

Kurz vor Weihnachten rief Kiiki an, die Lars besorgt fragte, ob Janus bei ihm aufgetaucht sei, er sei verschwunden, ob er sich bei ihm in Nuuk gemeldet habe? Nein, sagte Lars.

Ende Februar, als es wochenlang ungewöhnlich mild für einen ostgrönländischen Winter war, so warm, dass die Pflanzen im Tal der Blumen anfingen zu treiben und die Eisdecke des Fjords nicht wachsen wollte, sondern im Gegenteil schrumpfte, meldete sich Kiiki wieder. Sie hätten Janus gefunden, sagte sie, seine Leiche sei angeschwemmt worden. Angeschwemmt, fragte Lars? Janus habe sich ertränkt, sagte sie und legte auf.

Dem vierten Anruf folgte der fünfte und letzte, von Sivke, die sagte, sie habe ihm alles gestanden, Janus habe von Lars und ihr gewusst.

Anfangs glaubte Lars nicht, Janus könnte sich ihretwegen umgebracht haben, anfangs glaubte er, Janus sei deprimiert gewesen, früher oder später wäre es sowieso geschehen, er habe eine melancholische Veranlagung gehabt, dazu käme noch die Familiengeschichte, Janus' Schwester, die sich auch ertränkt hatte. Später aber, als die Erkenntnis in ihm Wurzeln schlug, dass Janus möglicherweise deswegen tot war, weil er die Wahrheit gekannt hatte, wurde Lars diesen Gedanken nicht mehr los, und er konnte nichts dagegen tun, als ihm Nacht für Nacht ausgeliefert zu sein. Damals träumte er von seinem Freund, der ihn ansah, obwohl er sich von ihm weggedreht hatte, und ihn anflehte, zu ihm zu kommen, und Janus' Stimme dröhnte in Lars' Ohren, als spräche er direkt in seinem Kopf. Diese Bitte, die anfangs noch absurd geklungen hatte, wurde immer verlockender, je öfter Lars sie hörte –

ist es nicht ein Trugschluss, zu glauben, dass das Leben eines Einzelnen Bedeutung hat, nur für sich betrachtet? Genauso wenig wie der Tod des Einzelnen Sinn macht, isoliert vom Leben der anderen.

Als Lars in Amarâq ankam, wusste er nicht, dass er noch am gleichen Tag Sivke begegnen würde. Seit seiner Abreise vor einem Jahr hatte er versucht, ihr Bild jedes Mal, wenn es in seinem Kopf auftauchte, hinauszustoßen, als sei es dafür verantwortlich, dass Janus seine Träume besetzt hielt. Wann immer dies geschah, verbrachte er die Nacht im *Daddys*, einer Bar, die Freitag- und Samstagabend mit Countrymusik Scharen von Partymenschen anlockte. Unter der Woche allerdings war sie so ausgestorben, dass Lars gezwungen war, weiterzuziehen, so lange, bis er eine Frau fand, die sich abschleppen ließ –

was im Grunde zu leicht war: Auf den Straßen, in den leeren Treppenhäusern, in den verlassenen Sackgassen brauchte er nicht lange zu suchen, diese Frauen, die am Erfrieren waren, gingen mit ihm, denn sie wollten ebenso dringend gefunden werden, wie er sie hatte finden wollen. So vergingen die Nächte, bis er zu spüren glaubte, dass er sie nicht mehr brauchte und allein schlafen konnte.

Als er sich nicht und nicht von einer fiebrigen Erkältung erholte, ließ er sich im Spital untersuchen. Die Untersuchung ergab, dass er HIV-positiv sei, eine Nachricht, die ihn nicht überraschte, als habe er es schon die ganze Zeit gewusst oder sogar darauf angelegt; dass das Risiko hoch war, sich anzustecken, war ihm immer klar gewesen.

Er buchte einen Flug nach Amarâq und packte seine Sachen. Seine Großmutter würde er auf jeden Fall noch gesundpflegen können, damit rechnete er, und an die weitere Zukunft dachte er nicht, und er hatte Glück, man bot ihm eine Stelle im Kinderheim an, sie war nicht gut bezahlt, er hätte in Nuuk eine bessere Arbeit bekommen, aber es war ihm richtig erschienen, heimzukehren.

Kaum angekommen, meinte er, sein Blick habe sich geändert: Alles war deutlicher, schärfer, und er sah mehr als zuvor. Er konnte nicht mit Sicherheit sagen, ob nur ihm Amarâq so neu, so fremd vorkam, oder ob sich die Stadt tatsächlich verwandelt hatte. Er wusste nicht, was er zuerst ansehen oder anfassen sollte, und jedes Mal, wenn er auf den Fjord blickte, in dem die wenigen Eisberge im Sommer schwammen und schmolzen, fühlte er eine Ruhe, die er in dieser Form nicht gekannt hatte, nicht seit er davon geträumt hatte, Filme zu schreiben, zu drehen und mit ihnen die Welt zu bereisen, die Welt aber interessierte ihn nicht mehr –

als er im Supermarkt, noch im Eingangsbereich, in Sivkes Ellbogen lief und sie sich mit einem Ruck umdrehte, dabei fast auf ihn fiel, ein Aufeinanderzufallen statt einer Begrüßung, das in ein überraschtes Schweigen mündete.

Sivke hastete durch das Drehkreuz ins Geschäft. Lars folgte ihr, sprach sie an, versuchte sie festzuhalten, sie wand sich aus seinem Griff, nahm ein paar Lebensmittel aus den Regalen, wahllos, wie er meinte, bezahlte und ging. Er sah ihr nach; er wollte es später noch einmal versuchen, vielleicht wäre sie dann bereit für ein Gespräch. Er wartete vor ihrer Haustür, klopfte an, niemand antwortete, so wartete er weiter, auf dem Boden hockend, jeden Tag, vor und nach der Arbeit, in der Hoffnung, sie würde mit ihm sprechen, aber sie wich ihm aus, verfolgte seine Bewegungen durch das Fenster und verließ das Haus nur, wenn er nicht mehr zu sehen war. Es war ein Tanz, den sie miteinander und umeinander vollführten, Lars versuchte sie einzukreisen, sie versuchte aus seinem Kreis auszubrechen, und so verschlangen sich ihre Bewegungen, aber sie berührten einander nie, es kam zu Überschneidungen, aber nie zu einer Verknotung.

So erfuhr Lars von den Bewohnern der Stadt, dass Sivke Janus gefunden hatte und daraufhin nicht mehr ansprechbar gewesen war; dass sie wie von Sinnen war und weggebracht werden musste; dass sie einen Monat lang nur vor sich hingestarrt, im nächsten nur geweint, sich aber geweigert hatte, mit jemandem zu sprechen, weder mit der Sozialarbeiterin noch mit der Psychologin; dass man sie unter Hausarrest und Aufsicht stellen musste, weil man nicht sicher war, ob sie sich etwas antun würde, und obwohl Johanna, die Tag und Nacht bei ihr wachte, sich schließlich auch noch den kürzesten Schlaf versagte aus Angst, ihre Nichte würde die halbe Stunde nutzen, um sich umzubringen, schaffte Sivke es, ein Seil an den Türgriff zu knüpfen und um ihren Hals zu schlingen –

wäre Julie nicht gewesen; ein eigenartiges Geräusch, ein Klopfen, abgelöst von einem Schaben und Scharren, führte sie zum Zimmer ihrer Cousine, und da sich die Tür auf den Gang hinaus öffnete, brauchte sie nur die Klinke hinunterzudrücken, um ein Leben zu retten.

Daraufhin beschloss man, Sivke fortzuschicken, und mit ihrer Abreise verschwand die Unruhe, die sie über Amarâq gebracht hatte, und die Atmosphäre der Angst löste sich auf.

Lars traf Sivke wieder, als er einen Anruf von der Polizei bekam und man ihn bat, ein Mädchen abzuholen und auf es aufzupassen, bis seine Familie käme und es mit nach Hause nehme.

Es war Julie, in Decken gewickelt, eingemummt, in Tränen aufgelöst; sie lehnte an Torben, dem Polizisten, der jedes Jahr für sechs Monate nach Amarâq kommt und jedes Mal bei seiner Ankunft den Ehering in seiner Hosentasche versteckt.

Was geschehen sei, fragte ihn Lars mit einem vorsichtigen Seitenblick auf Julie. Der Vater, sagte Torben und verbesserte sich, der Stiefvater hat sie vergewaltigt, die Mutter will es aber nicht wahrhaben. Jens, rief Torben und wedelte mit einem Blatt Papier, legst du bitte den Bericht ab? Der Neue, sagte er zu Lars, er ist gestern angekommen und muss sich einarbeiten, du hast nicht zufällig ein Zimmer, das du vermieten möchtest? Torben grinste. Julie versteckte sich in der Decke, verbarg ihr Gesicht, und auch wenn sie manchmal kurz aufsah, antwortete sie nicht und tauchte im Stoff unter, als Jens sich zu ihr drehte und fragte: Geht es wieder?

Sie ist schüchtern, lass sie.

Torben gab Jens einen Schubs in Richtung Kopierraum, Jens nickte und verschwand. Die Neuen, sagte Torben kopfschüttelnd und fügte hinzu, Lars solle Julie bei sich im Kinderheim behalten, bis ihre Cousine käme und sie abhole.

Die Mutter haben wir abgeschrieben.

Als Lars Julie seine Hand hinstreckte, nahm sie sie nicht, sie sah kaum aus der Wolldecke hervor und wollte diese auch nicht wieder hergeben, aber sie folgte ihm die Treppe hinunter und die zwanzig Meter bergauf bis zur Pforte des Kinderheimes, dort setzte sie sich auf die Bank in der Eingangshalle. Ob sie etwas trinken oder essen wolle?, fragte Lars hilflos. Sie schüttelte den Kopf, also setzte sich Lars neben sie und wartete mit ihr, denn er wollte sie nicht allein lassen. Nach einer Weile lehnte sich Julie an ihn, lehnte ihren Kopf an seine Schulter und kuschelte sich an seinen Arm.

Sie wussten nicht, wie lange sie nebeneinandergesessen und gewartet hatten, in dieser einträchtigen Stille, die so sehr in sich abgeschlossen war, dass sie das Gefühl bekamen, die Zeit ginge sie nichts mehr an, sie befänden sich außerhalb von ihr –

bis Sivke diese Zweisamkeit störte: Sie stürzte sich auf Julie und umarmte sie, die Decke fiel zu Boden und blieb dort als Hülle liegen, als Kokon. Dann wandte sich Sivke Lars zu, zum ersten Mal seit dem Zusammenstoß im Supermarkt sah sie ihn an, und es war ihm, als würden ihre Blicke kollidieren.

Sie schwieg, sie schien etwas sagen zu wollen, er konnte die Wörter sehen, die, eines nach dem anderen, auftauchten und in der Luft hängenblieben, als wäre deren Oberfläche aufgeraut, sie aber überlegte es sich anders und bedankte sich.

Tak.

Als sie sich zum Gehen wandte, hielt er sie am Arm zurück und sagte, dass er ihr etwas Wichtiges sagen müsse. Sie blieb stehen, ihr Gesicht von ihm abgewandt, Julie in den Armen.

Lars sagte, und er flüsterte mehr, als er sprach, er habe Aids. Sie nickte, antwortete nicht. Er lockerte seinen Griff, sie durchquerte den Vorraum mit drei großen Schritten, und er sah sie, obwohl Amarâq so klein ist, nie wieder –

als bliebe sie seinen Augen, bloß seinen, verborgen.

Seine Großmutter schläft, sie hat sich in den letzten Wochen erholt, bald wird sie ihre Besorgungen wieder selbst erledigen können, den Fisch ausnehmen, die Beeren sammeln, die Wäsche waschen, wie sie es vorher getan hat, sie wird ihn nicht mehr brauchen, im Grunde hat sie ihn nicht gebraucht, denkt Lars, er brauchte sie, es war eine Ausrede, dass er ihretwegen zurückgekommen ist, er ist seinetwegen zurückgekommen.

Er steht dicht am Fenster, bald wird es zu dämmern beginnen, denkt er, der Tag wartet schon. Seit seiner Rückkehr aus dem Westen versucht er, den Rhythmus der Zeit wiederzufinden, vergeblich; sie funktioniert nach einem Prinzip, das er nicht länger versteht.

Die Zeit ist anders hier.

Er sieht sie nicht mehr, fühlt sie nicht mehr, sie ist ihm

entwischt, irgendwann, er kann sich nicht erinnern, wann genau.

Als er zum Jagdgewehr seines Großvaters greift und die Sicherung löst, verschwindet die Müdigkeit, der Ballast der letzten Monate, der letzten Jahre –

so nah ist er sich selten.

3 Idi richtet sich auf.

Sie ist etwas benommen, wischt sich mit dem rechten, dann mit dem linken Ärmel die Spucke aus dem Gesicht und steht auf. Sie taumelt und muss sich am Regal abstützen. Ihr ist schlecht, sie geht in Richtung der Kassen, setzt sich dort auf den Boden und sieht sich um. Anders ist nicht zu sehen. Rufen kann sie ihn nicht, denn sie hat Angst, sich übergeben zu müssen, wenn sie den Mund öffnet.

Sie schließt die Augen, atmet langsam durch die Nase, ihr Magen beruhigt sich. Sie sieht sich um, kein Anders.

Es bleibt ihr nichts anderes übrig, als zum Eingang des Marktes zu gehen und von dort aus die Regalreihen systematisch abzusuchen, zuerst die Bauabteilung mit den Maschinen und Geräten, dann die Fleischabteilung, Milchabteilung, Gemüse- und Obstabteilung. Sie tappt durch die Reihen mit Brot- und Backwaren, Müsli, Cornflakes, Süßigkeiten, Marmelade, Reis, Mehl, Öl, und während sie sich umsieht, hat sie das Gefühl, dass die Regale näher rücken und sie ihnen nur entkommen kann, wenn sie schneller ist, also beginnt sie zu laufen, aber sie verirrt sich, denn sie verliert die Orientierung. Die schmalen Gänge verschlingen sich in ihrer Vorstellung ineinander, zu einem Labyrinth, aus dem es einzig ein Entkommen gäbe, wenn sie größer wäre als diese metallenen Regalwände, und verzweifelt fängt sie an zu springen, nicht im Stehen, sondern im Laufen, sie springt und läuft, sieht aber noch immer nicht, wohin sie sich bewegt und wie sie diesen verschlungenen Pfaden entkommen kann, also räumt sie eines der Regale leer, die Müsli- und Haferflocken-Packungen wirft sie einfach auf den Boden und klettert auf das Regaldach, über die Fächer, die sich zwar nicht unter ihren Füßen biegen, dafür aber bedenklich schaukeln, sie kann gerade noch das Schwanken kontrollieren.

Von oben tritt die wahre Identität des Labyrinths in Erscheinung. Es ist ein Meeresbecken mit einer Unterwasserlandschaft aus Regalen und Wühltischen sowie flachen Inselgruppen, Tiefkühltruhen, deren Oberfläche aus dem Wasser ragen würde, wäre das Meer nicht ausgelaufen und vertrocknet, vor vielen Jahren, nun ist es spurlos verschwunden, der Horizont ist geblieben, ein grauer Strich im weißen Himmel, der, entdeckt Idi, lediglich weiß auf Augenhöhe ist, hebt sie ihren Kopf, ist er ebenso grau wie der Horizont –

und eine Treppe führt in seine Mitte.

Treppen hatten es Svea-Linn angetan, aber auch Kanten, Fugen, Striche aller Art, sie folgte ihnen mit ausgestrecktem Zeigefinger, bis sie aus der Reichweite ihres Fingers verschwunden waren, vielleicht ging sie deswegen gebückt, vielleicht verformte sich deswegen ihr Rücken, weil sie sich immer zum Boden beugte, um die Linien besser zu sehen, denn ihre Augen wurden schlechter, je älter sie wurde. Als Kind hatte sie sich eine Brille gewünscht, sie wollte so aussehen wie ihre Lehrerin, als Jugendliche hatte sie noch immer keine Brille bekommen, obwohl ihre Umwelt langsam, aber stetig unschärfer geworden war, eigentlich zerronnen: als hätte man sie mit Wasser verdünnt.

Svea-Linn war kleiner als die meisten ihrer Mitschülerinnen, ihr Körper hatte früh aufgehört zu wachsen, nicht aber ihr Kopf. Sie hatte schulterlange, glatte schwarze Haare, auf ihrer Oberlippe wuchs schwarzer Flaum, ihre Augen saßen schon fast auf der Stirn, und sie konnte sich nicht bewegen, ohne zu schaukeln; sie ging nicht, sie wankte. Sie war weder musisch noch mathematisch begabt, dafür besaß sie das Talent, sich vollkommen zu identifizieren, sei es mit einer Aufgabe, sei es mit einem Menschen. Von Svea-Linn geliebt zu werden bedeutete, niemals wieder einsam sein zu müssen, sie würde immer da sein, niemals würde sie den Geliebten verlassen, und immer würde sie wissen, was er dachte. Es hatte den Anschein, als würde sie sich in seinen Gedanken und Gefühlen besser auskennen als in ihren eigenen, und doch besaß ihre Liebe eine solche Substanz, gerade weil sie genau wusste, wer sie war, und nichts konnte dies erschüttern.

Iven war der Jägerssohn von nebenan, dem Svea-Linn schon als kleines Mädchen versprochen worden war, und als sie sechzehn Jahre alt war, lösten ihre Eltern das Versprechen ein, und sie wurde Ivens Frau. Iven war das Gegenteil von Svea-Linn: Er war groß, kräftig gebaut, er ging nicht, er schritt, und er war ein schneller Läufer, guter Schütze, mit Augen, die besonders scharf in die Ferne sahen. Außerdem war er, wie die Bewohner Qertsiaks behaupteten, gutmütig, sanft, er ließ sich zu allem überreden, war für jeden Spaß zu haben, lachte laut und gerne, er sang, wenn es sich nicht vermeiden ließ, dann lachte die ganze Runde, denn sein Jaulen war ohrenbetäubender als das der Hunde. Er war, nicht bloß auf den ersten Blick, so etwas wie ein perfektes menschliches Wesen, makellos, rein, unschuldig, und doch hatte er einen Fehler, den seine Familie verschwiegen hatte, er war mit ihm geboren worden, und alle männlichen Mitglieder seiner Familie waren daran gestorben: Er trug den Tod in sich.

Schon mit neun Jahren, als Svea-Linn sich eine Brille wünschte, hatte Iven das erste Mal versucht, sich umzubringen, doch er hielt es nicht lange genug im kalten Wasser aus, nicht einmal eine Erkältung holte er sich. Mit vierzehn Jahren hatte er es das zweite Mal versucht, doch er schoss daneben, nicht einmal einen Kratzer brachte er sich bei. Mit sechzehn wurde er unterbrochen, als er versuchte, sich zu erhängen: Sein Vater kam ihm zuvor. Am Tag nach seiner Hochzeit erhängte sich sein ältester Bruder, und eine Woche, ehe dieser sich tötete, brachte sich sein Onkel um.

Familie Tukula kam ursprünglich aus dem äußersten Norden Grönlands, eigentlich, hatte Anders' Vater gesagt, seien ihre Vorfahren vom Westen in den Norden und von dort in den Osten gewandert, doch die Bräuche des Nordens seien an ihnen haftengeblieben, auch Legenden, Sagen und Vorstellungen wie jene, dass die Seele des Menschen sich nicht im Körper, sondern außerhalb befinde und dass sie dem Menschen folge wie ein zweiter Schatten. Lediglich Schamanen könnten sie sehen, und nur sie könnten die Seele vom Körper trennen, um sie im Schnee zu vergraben, und der Mensch müsse sterben, es sei denn, die entführte Seele würde gefunden und zurückgegeben werden. Die Seele sehe ihrem Besitzer ähnlich, hatte Iven gesagt, sie sei kleiner und, an dieser Stelle war seine Stimme rauer geworden, eckiger, er habe als Kind die Seele seiner Schwester gesehen, während sie schlief, er habe gesehen, wie sie über ihrem schlafenden Körper geschwebt sei, lang ausgestreckt, sie habe die Bewegungen seiner Schwester mit einer kurzen Verzögerung imitiert, als wäre sie eine Verlängerung, ein Ausläufer, an den Köpfen aber seien die Seele und seine Schwester verbunden gewesen, Kinder, hatte er hinzugefügt, hätten diese Gabe, und er, hatte er mit einem Blick auf Anders gesagt, besitze sie auch.

Die Beschäftigung mit der Seele hatte es Familie Tukula angetan: Von einem Urahn erzählten sie sich, dass dessen Seele in beliebige Körper hinein- und wieder aus ihnen herausschlüpfen und er deswegen von seinen Gegnern nie getötet werden konnte, dieser Urahn, ein Mörder, der bei den Dänen unter dem Namen Anders bekannt war, habe sich im Greisenalter in einen Bergwanderer verwandelt, der weder lebendig noch tot war, unsichtbar für menschliche, sichtbar für unmenschliche Augen, und all dies habe sich zu einer Zeit zugetragen, als sich die Männer bei jeder Mondfinsternis in ihren Hütten versteckten, aus Angst, vom herabgefallenen Mond gefressen zu werden.

Es habe einige Bergwanderer in ihrer Familie gegeben, hatte sein Vater gesagt, sie alle seien eines Tages aufgebrochen, in der Morgendämmerung, und nie wieder zurückgekehrt. Von einem Großonkel habe man die gefrorene Leiche gefunden, seine Seele habe wohl keine Zeit mehr gehabt, in den Körper zurückzukriechen.

Erst Jahrzehnte später, als die Bauarbeiten der Amerikaner begannen, die ersten Militärbaracken errichtet wurden und die ersten Soldaten ihre neuen Quartiere bezogen, seien Schlingen geknüpft worden, doch die meisten Toten habe es in den Jahren danach gegeben, nach der Umsiedlung nach Qaanaaq im Nordwesten, nach den Monaten in den Notunterkünften, in Zelten aus dünnen Plastikplanen, die dem Wind und Regen nicht standhalten konnten, weil sie nicht für den Norden Grönlands gefertigt worden waren, sondern für die Ebenen, Wälder und Hügel Amerikas, an dieser Stelle hatte er sich geräuspert und gesagt, er habe sich die Vereinigten Staaten immer tropisch vorgestellt, ein Land, in dem nichts anderes getragen würde als kurze Hosen und Hemden.

Ihrer Familie sei es relativ gut ergangen, hatte Iven zu Anders gesagt, an einem dieser Abende, wenn die Sätze wie von selbst ihren Weg zur Zunge finden und nicht angelockt werden müssen, an einem dieser Abende, wenn es draußen stürmt und regnet, der Schwarztee aus der Thermoskanne dampft und die Glühbirne in der Lampe über dem Couchtisch von Zeit zu Zeit flackert, weil sie nicht mehr lange halten wird –

an einem solchen Abend wird gesprochen, weil man plötzlich spürt, dass Worte leben.

Sein Großvater, hatte Iven gesagt, sei Teil der dänisch-amerikanischen Spezialeinheit während des Krieges gewesen. Sie hätten im ganzen Nordosten mit Hundeschlitten patrouilliert, sein Großvater und seine Kameraden, und während einer dieser Touren hätten sie entdeckt, dass die Deutschen versuchten, eine Wetterstation aufzubauen, natürlich hätten sie sie angegriffen und verjagt, hatte sein Vater gesagt und sich nicht die Frage gestellt, wohin. Die Spezialeinheit habe die traditionelle grönländische Kleidung getragen, ganz in Weiß, und sie hätten sich an ihre Gegner angeschlichen, als wären diese Robben, so hätten sie sie überwältigen können, und er hatte Anders vorgemacht, wie man sich anzuschleichen habe, er war vor dem Couchtisch hin und her gesprungen, währenddessen aber hatte er geschwiegen, manchmal war ihm ein lautes Schnaufen entkommen, und fast hatte Anders gedacht, sein Vater habe den Verstand verloren, wie er so zwischen der Couch und den Stühlen umherlief, sich bückte, mit seinem Körper eine Wellenlinie formte und zwischen den Tischbeinen untertauchte.

Am nächsten Morgen fand Svea-Linn Ivens Leiche. Er hatte sich im Zimmer im Obergeschoß erhängt, in halb kniender Stellung, beide Füße auf dem Boden. Der Strick, der in einer Schlinge um seinen Hals lief, war mit einem komplizierten Knoten am Dachbalken befestigt. Dort befand sich noch eine zweite Stelle, an der die Staubschicht verwischt und das Holz nach beiden Seiten ausgefasert war: Er war beim ersten Versuch abgestürzt.

Hinter den Schuhregalen entdeckt Anders eine Tür, eine Geheimtür, wie ihm scheint, und doch ist sie unverschlossen. Er drückt den Griff hinunter und späht in einen schmalen, dunklen Gang: eine Röhre.

Er kann nicht widerstehen.

Er tritt in die Dunkelheit, steigt die Stufen hinauf, bis er an eine weitere Tür gelangt, und als er sie öffnet, umfängt ihn ein starker Wind, der Nachtwind, der sich auf dem Dach des *Pilersuisoq* staut, und Anders steht im Freien, mit Blick auf den Nordwesten der Stadt, vereinzelt flackern Lichter, und die Finsternis befreit die Landschaft von ihrer dritten Dimension. Alles erscheint nun als Ebene, alles scheint begehbar, und wenn es gerade keinen Grund unter den Füßen gibt, ist Anders überzeugt, wird ihn der Wind tragen, der aus allen Richtungen bläst.

Er geht dicht an den Rand, stellt sich an die Dachkante und springt.

Mildernde Umstände.

Das Laiengericht sprach sich für mildernde Umstände

aus, es hatte zu viele Todesfälle in der Familie in den Jahren vor Ivens Selbstmord gegeben, nicht mitgerechnet jene der Freunde und Bekannten, die es in den Wohnblocks, die in den Siebzigerjahren in Amarâq aufgestellt worden waren, nicht länger ausgehalten und sich, einer nach dem anderen, erhängt hatten, teils auf kleinstem Raum, neben dem Bett, vor dem Fenster, im Schrank, denn mehr hatte man ihnen nicht zugestanden, lediglich eine Wohnung von dreißig Quadratmetern, die laut Gesetz alles enthielt, was man zum Leben braucht, eine Küche, ein Badezimmer, ein Wohnzimmer und ein Schlafzimmer, die eigene Welt reduziert auf das Nötigste, und als die *Epidemie*, wie sie damals erstmals genannt wurde, nicht abriss, als sich die Wohnblocks solcherart zu leeren begannen, reisten ganze Gruppen von Psychologen nach Amarâq und interviewten die Bevölkerung. Warum, fragten sie, nehmen sich diese Menschen das Leben, sie haben doch alles, was man braucht, sie haben ein Zuhause und Geld für Nahrung, wir geben ihnen doch alles, und obwohl sie unter Beschimpfungen, Protesten und Demonstrationen ihre Befragungen fortsetzten, verstanden sie nicht, dass all das Geld, das von Dänemark nach Grönland floss, keine milde Gabe war, sondern die Bezahlung für eine Selbstaufgabe, die in diesem Ausmaß unbezahlbar war –

manche ahnten es, blieben in Amarâq und versuchten wiedergutzumachen, was ihre Urgroßväter, Großväter und Väter angerichtet hatten, und sie erdachten die Theorie, dass die gewaltsame Modernisierung, die in den Fünfzigerjahren im Westen ihren Ausgang genommen hatte, die Menschen auf dem Gewissen habe, und sie sagten, dass die Kultur der Inuit, die den Selbstmord nicht verurteilt, zu seiner massenhaften Verbreitung beigetragen habe, und sie sagten, dass die Kolonialpolitik Identitätsprobleme verursacht habe, und all diese Theorien formten sie zu einer Waffe und richteten den Lauf auf die Opfer und sagten, aber ihr konntet nicht damit umgehen, weil ihr schwach seid, deshalb habt ihr zu trinken begonnen und bringt euch um.

Mildernde Umstände.

Svea-Linn war nicht nach Dänemark geschickt worden, sie durfte ihre Haftstrafe in Grönland absitzen. *Institution für Verurteilte* stand auf einem Schild über dem Gebäude, einer ehemaligen Militärbaracke mit glitzernden Fahrradständern und glänzenden Mülltonnen in dieser Transitstadt im mittleren Westen: Kangerlussuaq. Vier Jahre, hatte man festgelegt. Tagsüber putzte sie die Räume des Flughafens, abends kehrte sie in die Anstalt neben der Kirche zurück und schlief in einem Kämmerchen, das ein anderer Häftling blankgescheuert hatte. Nachdem sie die Hälfte ihrer Haftstrafe abgesessen hatte, zerriss sie das Leintuch in schmale Streifen, drehte diese zu einem Seil und knüpfte sich am Fenstergriff auf.

Am nächsten Tag kam ihr Sohn in Kangerlussuaq an, er hatte einen Koffer bei sich, den ihm die Sozialarbeiterin geschenkt und gepackt hatte, mit all seinen Kleidern und Spielsachen für die nächsten zwei Jahre. Die Zelle seiner Mutter war leer, niemand sagte ihm, dass sie gestorben war, niemand beachtete ihn. So verbrachte er die nächsten Monate allein in ihrer Kammer, allein in den Gängen der Anstalt und versteckte sich, wann immer sich ein Häftling oder ein Aufseher näherte.

Er sprach in dieser Zeit kein Wort und streifte für sich durch die Straßen Kangerlussuaqs, die ihm wie eine Geisterstadt erschien, nicht nur verlassen und leer, sondern leergeräumt, mit extrabreiten Pisten für Militärfahrzeuge, Jeeps, Panzer und Tanker, die auf ihnen bis vor wenigen Wochen gerollt waren, nun aber nur noch von einem gelben SCHOOL BUS befahren wurden, der morgens und nachmittags vierzehn Kinder durch die Stadt kutschierte. Dann verbarg sich Anders auf dem Spielplatz zwischen der Bowlinghalle und der gelben Militärbaracke, die der *Direktor*, so wurde er von allen im Ort genannt, ein stämmiger Mechaniker mit eckigem Gang und einem auffallend größeren rechten Auge, *Piratenauge*, in ein Hotel umwandelte: mit farbigem Mobiliar, roten Stühlen und blauen Tischen, die eines Tages den verschneiten Bürgersteig bewohnten, als wäre der ein Haus ohne Mauern.

Jeden dritten Tag ging Anders ins neugegründete Kangerlussuaq Museum, ein langgestrecktes Gebäude, das ihn an die Saloons aus den Westernfilmen erinnerte, die allabendlich in der Anstalt liefen, kompakt und ebenerdig wie es war, mit kleinen, verhängten Fenstern und einer breiten Schwingtür, und jedes Mal, noch bevor er angesprochen werden konnte, verließ er die drei Räume mit den Fotografien, und die Zweige und Blätter eines Strauches trudelten, zusammengeknäult zu einer Kugel, an ihm und am Mast mit der amerikanischen Flagge vorbei.

Seine Lieblingsbeschäftigung aber war, den Flugzeugen beim Starten und Landen zuzusehen. Wenn er an einer bestimmten Stelle dicht am Zaun des Flughafengeländes stand, flog die Maschine direkt über ihm zur Landung an, und er spürte den Wind, der so stark war, dass er sich am Gitter festhalten musste. Er liebte dieses Gefühl, für einen Moment, wenn er die Füße vom Boden hob, im Luftstrom mitzuschweben. Nur wenig später setzte sie auf, die Tür öffnete sich, eine Treppe wurde hinuntergelassen, und die Passagiere stiegen aus, manche winkten, alle lachten, und Anders stellte sich vor, wie es sich anfühlen würde, wäre sein Vater unter ihnen.

Als man nach zweihundertzwanzig Tagen endlich entdeckte, dass in Svea-Linns Zelle ein Kind wohnte, steckte man Anders, ausstaffiert mit einem Schild, in solch ein Flugzeug, und einige Stunden später öffnete sich die Tür, die Treppe wurde hinuntergelassen –

aber es gab niemanden unter den Wartenden, dem Anders hätte zuwinken können.

Idi folgt den Stufen auf das Dach.

Sie kennt Amarâq nicht von oben, sie ist nie in einem Hubschrauber oder in einem Flugzeug geflogen, auch sind die Häuser so niedrig, dass sie die Welt noch nie aus dieser Höhe gesehen hat, und in der Dunkelheit, obwohl diese vom Glimmen der Straßenlaternen und Glosen der Wolken durchlöchert wird, erscheint sie ihr schrecklich fremd.

Während sie sich von einem Ende des Daches zum anderen bewegt, ständig geht sie von rechts nach links und wieder zurück, vergisst sie ihren Cousin.

Amarâq ist eine Welt des Augenblicks: Hier ist nichts planbar, weil die Natur gewaltsam nach Anerkennung verlangt, danach, dass ihre Anwesenheit akzeptiert und respektiert wird. Natur in Amarâq gewährt nur Unterschlupf, solange es ihr passt. Ist die Zeit der Duldung vorüber, gilt es, ein neues Arrangement auszuhandeln oder umzuziehen.

Idis Kopf füllt sich mit den leisen Geräuschen und kargen Bildern der Nacht, und ihre Augen sind damit beschäftigt, die verwandelte Landschaft zu enträtseln, die sich, je nach Luftstrom, verengt und weitet. Mal erscheint sie geschrumpft durch die Wolken, die vor den Mond ziehen, dann wieder entledigt sie sich dieser Vermummung, wenn die Winde wiederkehren und Idi mit einem Mal so weit blicken kann, wie sie es in dieser Dunkelheit nicht für möglich gehalten hätte.

In diesem Moment fällt ein Schuss in der Ferne.

4 Der Schuss ist nicht zu überhören.

Sara läuft ans Fenster und blickt hinaus, es beunruhigt sie, dass sie nichts sieht, denn er kam von nebenan; sie fragt sich, ob sie die Polizei rufen soll.

Sie öffnet das Fenster und beugt sich hinaus. Eigenartig, denkt sie, dass es hier nach fast nichts riecht. Am Fluss riecht es nach den Hunden, nach Kot und ihren Wohnhöhlen, sonst scheint das Land geruchsneutral, nicht einmal im Regen, der eine Geruchslupe ist, macht sich ein Geruch bemerkbar; nur, wenn man den Duft Amarâqs kennt, riecht man ihn.

Sie schließt das Fenster wieder. Die Stille, die folgt, verschluckt alles, so radikal, so rücksichtslos, dass Sara meint, sich den Schuss eingebildet zu haben.

Der Eisberg: zugleich Abstraktion und Reduktion der Natur auf Geometrie. Alles hat seine Entsprechung in Amarâq, der Himmel in den Fjorden, das Braun des Berges spiegelt sich im Braun der Erde, die Fellzeichnung der Robbe im Muster der Steine, nur der Eisberg ist plötzlich da, zwar hat er die Farbe der Wolken gestohlen, das Blau des Fjordes, doch ist er die Ausnahme, das ist sein Wesen und Prinzip; er ist ein Bruch in der Landschaft.

Weil sie ihren Blick nicht vom Eis abwenden konnte, stieß Sara mit dem einzigen Menschen zusammen, der wie sie in die Ferne starrte: eine kleine, in Weiß gehüllte Gestalt mit braunen, schulterlangen Haaren, Stirnfransen, die störrisch ins Gesicht hingen, als versuchten sie, die

Außenwelt abzuschirmen, und Augen, die halb voll und halb leer zu sein schienen, gleichzeitig anwesend und abwesend, und verwirrt wandte sich die Fremde ab, ignorierte Sara, als diese, ebenfalls verwirrt über die Ungeheuerlichkeit, in dieser Weite in einen Menschen zu laufen, *hej* rief und sich nicht übersehen ließ. Daraufhin drehte sich die Frau in der weißen Jacke, die selbst so aussah wie ein Eisberg, um und stellte sich vor. Sie sei Malin, sagte sie, sie sei erst gestern angekommen, das wisse sie, antwortete Sara, sie seien im selben Flugzeug gewesen, und sie fügte hinzu, ihr Name sei Sara Lund.

Noch am selben Tag schlossen sie Freundschaft, wenn auch eine, von der beide wussten, dass sie nicht länger halten würde als diesen Tag und die restlichen dreizehn Tage, bis Malin Olsen wieder nach Hause fliegen würde, aber vorher, sagte sie, habe sie noch etwas zu erledigen, und schwieg, und Sara drang nicht weiter in sie, denn plötzlich hatte Malin eine Melancholie eingeholt, die an Trauer grenzte.

Im Grunde, dachte Sara, ist Amarâq ein mehrdeutiger Ort: Die Eisberge sind Wasser, das Berge nachahmt, die Menschen in ihrer Fellkleidung imitieren Robben, die düsteren Wolken im Zwielicht Bergketten am Horizont und der Nebel Wolken, die sich auf die Erde verirrt haben.

Malin und Sara trafen sich anfangs widerwillig. Sie versuchten, einander aus dem Weg zu gehen, bis sie feststellten, dass sie mit niemandem sonst reden konnten, und obwohl jede ihre Gründe hatte, das Schweigen vorzuziehen, fesselte sie das Sprechen aneinander.

Zuerst hatten sie gemeinsam geschwiegen, diese gemeinsame Stille hatte sich in stockende Sätze verwandelt und schließlich in ein Gespräch, in dem es keine überflüssigen Worte gab. Später trafen sie sich freiwillig, jeden Abend im unbeleuchteten Restaurant bei der Hotelbar, in der es eine große Auswahl an Spirituosen gab, jedoch ausschließlich zur Dekoration, die Flaschen waren leer. Sie saßen dicht am Fenster, das eine Aussicht auf Amarâq bot und durch seine Größe und Höhe die Illusion vermittelte, man säße im Freien, im Licht des Mondes, hier erzählte Malin, warum sie nach Amarâq gekommen war: nicht, um Urlaub zu machen. Sara hätte ihr das ohnehin nicht geglaubt, denn wann immer sie Malin in der Stadt gesehen, beobachtet hatte, war diese nie an der Landschaft interessiert gewesen, sondern nur an den Menschen, sie hatte sie angestarrt, als versuchte sie, sich an ein Gesicht zu erinnern.

Sie suche einen Mann, gestand Malin an diesem Abend, an dessen Aussehen sie sich kaum erinnern könne, sie habe ein vages Bild vor Augen, aber es sei unzuverlässig, denn es sei weniger ein Bild, vielmehr ein Gefühl: Sie suche ihren Vater –

und Malin lachte, als wollte sie mit ihrem Lachen dieses Geständnis wegwischen, als wäre es eine Lächerlichkeit, die man weglachen könnte und die vergessen wäre, sobald das Lachen verklungen war, aber es stand im Raum und ließ sich nicht herunterspielen, auch weil Sara es ernst nahm. Sie sagte, dass auch sie die Sehnsucht nach der Geborgenheit, die man Eltern nennt, habe, obwohl dies im Grunde eine Lüge sei, denn sie habe diesen Wunsch nie gespürt, sie habe von ihren Eltern, den echten und unechten, genug und sich nichts so sehr gewünscht, als sie nie wiedersehen zu müssen, das habe sie zumindest geglaubt –

bis sie, mit Malins Sehnsucht konfrontiert, erkennen musste, dass auch in ihr eine ähnliche Sehnsucht lebe, aber auch ihr Vater sei, wie Malins Vater, gesichtslos, ebenso ihre Mutter.

Sara beschloss, Malin bei der Suche zu helfen, gemeinsam befragten sie die Bewohner Amarâqs, doch sie kamen kaum voran, da sie deren Sprache nicht verstanden, und Sara spürte, wie Malin ermüdete, wie sich in ihr Resignation ausbreitete, aber sie wollte nicht, dass ihre Freundin aufgab, sie wollte den Vater finden, denn mit der Zeit meinte sie, es hinge mehr davon ab, als sie zugeben wollte: Sie glaubte sich gerettet, wäre der Vater, *ein* Vater gefunden.

Nach einer Woche endlich erhielten sie die Information, dass sie den Mann, der Malins Vater sein könnte, beim Waschhaus antreffen würden, denn er sei obdachlos und schlafe manchmal neben der Waschmaschine.

Jeden Tag ging Malin in die Waschküche, aber an keinem fand die ersehnte Begegnung statt: Sie traf ihn nicht an, solange sie auch wartete. Schließlich brach der Morgen an, an dem Malin wieder nach Kopenhagen zurückfliegen musste, an diesem Tag ging sie nicht ins Waschhaus, sondern sofort zum Heliport und stieg, ohne sich umzusehen, in den Hubschrauber. Dass sie unverrichteter Dinge abfliegen musste, hinterließ einen Zwiespalt in ihr: Sie war enttäuscht, weil der Wunsch, den Vater zu sehen und mit ihm zu sprechen, unerfüllt geblieben war, aber sie war auch erleichtert, weil sie zu wissen glaubte, dass das reale Bild des Vaters ihrer Vorstellung nicht, nie entsprechen würde. Vielleicht war es besser, ihn nicht getroffen zu haben, dachte sie, als sie in den Helikopter stieg, und noch während sie den Sicherheitsgurt festzurrte, begann sie Amârâq, ihre Enttäuschung und Sara zu vergessen.

Sie wusste nicht, dass der Gesuchte die Nacht zuvor neben der Waschmaschine verbracht hatte, dass er in den letzten Wochen in den Bergen umhergestreunt war, um sich den Anschein zu geben, er jage, als könnte das sein Ansehen innerhalb der Gemeinschaft wiederherstellen. Und sie erlebte nicht, dass er, als er von ihrem Besuch erfuhr, so schnell er konnte zum Heliport lief, sie aber um eine Stunde verpasste, dass er dennoch in den Himmel starrte, als könnten seine Augen sie zurückholen, und er sich fragte, wie sie wohl heute, nach mehr als zwanzig Jahren, aussehen würde, ob sie noch immer die gleichen Gesichtszüge trüge oder ob sie eine vollkommen Fremde geworden wäre, ein Spiel, das er all die Jahre als Heimatloser Abend für Abend in den Straßen Nuuks gespielt hatte, in den Nächten, die so bitterkalt gewesen waren, dass er von Treppenhaus zu Treppenhaus gezogen war.

Durch die eingeschlagenen Scheiben hatte der Wind geblasen, und um die wenigen warmen Winkel hatte er sich prügeln müssen. Nachdem er mit einer Lungenentzündung ins Krankenhaus eingeliefert worden war, schickte ihn die Stadtverwaltung zurück nach Hause, in Amârâq würde ein Häuschen auf ihn warten. Zunächst hatte er sich geweigert, am Ende der Welt, hatte er gedacht, würde seine Tochter ihn niemals finden, doch dann hatte er zugestimmt, denn er hatte keine Antwort auf die Frage gefunden, warum sie ihn überhaupt würde finden wollen.

Keyi senkte den Kopf, schulterte seinen Rucksack und ging in Richtung Stadtzentrum. Er wurde das Gefühl nicht los, eine Gelegenheit verpasst zu haben, die niemals wiederkehren würde.

Sofort nach Malins Abreise breitete sich in Sara eine große Einsamkeit aus. Die Gespräche mit Malin waren, obwohl zäh und schleppend, doch trostreich gewesen, und noch etwas hatten sie in ihr geweckt: die Lust zu leben. Dass sie den Vater nicht finden konnten, erschien ihr wie ein Urteil.

Wie oft hatte sie sich überlegt, auf welche Art sie sich umbringen könnte, sie hatte sich, seit sie zurückdenken konnte, dazu berufen gefühlt, den Zeitpunkt des Todes selbst zu bestimmen –

berufen ist das falsche Wort: Sie war mit dem Wunsch geboren worden, sich zu töten, für sie war dies die natürliche Art zu sterben, alles andere, Tod durch Krankheit, Tod im Alter, war für sie unnatürlich und sinnlos. Sterben hatte ihrer Ansicht nach einen Sinn zu erfüllen, und dieser bestand darin, ein Leben zu beenden. Ein sinnvoller Tod konnte aber nur einer sein, der gewollt, geplant war, ein plötzlicher Tod ergab für sie keinen Sinn, denn er war zwecklos, unbeabsichtigt, zufällig, und für diese Art von Zufall konnte sich Sara nicht erwärmen. Dabei hatte sie sich nie mit Theorien über Suizid auseinandergesetzt, sie hatte keine Bücher über ihn gelesen, keine philosophischen Abhandlungen, er hatte als Möglichkeit immer in ihr existiert, seit sie sich erinnern konnte.

Er war aber mehr als das: Er war ihr letzter Ausweg, der Plan, der aktiviert würde, wenn alle anderen Pläne scheiterten. Er war ihre Versicherung, dass sie nichts im Leben verletzen könnte, er war eine Art Schutzschild, die Schicht zwischen ihrer eigenen Haut und der Haut der Welt, die alles von ihr abhalten würde. Auf ihn konnte sie sich verlassen, er würde immer da sein, er konnte sie nicht verlassen, da sie ihn nie gehen lassen würde, denn würde er gehen, wäre auch sie nicht mehr da.

Diese Verbindung eine Besessenheit zu nennen war nicht übertrieben: Wie eine Besessene hatte sie ihre Zeit damit verbracht, Todesarten zu sammeln. Sie hatte sich ein Skalpell in einem Fachgeschäft für Mediziner besorgt, weil es ihr eine Zeitlang angenehmer erschienen war, zu verbluten. Dann hatte sie diese Idee verworfen, da sie sich nicht sicher sein konnte, schnell gefunden zu werden, und das Bild einer blutleeren, verwesenden Leiche war eine Vorstellung, die sie störte. In ihrer Sammlung befanden sich außerdem ein Haken und der dazugehörige Strick, Rattengift, Lauge, die Augentropfen ihrer Mutter, der Revolver ihres Vaters und Schlaftabletten. Auch achtete sie darauf, ihre Spuren zu verwischen, sie wollte nicht entlarvt werden als eine, die eigentlich des Lebens überdrüssig war. Also legte sie zur Tarnung Fotoalben an, aber oft vergaß sie, dass sie sie füllen musste, dass es ihre Pflicht war als Lebenswillige Erinnerungen anzuhäufen. Aus schlechtem Gewissen verbrachte sie die folgenden Tage damit, alles aufzunehmen, was ihr vor die Linse lief, die Fotos sah sie sich jedoch nie an, denn die Erlebnisse bedeuteten ihr nichts.

Zudem stellte sie fest, dass sie sich kaum je ärgerte, ihr Enthusiasmus für die Welt ließ zu wünschen übrig, sie verriet sich mit ihrer Gleichgültigkeit, die viel zu fundamental war, als dass sie von einem *normalen* Menschen stammen konnte, so lernte sie, Gefühlsausbrüche zu simulieren, Emotionen vorzutäuschen, sie lächelte automatisch und galt als sonnig, in traurigen Filmen drückte sie sich gegen den Kinogänger neben ihr und galt als sentimental, sie aß viel schneller, als sie eigentlich wollte, schaufelte die Mahlzeiten in sich hinein, schmatzte laut und galt als Genussmensch. Sie streute Indizien, wann immer sie daran dachte. All dies waren Versicherungen, dass sie die Freiheit zu sterben, die ihr wichtiger war als alles andere, nie aufgeben musste.

Im Grunde hatte sie sich schon lange vom Leben verabschiedet: Seit Jahren löste sie ihren Haushalt auf, verschenkte ihren Besitz, in der Wohnung befand sich bloß noch das Nötigste –

bis ihr Henning begegnete, und sie sich in ihn verliebte. Er fügte ihr mit der Trennung, die keine war, sondern ein Verschwinden (er reagierte von einem Tag auf den anderen nicht mehr auf ihre Anrufe, sondern schlüpfte aus ihrem Leben, als wäre er an einer Haltestelle ausgestiegen), einen Schmerz zu, vor dem sie sich geschützt geglaubt hatte, durch ihren Plan, der aber, als sie sich in dieser Traurigkeit eingeschlossen sah, mit einem Mal undurchführbar war. Sie konnte sich nicht rühren, nicht sprechen, weinen, essen, einzig schlafen und starren, und hoffen, ja, hoffen.

Diese Hoffnung machte sich über ihren geheimen Vorrat lustig, die Schlaftabletten, die sie im Lauf der Jahre gehortet hatte, zum Teil aus den Hausapotheken der Eltern und Verwandten gestohlen. Den Rest hatte sie sich von vier verschiedenen Ärzten verschreiben lassen, alles in allem siebenundneunzig Pillen, sie hatte sie gezählt.

Damals fing sie an, alles zu notieren, was ihr einfiel, was sie beobachtete und worüber sie nachdachte, sie begann, einen Dialog mit sich selbst zu führen, und doch dachte sie, während sie die Sätze aufschrieb, an Henning, und sie dachte, dass es unsinnig war, sterben zu wollen, wenn es doch die Möglichkeit gab, ihn wiederzusehen, und sie stellte ihre fixe Idee in Frage, unterzog sie einer Untersuchung, der sie nicht standhalten konnte.

Sara folgte den Spuren ihrer Erinnerung, schriftlich, immer schriftlich, und gelangte zu dem Schluss, dass ihr der Tod das erste Mal in Form eines Bildes begegnet war, das gerahmt an der Wohnzimmerwand, direkt neben dem Telefon, gehangen hatte, ein Porträt ihres Vaters, den sie nie kennengelernt hatte, der ihr aber, in Schwarzweiß, so schrecklich tot erschienen war, dass von diesem Moment an in ihrer Vorstellung alle Menschen ihre Farben verloren, sobald sie gestorben waren. Auch das Totenreich, das sich am Grund des Meeres befinden sollte, war ein Raum jenseits aller Farbigkeit.

Später, nach ihrem Umzug nach Kopenhagen, begegnete ihr der Tod wieder: in Form von vergilbten Fotografien, die bereits in der Diele daran erinnerten, dass das meiste im Leben tot ist, die toten Menschen, die man kannte und auf deren Existenz man die eigene aufbaut, die toten Bücher, die die Basis des Wissens bilden, das Vergangene, von dem so manches keinen Einfluss mehr auf die Gegenwart hat, tot und überflüssig. Und als Pia Lund eine Schlaftablette schluckte, um wie an jedem Nachmittag zwischen ein und fünf Uhr wie ein Stein zu schlafen und durch nichts geweckt zu werden, erst recht nicht durch eine spielende, kreischende Sechsjährige, verstand Sara, nachdem sie die vier Stunden weinend am Bett der Mutter gesessen hatte, dass es möglich war, eine Zeitlang tot zu sein und wieder zum Leben zu erwachen: Sie verstand, dass man das Sterben planen konnte.

Seit diesem Tag identifiziert sich Sara mit den Toten, nicht mit den Lebenden.

Sie würde am Leben bleiben, schrieb sie in ihr Tagebuch, sie wolle nicht die Gelegenheit versäumen, Henning wiederzusehen, denn es sei ihnen vorherbestimmt, glaubte sie, einander immer wieder zu begegnen, *Schicksal*, das war das Wort, das sie benutzte, es sei Schicksal gewesen, dass sie einander über den Weg liefen, und es sei ihr Schicksal, es wieder zu tun.

Es kam tatsächlich zu einer Begegnung, aber sie verlief anders, als Sara es sich ausgemalt hatte. Henning saß in einem Café an der Frederiksborggade, neben ihm eine junge Frau, eine Kolumbianerin, Henning hatte eine neue Kultur gefunden, die ihn die nächsten drei Jahre beschäftigen würde. Sie lachten und waren so sehr in ihr Gespräch vertieft, dass sie Sara nicht bemerkten –

die eine Woche lang unansprechbar war.

Sie war in sich selbst verlorengegangen, dann, plötzlich, kehrte sie zurück, packte den großen Reiserucksack und buchte einen Flug nach Amarâq.

5 Ein zweiter Schuss fällt.

Diesmal weiß Sara, dass sie ihn sich nicht eingebildet hat, denn sie hat ihn klar und deutlich durch das offene Fenster gehört, doch diesmal interessiert er sie nicht. Sie lehnt am Fensterrahmen, hat sich in ihrem Kopf zusammengerollt.

Inzwischen taumelt Idi noch immer an den Rändern des Daches entlang, als ihr Blick auf die Erde fällt und sie zunächst nicht weiß, was sie sieht, und sich wegdrehen möchte, ihre Neugier aber geweckt wird, als sie einen Schuh erkennt, einen Sportschuh mit grüner Sohle, und er ihr bekannt vorkommt, schrecklich bekannt. Und sie hockt sich hin, um ihn genauer sehen zu können, und als das nichts nützt, setzt sie sich hin, und als auch das nichts nützt, legt sie sich flach auf den Bauch, robbt ganz nah an die Kante heran und lässt ihren Kopf hängen, so tief es geht –

so erkennt sie, dass der unförmige Fleck, das amorphe Gebilde, ein Mensch ist, und während die Katzenaugen auf dem Jackenrücken weißlich leuchten, durchfährt sie das Wissen, dass es Anders ist, der auf der Erde liegt, und in einem ersten Reflex freut sie sich, denn ihr fällt ein, dass sie ihren Cousin gesucht hat, und sie möchte ihm zurufen, zu ihr auf das Dach zu kommen, dann aber holt sie der Gedanke ein, dass die dunkle Lache um Anders' Kopf Blut sein könnte, und sie bleibt auf dem Dach liegen, regungslos, starr, doch sie sieht ihn längst nicht mehr, ihre

Augen haben ihre Funktion aufgegeben, und nicht nur sie, ihr ganzer Körper ist erblindet.

Dass sich die Erinnerung dermaßen verschließt, nicht einmal hervorlugt, sich stattdessen in eine unförmige, konturlose Masse verwandelt hat, durch die hin und wieder ein heller Strahl blitzt und eine Chronologie andeutet, ein Vorher und Nachher, hätte Sara nicht für möglich gehalten; dass sie die Form und Farbe der Nächte Amarâqs annehmen kann, die in ihrer Dichte und Größe eine Dimension der Allgegenwärtigkeit erreichen, die schwer zu verstehen ist.

Es muss so sein, denkt Sara, dass, wenn die Dinge zu Ende gehen, auch die Erinnerungen verschwinden, eine nach der anderen, denn im Grunde sind es die Erinnerungen, die die Dinge lebendig machen. Ohne Erinnerungen gäbe es sie nicht, sie verbessert sich, ohne Erinnerungen hätten sie nicht die Bedeutung, die sie haben und wären schon in dem Moment, in dem sie sich ereignen, ungültig –

sie öffnet das Tagebuch und beginnt, Seite für Seite herauszureißen. Sie weiß nun, warum sie es bis jetzt nicht über sich brachte, zu sterben: weil sie Erinnerungen sammelte, sie schloss nicht ab, sondern auf.

Wenn ich schweige, denkt sie, wird die Erinnerung verblassen, sie ist ohnehin fast nicht mehr da, vergeblich versuche ich, meine Kindheit zu sehen, nicht einmal die letzte Woche meldet sich zurück, alle Bilder gingen verloren in dieser einen grönländischen Nacht, die um so vieles dunkler ist als die Nächte anderswo.

Sobald die Erinnerung versiegt ist, gibt es das Leben nicht mehr, nicht in seiner bekannten Form –

und es ist Zeit zu gehen.

Zitat auf Seite 194 aus: Virginia Woolf, *Zum Leuchtturm.* Aus dem Englischen übersetzt von Karin Kersten. Frankfurt am Main: S. Fischer 1991.

Ich danke allen Bewohnerinnen und Bewohnern der Stadt Tasiilaq, die mit mir sprachen, insbesondere danke ich Robert Peroni für die wunderbaren Gespräche und Mahlzeiten im *Red House* sowie Billiam, der mir aus seinem Tagebuch vorlas.

Mein besonderer Dank gilt auch Agnes Berzlanovich für die gerichtsmedizinische und Hermine Pokorny für die psychologische Beratung.

Zitat auf Seite 194 aus: Virginia Woolf, *Zum Leuchtturm.* Aus dem Englischen übersetzt von Karin Kersten. Frankfurt am Main: S. Fischer 1991.